U0057148

搶錯錢

灰階 著

目次

專文推介

好故事的誕生：讓好電影成為可能

——資深影評人／**左撇子**

我們常常在問：「台灣的國片為什麼起不來？」原因百百種，最常聽到的當然是「台灣市場太小」、「資金不夠拍」、「人才外移」等等。其實，這都不是最關鍵的問題——關鍵在，沒有一個好故事！

即便是好萊塢，觀眾也不太管你特效花多少錢，演員演技難度有多高。說穿了，大家看電影就只在意：這個故事他喜歡不喜歡，看得滿意不滿意。好的故事，又可以簡單地分成三點：①劇本是否有足夠的創意；②導演怎麼跟你說故事；③整個故事傳達出什麼意義。

當然，這是簡單的區分，同時重要性也見仁見智（關於劇本，再多的書都講不完了，何況單用三點來解釋）。儘管如此，你會發現好的故事，幾乎都滿足以上三點。即使某部電影的卡司不強、特效不多，但是好故事就是好故事，看完電影後大家最常討論的就是「這個故事」！所以，好故事最有可能被口碑傳遞，好故事才可能賣座。而且，要滿足上面三點的「好故事」，真的不需要什麼成本。不需要砸大錢請大牌，不需要付出高額代價的特效成本。最需要的，就是腦袋成本。

因此，台灣國片想要翻轉，最關鍵、最該也最值得去努力的方向，就是找出好劇本！鏡文學這次舉辦「影視長篇小說徵獎」，正好就符合前面所提的這個目標。目標在於，透過徵獎的方式，找到適合拍成影視作品的「台灣原創小說」。不只是能拍出影視作品，還要是台灣、原創的小說。

所以在收到鏡文學的推介邀約信時，我真的是毫不猶豫就答應了。除了支持他們正確做事的方向之外，更重要的是，我也希望能回饋自己生長的土地、長期待著的台灣影視圈，為台灣有潛力的作品盡一份微薄的心力。

這次我推介的作品《搶錯錢》，得到了「鏡文學影視長篇小說大獎評審獎」這個獎項，這部作品能受到評審小野、王小棣、葉如芬、劉蔚然、駱以軍等老師青睞，他們都是影視、文藝圈的資深前輩，勢必出之有因。雖然無緣與前輩們共同討論，不過我想用前述的三點來檢視《搶錯錢》這部作品，就這個架構下看看這會不會是個好故事，又是否能呼應到前輩們的觀點。

① 劇本是否有足夠的創意

《搶錯錢》這個題名，就已經夠有創意。一個強而有力的題目開頭，讓人好奇到底怎樣「搶錯」錢。確實，在眾多搶案作品中，不外乎都是嚴謹的智謀搶案，比的是創意搶劫手法，如《瞞天過海》系列；不然反之，便是荒唐詼諧的喜劇搶案，主角們並非神機妙算，總是發生許多執行悲劇，悲劇一多，就成了戲劇。

但《搶錯錢》，卻跳脫了上述常見的兩者，竟然偏向寫實主義，去刻劃一個事件中不同角色的內心寫照。採多線敘事手法，隨著時間交代整個事件，確實有著《敦克爾克大行動》的影子。這樣的手法很吸引人繼續讀下去。整體來說，這作品破題強而有力，敘事風格少見而成功。唯一缺少的，可能是更強、更有創意的結尾，好來匹配這樣引人入勝的開頭與結構，略有遺憾之感。但這畢竟是我個人的主觀期待，並不一定代表所有人的想法。也或許，這樣的安排就是作者灰階的本意，也是作者創意了。

② 導演怎麼跟你說故事

好的導演擅長把故事說好，《搶錯錢》則幫導演做好了大半的功課。如同前文所說，作者運用了多條軸線去描述一個事件，不是《刺殺據點》那種一直反覆看同個事件的「跳針」作品，而是隨著時間演進、視角的交錯，每個角色在每個時段都身負著推進事件的任務，並在這有限的過程中，作者勾勒出每一個角色的形象與風貌，這是很不錯的安排，也是很適合拍成電影的作品。你可以很容易地想像出這故事拍成電影的畫面。

這則故事的敘事是電影的節奏，加上人物都是透過台詞、選擇與環境來刻劃，並且有著鮮明的形象，幾乎可以說是一邊看著小說，腦袋就能自動譜出電影化的畫面。更棒的是，這劇本的成本不會太高，沒有科幻技術、特效的場景，很接地氣地描述著台灣的一角，相信是導演與製片看到都很放心的作品。所以，我相信這會是相當成功的「影視化」劇本。

③整個故事傳達出什麼意義

一部作品能不能賣座是一回事，能不能雋永流傳則是另一回事——這取決於電影的深度。深度的關鍵之一，在於能傳達出什麼意義。就《搶錯錢》而言，可以說整個事件與人物都是台灣的縮影，說是黑色幽默，不如說「黑色」遠大於「幽默」，而那個幽默還真的是苦中作樂。每個人都帶著絕望，眼裡都看不見對未來的希望，有的都只是處理當下，每個人都處在某種妥協、將就，走一步是一步的狀況。這並不算是討喜的娛樂風格，卻記錄了我們走過的歲月。

所謂的作品，都是投射著每個時代的困境。或許，其中一位主角寫下的信，就是走過這些歲月的我們，給台灣的一封懺悔信吧。

以上所提，與其說推介，倒是帶著一點導讀的感覺。畢竟，這是作者的初試啼聲之作，難以過譽說這部作品是「相當成熟的作品」，也許還需要點時間醞釀；但能確定的是，的確「相當具有潛力」，可望作者筆力經時間醞釀後的熟成。左撇子我一直在做的，是「讓你的電影更好看」，透過以上分析，可以說《搶錯錢》還有進步空間，但我肯定這部作品確實做對了相當多事情。

我希望透過這樣的引介，讓大家更有機會看到這作品的優點，同時一起鼓勵有潛力的台灣作品。希望下個十年，更多的台灣人不再絕望，年輕人眼裡充滿著夢想，我們的未來更有希望。

第一章

阿誠與阿豪

「幹你娘的廢物！哇哩咧機掰快點幹他啊！」

內裡嫌陰暗、牆壁上的廣告海報也都已經過時的網咖內，理了個浪子頭的阿豪瘋狂點著滑鼠，嘴裡邊吆喝，整張臉皺成一團，而畫面上，正是知名的大逃殺遊戲《ＰＵＢＧ》。他的角色如本人一般慌亂，準星亂轉，子彈噴得到處都是，就是沒有命中畫面中的對手。他身上的衣服是潮牌Imahu的黑色骷髏頭短袖Ｔ恤，褲子則是破洞加工過的白綠棕迷彩牛仔褲，勉強算是潮流感與殺氣兼具。

「操！操！操！操！」

坐在阿豪左手邊的阿誠低聲咒罵著，他留了個才三分長的小平頭，身上則是穿著較為普通的素面黑色短袖搭配普通的水洗牛仔褲。他腳穿帆布鞋，腳底板因為緊張的緣故快速踩踩著地板，雙股下的椅子也隨之震動，老舊的齒輪便發出微弱、細聽時令人感到牙酸的摩擦聲。這間「藍語網咖」陰暗，雖價格便宜，可相對地設備也偏老舊，最明顯的便屬桌椅硬體了，某些桌子上有明顯的刮痕，鍵盤滑桌在拉動時常常卡住，空氣更是因為揉合了芳香劑、汗臭、泡麵、炸雞、滷味以及一間禁煙網咖不該要有的煙味而顯得難聞。

「快點啊！從右邊『爛』過來！」阿豪激動下，口齒都不清晰了：「快點啦！」

「操、操！」

阿誠沒空回話，過度用力地按壓ＷＳＡＤ，操作荒腔走板，衝出掩體進行壓制射擊，只是，因為是死扣著滑鼠左鍵，準頭因為反作用力而亂噴，毫無威嚇性可言，倒退回去時，竟還笨拙異常地卡了一下，讓自己多挨一顆子彈，血量掉得更低。

「我幹——你娘的！」

阿豪角色倒地，進入瀕死狀態，如果隊友及時趕到進行救援，阿豪是還能活的，可其角色才勉強爬了一秒，敵人的子彈便又掃來一波，好幾顆命中了他，角色哀號一聲徹底死去，畫面發黑，隨即進入終局分數結算畫面。他怒氣沖沖地抓著滑鼠用力砸了下桌子，碰的一聲，引來不少其他顧客側目。

「阿誠，做點事好不好？算我拜託你了！」

阿豪轉頭瞪向旁邊還努力點著滑鼠敲著鍵盤的阿誠，大聲抱怨，更伸手推了他肩膀一下。

「欸，操，別碰我……我……」他沒有轉開眼睛，還是死瞪著自己的螢幕。

「趕快死一死啦！反正你這麼爛，沒有我不可能贏啦！」

「我可以——啊啊，操……」

阿誠的角色也死了。

在他仍與對手僵持對峙時，另一名敵人悄悄繞過了掩體，從側翼摸來，在他能夠反應之前將他爆頭，他的畫面便也隨之轉暗。

「你真的有夠爛的。」阿豪咒罵，輕蔑地癟著嘴角：「拜託，你今天有拿到兩殺過嗎？沒有吧？要不就是零殺、要不就是一殺，你可不可以打得好點啊？算我拜託你了。」

「還不是你剛剛推我一下，害我——」阿誠回嘴。

「——聽你放屁，少在那邊牽拖，最好有差，你他媽就只是龜在那邊，有差嗎？」

「我原本可以打死他，要不是你在那邊——」

「好啦好啦，隨便啦。」

「那個……先生？」

網咖裡面專職顧櫃台的小妹不知何時已經走了過來，怯生生地朝兩人搭話。她穿著很普通的白色T恤，一點也不露，就連內衣的顏色也都沒透出來，可阿豪的視線仍自然地落在了她的胸部上，瞪著，明顯是在評估究竟有多大，自己又能不能摸到。

小妹注意到那無禮的視線，稍稍退了一步，但沒有說出什麼「拒絕性騷擾」、「請尊重女性」的老土台詞。會來這種老舊、客人只是將就著玩的網咖上班，她早有覺悟了。況且，她能夠有這份工作，說跟她的身材沒關係也是騙人的。

「怎麼了嗎？」阿誠的眼睛倒是直視小妹。

「可不可以麻煩兩位聲音不要太大？這樣會干擾到其他的客人……」

「我們有很大聲嗎？」阿豪這才把視線從胸部移開。

「這個……稍微有點大。」

「我不覺得有啊，明明就正常音量吧!?我看是妳比較敏感吧？」

「那個……您可能沒有感覺，但是……真的有點大聲。」

「隨便啦。」

「還有……能麻煩先生不要摔滑鼠嗎？壞掉的話，我們是會需要您照價賠償——」

「——媽的勒，這爛滑鼠早就有問題了好嗎？妳知道這拉基害我輸了幾場嗎？還好意思跟我要錢喔!?」

小妹張了張口，似乎想要反駁點什麼，但最後，她沒有說話，只是聳聳肩，識相地不再討論那話題。畢竟，這裡是網咖，多數的滑鼠早被人摔過十幾二十回，為了省下開支，只要游標還能動，他們便懶得換新，阿豪的指控可能不假。

小妹癟癟嘴，轉身走了，阿豪則是盯著她的屁股看了好一陣子，忖量著是否肥美。不過，這般「性致」幾秒鐘後便被驚怒給取代。透過骯髒到如同霧面的玻璃窗向外看，一名警員正準備要開單。而他們的車就停在了那裡。

「哇咧幹你娘！快啦！」

他風風火火地站起，順手敲了阿誠後腦杓一下，豈知阿誠剛好拿起了飲料，啪的一下梅子可樂便全都灑到了電腦鍵盤上，褲子也遭殃，溼了一片活像是尿褲般。

「你幹嘛啦!?」阿誠哀嚎。

「臭條子在開單了啦！」

阿豪衝向門口去，阿誠看著一片狼藉，遲疑了一下將只剩下一口飲料的杯子舉起喝乾，放到桌上，隨即追著阿豪出去。

「打翻飲料了！幫忙清理一下。」經過小妹時，阿誠還不忘交代。

阿誠推開門時，阿豪已經跟一名年輕警員吵起架了。明明才只比他快出去五秒的。警用機車停在了路邊，一名較為年長的警察搭檔坐在坐墊上，懶散地抽著煙，一點也沒有想要加入戰局的意思。

因為人行道上的停車位已滿，阿誠把機車水平插在了人行道與馬路間的紅線內，但紅線可是連碰都沒有碰到，這又是條幾乎沒啥人會來的巷子，根本不會干擾到誰。這樣就要被開單，阿誠一點都不服氣。政府他媽就沒有畫夠停車格，干他們屁事？

「我們又沒有碰到紅線，是有什麼問題啦⁉」阿豪正大聲叫罵。

「紅線區是不分內外——」

「——啊就沒有影響到誰啊？是怎樣，有這麼窮喔？」

「……有人檢舉我們就得要處理——」

「——哪個臭婊子？有意見叫她——」

「——算了，」阿誠看那警察似乎就要發火，趕緊插嘴打斷：「我們現在移總可以了吧？」

「我照片已經拍了——」

「——啊有需要這麼基掰嗎？」阿豪再度插嘴，一臉不屑。

「你現在是想要再吃一張妨礙公務嗎？」

「哪裡妨礙到了啦？我就問個問題就算妨礙喔⁉」

「你這什麼——」

「——正男，算了吧，都要午休時間了。」

在一旁抽煙發呆的年長警員出聲，打斷年輕警員不爽的回嘴。年輕警員看了他一下，沉默幾秒鐘後，點了點頭，隨即以不悅的語氣朝阿誠說話。

「把車移走。」

「把車移走～」阿豪故意憋緊了喉嚨學他說話，譏諷對方娘砲。

年輕警員聽到那露骨的嘲弄，停下了腳步，一時間似乎又想要回去開單，但最後，他只是瞟了他們一眼，便走了回去，騎上自己的車。年長的警員嘖了一聲，發動引擎轟地便走，年輕的隨後跟上。

「沒屁用的廢物。」阿豪瞧著走遠的後車燈，得意洋洋地說：「看到沒，這就叫做氣勢，嚇倒了他們。」

「喔，嗯。」

「啊你是怎樣？嚇到尿褲子喔？」

阿豪邊說邊比了比阿誠下半身。

「還不是你害的？」

「蛤？干我屁事？」

阿誠正想要回嘴，卻看到小妹也跟著走出網咖，左手拿著已經空了的玻璃杯，右手則是那濕淋淋、兀自滴著梅子可樂的鍵盤。她會追出來，就是怕這兩個傢伙直接落跑，鍵盤更換的開銷要由她吸收。

「那個……鍵盤，要麻煩你賠錢喔。」

$ $ $

下午，阿豪、阿誠兩人走出網咖時，臉色都很臭，畢竟，罰單不過就是六百元，但那鍵盤一賠卻要八百塊。他們還特地上網去查了價，確定那「騷包臭婊」沒有坑他們，才不爽地付錢了事。外面天氣清朗、萬里無雲，加上他們才剛從陰暗的「藍語」走出，一時間，眼睛並不適應那顯得有些刺眼的陽光，都各自眨了幾下，阿誠甚且舉起了手，稍稍遮擋一下自己的雙眼，揉了揉，這才適應。

「真他媽熱死了。」阿豪斜眼看著天上的太陽抱怨。

「真的，」阿誠附和：「這哪裡像是春天？」

「誰知道，該死的臭氧層破洞破很大吧。」

「喔，對！就是這個，臭氧層破洞。」

「幹，簡直跟那破麻一樣破。」阿豪咒罵，看了網咖裡面一眼，小妹正擺著一張臭臉玩自己的手機。

「去哪？」

「去吃個涼麵好啦，老地方。」

「那很遠耶。」

「會死喔？反正又沒事做。」

阿誠聳聳肩，隨即掏出了鑰匙，便往移車後停放在人行道上的機車去，解開了龍頭鎖開了車廂，拿出放在裡面的兩頂瓜皮帽。兩人將之戴上了腦門，卻都沒有將扣環扣上，儘管那能夠在摔車時保護他們的腦袋，但一來他們自認為騎車技術高超，怎樣都不可能出車禍；二來，他們或許下意識也認為腦袋不可能撞得更壞了，所以，不怎麼在意保護這件事情。

他們跨坐上了車，阿誠一催油門，兩人便往老地方涼麵的方向騎去。
「剛剛最後一場我們明明會贏的。」阿豪開口說。
阿誠沒有立即回應，他實在不想再聽阿豪繼續抱怨那些有的沒有的。
「欸，你有聽到嗎？我說我們剛剛最後一場是有機會贏的。」
「可能是有機會吧……」
「結果你又在那邊雷了。」
「我沒有好嗎？」
「哪沒有!?」
「我是被包抄才死的啊，這我哪有辦法。」
「啊我不是早就叫你趕快過來我這裡了!?」
「那距離很長，跑出去我不就給人當靶子打——」
「——你留在那邊就不是被當成靶子打喔？我看你怎麼玩都是被人家當靶子打啊！你乾脆回去玩《英雄聯盟》算了。雖然你也只是個銅學。」
「我才不是銅學好嗎？我是銀四。」
「那跟銅學沒有差多少好嗎？我可是金牌喔！說真的，我看你是不太適合玩這種射擊遊戲吧，最後那場，你也是一個人都沒有打到不是嗎？而且你不是比我早開始玩嗎？完全看不出來耶？」
阿誠忍住反脣相譏的衝動，假裝自己正專心地觀察路況、安排騎車路線。阿豪其實也就只是比他好上一丁點，但偏偏，就是比他好，於是，他沒有辦法反駁。阿誠是道道地地的高雄人，所以每當遇到紅燈時，便自然而然地右轉，管他是小巷也好、大路也罷，就是要確保光榮的「雙腳不落地」準則被完美實踐，沒多久之後，他們便穿到了一條小巷之內。

「欸！慢一點、慢一點！」阿豪忽然說，更用自己的安全帽撞了一下阿誠的安全帽，發出響亮的碰撞聲，嚇得阿誠不自覺按緊了一下煞車，讓兩人身子向前傾了一瞬。

「幹嘛啦？」

「左邊，那女的，有看到嗎？」

「幹嘛？想把喔？」

那是一名走在路邊的女生，她腳下踩著稍微墊高腳後跟的娃娃鞋，打扮得算是時尚，雖然阿誠只是驚鴻一瞥，但也同意她的長相確實是不差。

「你有沒有看到，她的包包好像是ＬＶ的呢。」阿豪說：「還是側背的啊。」

「然後呢？」

「感覺很有錢啊。而且這條巷子沒有半台攝影機，」他邊說，邊在後座扭來扭去，觀察著她，讓機車有些搖晃不穩：「欸，別再騎了啦，掉頭。」

「拜託，你認真喔？現在是白天耶!?」

「有差喔？沒有路人、沒有監視器，早上晚上有差嗎？快點掉頭啦！你是忘記剛剛才賠了一個鍵盤喔幹。」

「她不一定有錢好嗎？ＬＶ包包很有可能是假的吧，我去菜市場也有一堆歐巴桑在用

LV啊——」

「——我看你是沒種吧。」

「……又不是沒有做過，但我的意思是——」

「——快點回頭，趁現在沒人，快啦！」阿豪不但動口，還動手了，啪的打了阿誠的安全帽一下，力氣太大還將其打歪了，擋到了他的視線。

阿誠鼻子噴了噴氣，不爽地以左手調整了一下安全帽，更翻了翻白眼。不過，阿豪自然看不到。阿誠也不真的想要讓阿豪看到就是，要給看到了，肯定又會被碎唸上二十分鐘。

「……但是——」

「——快啦幹！你狗喔？這麼廢喔!?快啦。」

阿誠嘆了口氣，張望一下左右，確定真的沒有監視攝影機又或是路人之後，龍頭向左迴轉，便往女子騎去。阿誠深呼吸了一口，催了油門，阿豪則專注地死瞪著女人手上的LV包，五爪張開，準備好一攫就走。

「真要——」

「——對！」

幾秒鐘後，阿誠的機車已經逼近女人的左後方，速度稍減；女子聽到了機車的聲音，轉過頭的瞬間，阿豪的大手已經探去，抓住了她側背的包包。

「放手！」阿豪大喊說，手同時用力地扯。

「呀啊！」女子理所當然放聲尖叫，手卻是違反常理地死死抓住背包，不肯放：「救——」

女子喊聲的同時，阿誠已經催油門向前了，車速將她扯倒，碰的一聲直接仆摔在地，求救聲也因劇痛而中斷，轉成嗚咽。

不過，摔歸摔，她卻還死抓著LV包，正所謂作用力等於反作用力——當然，阿豪現在早把國中課本忘得精光了——給她摔地的重量一扯，阿豪也坐不穩了，在一聲「哇操」的咒罵中，後仰摔跌，啪的一聲背脊落地，疼得他齜牙咧嘴，猛力抽氣，沒有扣上的安全帽也因為慣性法則飛了出去，落到一邊地上。

至於阿誠，胯下的車子因為女子仆地的拉扯力、後座重量的消失，整體重心偏移，失衡撞向了路邊的電線桿，雖然勉強在最後一刻轉開龍頭，雙手鎖緊了煞車，後照鏡還是喀啦一聲撞上桿子，清脆地應聲斷裂，落地時鏡面更撞擊了地面，震得碎裂，他的安全帽也因為緊急煞停噴飛出去，在地上滾了好幾圈。

「救命、救命……」女子喊聲。

阿豪勉強爬起了身，雖然渾身痛得要死，但一時之間也管不了這麼多了，腳狠狠地踢去，可因為方才摔得太重，第一下腳沒踢好，明明該要踢她側臉的，卻是踢中了女子的肩膀。

「呀啊——」

女子尖聲哀叫。

「閉嘴啦臭婊！」

阿豪再度出腳，這次精準命中女子的面部，重擊聲悶沉，雖然不清楚製造了多少傷害，但，求救聲倒是如他所求地戛然而止了。

「操他媽的婊子……」

阿豪咬著牙抱怨，彎低了腰，伸手去撥開那女人有氣無力、卻仍然試圖護住側背包的手，用力將LV包搶過來；另一邊，阿誠則是扶正了車子，伸手撈起斷裂在地的後照鏡殘骸，胡亂塞進車前置物空間，而噴飛一旁的安全帽也趕緊撿回戴上，隨即雙腿一推，倒車回到馬路上。

「快點、快點、快點！」阿誠喊。

「開車肚子！」

阿誠屁股向前滑，喀啦一聲掀開了車肚子蓋，撿回安全帽的阿豪則一跛一跛地趕來，將LV包丟了進去，碰地一聲用力摔上車肚子，稍微笨拙地爬上。

「快騎！」

轟的一聲，機車便呼嘯而去，衝到了前方巷道的交叉路口，隨即一個右轉，消失。巷道邊，女人身子顫抖著慢慢坐起，原先看來不差的面容，如今已經扭曲，鼻骨斷裂、鼻孔流著血，臉頰的擦傷與地板上的灰塵交雜，汙穢噁心，而取代鼻子進行呼吸的嘴巴，淌著幾條黏稠牽絲的鮮血、唾液混合物。

她茫然地看著他們消失的地方。

$ $ $

阿誠猛催著油門，身體不斷哆嗦，即便頂上太陽炎熱，冷汗仍然滲出。遇上紅燈的時候，他卻沒有再右轉，反而是停了下來，乖乖等。紅燈右轉畢竟還是違法的，這個時間點上，他可不希望碰上一名正缺業績的警察。他移動了一下身子，透過左邊還完好的後照鏡，注視一臉晦氣、手臂擦傷而緩緩滲血的阿豪。阿豪也注意到他的視線。

「……我早就說不要——」阿誠開口。

「——閉嘴，幹你娘少放馬後炮！誰知道那個破痲這麼臭北爛!?」

阿豪粗暴地打斷，噴著唾沫大罵，惱羞之意難掩。

「你可以不要噴口水嗎？」

阿誠邊說邊舉起了手，既想要抹乾唾沫，更試著要抹去脖子上的噁心感。

「是會死喔？」

「不會，你那愚蠢的計畫才會害死——」

「——啊你是有怎麼樣嗎？你有受傷嗎？沒有吧？少點抱怨不行嗎？什麼害死，現在警察有在追我們喔？沒有嘛！」

「……我真不該聽你的。」

「放屁！講得好像是我的錯一樣，剛剛是我騎車還是你騎？你自己也掉頭了好嗎？而且你有受傷嗎？在那邊。」阿豪悻悻地罵。

阿誠沒再說話，只是將緊握龍頭的雙手放開，甩了甩手掌，想要將顫抖給甩掉。隨後，他看了一下斷裂的後視鏡下半部，伸手開始扭起，將其旋下，丟到龍頭置物空間裡跟它的上半部作伴。只是，當紅燈轉綠，他的手放回油門上時，仍然抖著。他以前也搶過，但以前，可真沒有這麼驚險過。

那些女人通常都會直接放手，因為，警察總是這樣教的——不放手，就是被拖行，那可會傷得很重，就像剛剛那樣。要知道，飛車搶劫是一種極難緝捕的刑案，警察可是千萬分不願意處理這種案件，受害者因此受傷的話，會讓事情的嚴重性更上一層，業績壓力也就更重了，所以，他們總是宣導要受害者放棄抵抗。

他也想到了阿豪方才狠狠踢的一腳，連帶發出的悶沉肉體撞擊聲，以及忽爾消停的求救聲。他覺得胃有些不對勁。他叫囂過很多次，但他其實很少跟人打架，更甭提打女人了。

「媽的，我犧牲這麼多，你就不需要感謝一下嗎？」騎到一半，阿豪冒出一句話：「我的腳到現在都還在痛你知道嗎？」

阿誠翻了翻白眼，當然，還是沒給阿豪看到。

「那還真是辛苦了。」

阿誠的譏諷之意一點都沒收，可這次，阿豪沒再回嘴，只是以喉頭發出「咯～」的一長聲，催出了一口痰，呸的一聲吐在地上，以此表達他的不滿。他再北爛、再無恥，也實在沒臉再繼續牽拖別人。

「你要去哪？」

「當然回家，難不成你還想要去吃涼麵？」阿誠沒好氣地說。

「幹你娘的就問問不行嗎？誰知道你怎麼想的？」

「喔。」

$$$

二十分鐘後，兩人回到了租房公寓的樓下，停車位剛好有一個空的，但阿誠並沒有直接插入，而是在插入前停了下。

「你先下。行嗎？」

「行。」

阿豪並沒有像往常一樣俐落跳下，而是小心地將腳掌放到地上，緩慢落地，眼睛眉宇因為痛楚而皺了一下，跟著便一拐一拐走向了斑駁生鏽的鐵門去；阿誠這才將車子插入車位停好，開了車肚子，拿了LV包揣入懷中藏好，快步趕上阿豪。

「你要扶嗎？」

「不必！」

阿豪跟阿誠都租在這棟，還在了最高層的五樓，除了每天爬樓梯腳瘦得要死以外，最討厭的還是房間有西曬的問題，每到夏天就熱得像是烤箱又或是蒸籠一樣，可沒辦法，基於「便宜」這單純理由，他們還是租了這。阿豪咬著牙向上爬，雖然一拐一拐，動作倒是沒有慢上太多，只是上到五樓的時候，他的額頭所滲出的汗珠，比起平常要大顆許多。

上了五樓後，總共有十間套房，每一間都只有四、五坪左右，阿豪的是走廊最底部的那

間，阿誠的則是上去後數來第二間。

「來我房間，我幫你上藥吧。」阿誠說。

阿豪點點頭。

阿誠開了房門，兩人便進入。阿誠的房間不大，地上雖然屯丟了一些垃圾，但沒有食物殘渣又或是飲料瓶罐，主要是由塑膠封膜、紙袋、面紙用完後的紙盒、廣告DM、刮完且兌換過的遊戲點數卡、沒有中獎的刮刮樂運動彩券等等所組成。阿豪將地上的垃圾踢到一邊，席地而坐，跟著便拿起遙控器，開了電視，隨便轉個新聞。阿誠將包包從衣服內取出，丟到了一邊地上，隨即走到書桌邊，開始翻找醫藥箱。

阿豪伸手將包包拉到身畔。

「好重，該死的破麻，我倒想要知道裡面有什麼寶物。」阿豪大聲埋怨。

「搞不好根本就沒有什麼。」

阿誠低聲回，所以阿豪沒有聽到。

「陳前院長今日與宗教界領袖人物一起出席了《全家法案》連署活動，表達了對所屬政黨的——」

新聞播送著，但阿豪根本連一眼都沒有看。他只是不喜歡過於安靜的環境而已。只聽得疵的一聲，拉鍊便被拉開。

阿誠翻開又一個抽屜，跟著將裡面的各種雜物諸如舊手機、廢紙、袖珍包衛生紙、美工刀等東西撥開，往深處去找，不過，等了幾秒鐘都沒有聽到阿豪的抱怨又或是讚嘆後，他不禁覺得奇怪，轉過頭去問。

「結果是什麼？」阿誠問，跟著才注意到阿豪幾乎闔不攏的嘴：「是怎樣？」

「這……」

阿豪試著要說話，但平時有夠臭——雙重意義上——的嘴巴卻沒有說出任何能夠被理解的台詞。

阿誠等不及，大跨步湊近低頭去看，雖然沒有嚇得像是漫畫角色一樣後仰摔跌在自己家的垃圾堆中，可他嘴巴也張了開。裡面，放的竟然是四個飽滿的牛皮紙袋，阿誠手上握著一個，開口向上，裡面則裝了兩捆飽滿的藍色小朋友，想來，另外三個袋子中也裝了這麼多的錢才是。

這，可是他們兩人一輩子都沒有看過的鉅款，甚至是，就連晚上做夢的時候都夢不到的財富。他們通常是夢到風光明媚的春天居多。

「這、這裡，至少有一百萬吧？」阿誠傻了半晌後，終於找回說話的能力。

「可、可能有吧？我不知道，我還沒有點算過。我來——」阿豪邊說，邊抽出了一捆，就要將橡皮筋解開。

「——別！」阿誠立刻制止，大手一拍，將阿豪的動作打斷。

「你幹什麼啊？有病喔！」

「什麼女人會帶著這麼多錢在路上走？這分明有問題吧!?如果這是誰的錢的話……我們還是還回去比較好吧？」

「你白癡喔!?還回去?這麼多錢，我才不要還哩！」

「白癡喔?掉了這麼多錢，你以為他們不會來找嗎?」

「幹你娘的哩，你以為還回去就不會有事喔?搞不好還要被切掉手指頭的好嗎?而且怎麼還?上面又沒有寫名字，天知道這是誰的錢、我要還給誰啊?」

「掉了這麼大的一筆錢，一定很快就會有消息了，那時候就可以——」

「——哇咧幹喔，你不聽人講話的喔?你不怕被砍手指嗎?像是之前那個小紅?還有啊，你就不怕他們把我們交給臭條子，把我們送去蹲號子唷!?智障才會去還好嗎?」

阿誠遲疑了一下，考慮著。

不管他們搶到的這筆是不是贓款，警察那邊應該都會知道這件事情，畢竟，黑白兩道雖在檯面上是處於對立狀態，可私底下，他們的關係可好了，要不然，之前的黑道大老槍擊案，怎麼會有幾名警政高官在裡面一起泡茶打麻將呢?如果真的拿去還，會不會被白道的人抓進去關?至於切手指，嗯，他也怕。事實上，前一陣子他們才壓著一名欠債的傢伙去接受切手指的私刑，雖然只是切了小指的一節指節，他還是在事後吐了，就差沒有去之前跳過八家將的宮廟收驚。

雖然情況不太相同，但，說他真心覺得還錢就可以歡喜收場，那實在是自欺欺人過了頭。畢竟，阿豪還狠狠踢了那女的一腳，可能重傷了她，如果那是哪個大老又或是某個堂主的女人的話，他們可就真的吃不完兜著走了。搞不好直接被做成水泥桶又或是消波塊，成為守護台灣海岸線的一分子也說不定。

「那要怎麼辦？」

「什麼怎麼辦？就慢慢花啊！還能怎麼辦？幹，我最近還正想要換支新手機呢！最近不是出了個電競手機嘛？看起來超爽的。」

「你真敢花？」

「要不然哩？錢不花放著幹嘛？埋到土裡面喔？還是要拿去金爐燒喔？」

阿誠想不到該怎麼回，也想不清到底該要怎麼處理才是。他重新走回了書桌邊，繼續翻抽屜。不過，醫藥用品沒在裡面，於是，他又開了另外一個抽屜，接著更彎腰去拉出了桌子底下的一個小紙箱，打開，裡頭也放了不少雜物，有他當兵時的軍階、軍證、級職貼條，甚至連小帽都有。他將其全都翻出，隨意丟在一邊，這才終於找到了雙氧水、碘酒。

「不管怎樣，先幫你擦一下吧。」阿誠說。

「謝了。」

阿誠拿了衛生紙，接在傷口旁邊，跟著便將雙氧水倒下去，只聽得滋滋聲響，一堆泡泡冒出，阿豪則是痛得抽了口氣，抖了一下。等到氣泡不再密集生出時，他便以衛生紙擦去那些泡沫，換了碘酒滴上去。

「你有想要怎麼花這筆錢嗎？要不要乾脆各買一台PS4？之前不是說很想要玩那個什麼《魔物獵人》嗎？」

「……我說真的，我真不知道你怎麼還能覺得好像什麼事情都沒有。」阿誠嘟囔：「我們可不是中了彩券，我們是搶了人，還明顯搶錯了人！你還踢她耶！如果她——」

「——如果你不說、我不說，就沒有人會知道是我們啦！現在還能怎麼辦？擔心那些哪有什麼屁用？」

阿誠嘆氣。

「不用多想啦！想想怎麼爽就好。」

阿誠抿抿嘴，點頭。

「所以，要買個PS4嗎？我一直很想要玩《魔物獵人》呢！看起來有夠好玩！」

「……我們乾脆逃出去吧!?」

「逃出去!?你講三小啊？」

「逃去別的國家，之類的，至少等風頭過去了再回來這樣。」

「你認真喔!?」

「我認真的。」

「幹你娘的，沒有這種必要吧兄弟！你不要在那邊大驚小怪了啦。」

「……我不覺得——」

「——啊你要去哪？我不會說英文也不會說日文啊。」

「香港？」

「不要，我才不要去中國人一堆的地方。」

「但我們就不會說英文啊！」

「我們不必出去啦！不會有事的，相信我好嗎？媽的，真的是有夠狗的耶你，怕成這樣。

欸，我們等等叫個披薩吧！我今天晚上想要吃好一點。」

阿誠苦著臉點頭。

第二章

王鈴

玉竛坐在春風旅社大廳的貼牆長椅上，背倚著貼了老式壁紙的牆壁，右手二指夾著薄荷涼煙，徐徐抽著，左手則是滑著一個購物網站的App，隨意地瀏覽上面的推薦商品：名牌包、雪紡衣、紫色口紅、黑色短靴等等。話又說回來，雖然稱作是大廳，不過其實也就只是一個櫃台與不過五坪左右大的走動空間，實在稱不上「大」廳，塞了櫃台的老媽子與兩張長椅、五個女人後，空間顯得有些擁擠。長椅的品質倒是不錯，椅墊是軟的，坐久也不大會屁股疼，不像是某些為了省錢就放木製長椅，又或是連椅子都不放的旅社。那的女人，不少因著久站的緣故，得了靜脈曲張，讓男人失去舔舐的慾望。

「妳覺得這個怎麼樣？」

坐在玉竛身邊的丁丁忽爾將手機湊過來，畫面上是一雙亮面紅色高跟鞋，商品敘述則是寫滿了天花亂墜的「歐洲首席設計師」、「經典名伶款」、「保證真貨仿冒必賠一百倍」的廣告詞。想也知道這不會是歐洲人設計的，那些名伶穿的也肯定只是類似設計但卻要花上幾十萬的款式，至於真假嘛，這絕對是一雙刻意仿冒高級款式卻擁有自家商標、於是很難界定真假的商品了。

「不錯看。」玉竛端詳之後回答：「但跟有點高的感覺。」

「我就是想要讓自己看起來高一點啊。」

「感覺踩起來很累，所以多少錢啊？」

「大特價只要九百九。」

「這麼便宜，搞不好走幾步又斷掉喔。」

「少烏鴉嘴。」丁丁笑了笑，更親暱地用肩膀撞了她一下。

丁丁收回了手機，開始下單，玉昤則是改點開油管，看起韓國綜藝節目，跟著罐頭笑聲一起發笑，不過，當她們聽到旅社門上的風鈴聲響起時，她們都立刻按滅手機螢幕，將其放下，一致地看向了門口，這禮貌，是她們在旅社工作時的十二條準則之一。

當頭走進來的，便是黑馬。

「黑馬」之所以被人叫做黑馬，不只是因為他皮膚黝黑，還擁有一張長馬臉這般簡單，雖然，孩提時期他真是因此得了這綽號。不，如今他還繼續被人喚做黑馬，主要還是因為他的職業是一名「馬伕」，或是，換個說法，便是「皮條客」，負責在外面攬客的傢伙。基本上，沒有找到恩客，他是不會回來的，所以，他身後也確實跟了一個男人進來。

男人有著不小的肚腩，頭頂髮線很高，雄性禿嚴重，皮膚曬得幾乎跟黑馬一樣黑，皺紋很多，身上皮膚也粗，衣服也只是很普通、看起來洗過無數次因而都起毛球了的Polo衫，他眼睛立刻便在女人們身上打轉，物色著。

「依照你剛剛說的價位的話，這三個吧。」黑馬邊說，邊點了三個女人，其中包含丁丁，但沒有點到玉昤。

「這三個喔……」男人低聲說，來回看了看，視線主要落在胸部上面：「那就這個吧。」

他指了丁丁。丁丁是三人裡面胸部最小的一個，只有小B。不少男人都喜歡大胸部的，可少部分喜歡貧乳的男人，幾乎都會點到丁丁，所以，她的收入反而算是所有人中數一數二穩定的。

丁丁一被點到，便站起了身，雙手挽住男人的臂膀，嗲聲嗲氣地問好，引著他向裡面的房間走去。也是直到這刻，所有女人才又拿起了手機，繼續投入各自的虛擬世界。

「玉舲。」黑馬卻沒有立刻出門，反而是向她搭話。

「嗯？怎麼了嗎？」

「跟我走一趟吧。」

「走一趟……？」

「外送。」

「喔，好，沒問題。」

玉舲熄了煙，快步跟著黑馬走出旅社。兩人到了車邊，黑馬將安全帽遞給她，隨後揚了揚下巴，示意她坐上機車後座，機車行經兩個街區，而後上了高架橋，載著她過了河，繼續往南走，這讓玉舲感到些許納悶。

外送茶並不算少見，附近其他幾間有合作的旅館、飯店又或是汽旅，也時不時會打電話來，請求外送服務，玉舲也去過好幾次，只是，他們幾乎都不會離開火車站商圈。畢竟，如果不是熟識的合作企業，風險便會激增，或許會遇上別轄區釣魚賺業績的警員，惹出不必要的麻煩；又或者，點茶的顧客很有可能是性變態或是情緒掌控有問題的，會對女人施暴，雖說馬伕一定能夠事後討回公道，甚且加倍奉還，可她們畢竟是生財工具，沒有必要冒損毀、修復的風險，他就不會去冒。

「我們要去哪？」玉舲忍不住好奇。

「有個大客戶。」

「我得要去多久？」

「不知道。」

「喔……好。是怎樣的客人？」

「別問那麼多。」

「喔，嗯，瞭解了。」

於是，她便沒有再多問。有的時候，她們要知道得多，才能夠應對得體，讓客人魂牽夢縈一再上門；有的時候，她們卻也需要閉上雙眼雙耳，假裝一無所知，客人才能安心。顯然，今天的是後者。

「昨天回去都還好嗎？」黑馬問。

昨天晚上，又或算是今天半夜與清晨吧，她接的客人滿多的，直到四點才結束，她回到家的時候遠邊天空都泛白了，精神狀態更是萎靡，一洗完澡立刻就趴在床上睡死了。

「很好。你呢？」

「一樣。」

對話就此中止。

他們並沒有再騎太久，幾分鐘後，黑馬載著她到了一間舞廳前，上了人行道熄了火。這間舞廳頗為知名，她不但曾經聽恩客說過，自己也曾來過五、六次，不過那已經是幾年前她還有興致免費提供性愛的時候了。現在還只是下午三點多一點，舞廳大門還沒開張，不過，他們也沒有要從大門進入。黑馬帶著她穿過了只容許一台汽車進出的窄小巷子，轉入了只能容納一台機車出入的防火巷，這，也是舞廳正後方。防火巷內站了一名年輕的小夥子，一身潮牌，嘴巴上叼著煙，看起來吊兒郎當，但神情卻是百般無聊。在他的正對面，便是舞廳的逃生門。

小夥子抬著眉毛，打量黑馬與玉昤。

「我們來找強哥的。」

「有約？」小夥子懶散地說。

「是，我是黑馬，這是我帶來的人。」

「手機、錢包，交給他。」小夥子指示。

玉昤看了一下黑馬，黑馬點頭，她便乖乖照做。小夥子快速拍了一下玉昤身上，確定沒有夾帶其他物品後，便伸手從口袋掏出鑰匙，插入防火門，喀啦一聲將門鎖解開，隨後拉開了門。

「進去吧。」

黑馬側側身，以手輕推了玉昤的肩膀，示意要她進去。玉昤稍稍遲疑了一下，黑馬也感受到了，低聲向她說話。

「沒事，我之後會來接妳的。」

「嗯……」

玉昤走進了門內，小夥子從後跟上，黑馬轉身朝巷道外走去。碰的一聲門關上了。

因為方才在炎熱且刺眼的陽光下待了很久，舞廳內的燈光顯得並不很亮，跟在小夥子後面走了好一陣子後，玉呤才終於習慣了室內刻意設成幽微昏黃，好適於調情玩樂、遮掩人體外觀瑕疵的燈光。這也是她第一次從後門進這舞廳，若不是因為她心下覺得有些不安、緊張，她應當會覺得頗為新鮮、有趣。她不禁好奇是什麼樣的客人，竟會特地點了她。

她雖然是春風旅社中的紅牌，但旅社畢竟是旅社，她與那些高級伴遊還是有所不同的——首先，那些人的姿色，便不是她所能輕易比擬的；再者，就算她的姿色不俗能與她們相較，她們也有她所沒有的頭銜：小模、社運女王、駐唱偶像、樂團樂手、小演員、小護士、空姐等等，那些角色身分雖然不會彰顯在外表上，但對男人來說卻極具魅惑力。

誰會特地點她一個普通的妓女？

「喏，就這了。」小夥子說，指了指坐落在最邊間的包廂，門外隱隱能夠聽到有人在唱著歌的聲音，還是個女人：「自己進去吧。」

玉呤點點頭，小夥子則是轉過身，顯然是又要回去守門了。玉呤敲了敲門，然而，或許是因為裡面的人正努力高歌著，沒有人聽得到敲門聲，沒人應門，她等了一下後便壓下門把，推門入內。門縫一開，高分貝的音樂與歌聲便流洩而出，雖然在隔著門的時候，玉呤便已經覺得那人缺乏了技巧與音準，與其說是唱歌，更像是在唸歌，不過，門開了之後，對耳朵的凌遲似乎瞬間放大了一倍。

裡面是個極大的包廂，偌大的時尚玻璃桌子上擺了不少酒水，琥珀色烈酒、黑瓶紅酒、金牌啤酒罐、十數個功用不同的玻璃杯，除此之外，也有好幾包的煙與打火機散在上面，某些是常見的七星，卻也有一、兩包是玉昤不識得的外國煙；舒服、背部具有斜度可以舒服仰靠的貼牆沙發椅上，坐了十來人，但也才半滿而已。有男有女，可男性都穿得倒是相對正式，只有一個人穿Polo衫，其他人都穿了襯衫，門邊的一個直立式衣帽架上還掛了三套西裝；站在桌前正在唱歌的，則是一名身著墨黑襯衫、藏青長褲的女性，若只看脖子以下，女強人的姿態盡顯，可她的五官卻清麗柔和，形成某種衝突的美感。她淡施脂粉，年紀看起來並不多大，似乎也才三十出頭，風韻極佳；不過，她的眼角魚尾紋，卻讓她的年紀露餡，明顯是已經四十歲有。她唱的是一首西洋樂曲，雖然音準不太行，可聲線卻輕柔得很，如果抽掉了旋律只是普通說話，也許會很好聽吧。

玉昤暗忖自己到她那年紀時，究竟能不能與她一樣漂亮。玉昤覺得很難。

「妳誰？」

裡面一個男人看到了她，立刻快步走來，低聲向她詢問，雖然沒有任何恫嚇意味，卻散發一股自然的威嚴。

「我……呃，我是玉昤，黑馬叫我來的。」

「坐著等一下。」

那人撇撇頭，示意她去沙發區坐下，玉昤乖乖照做。類似的場合，她以前在當酒促又或是酒店公關時見過幾回，理論上她不該怕，只是，有些事情一看就知道——他們都是幫派中的大咖角色。這舞廳一直有主理人是幫派大老的傳言，看來很有可能是真的。這讓她不大自在。她不是沒有接過道上兄弟，黑的、白的都有過，只是，他們的級數明顯不同，她不確定能否滿足對方。她甚至猜想著，接下來她會不會是眾人輪流玩弄的目標。但她覺得不是，這場合雖然有煙酒，卻沒有多少肉慾橫流的感覺，跟大學生的場子完全沒得比。

女人還在唱，大多數人都喝著酒、笑著聊天，沒有一個人露出魔音傳腦的痛苦模樣，而當她演唱結束時——

「唱得好啊！」

「萬姊，今天真的很厲害啊！」

「好聽！好聽！」

所有人都鼓起了掌，大聲稱讚。雖然明顯是違心之論，但在那一刻，看著他們誠摯的眼神與拍得響亮甚至掌心都有些發紅的手掌時，玉昤稍稍懷疑了是不是自己的聽力出了什麼問題，又或是，「好聽」的定義其實與她過往所學、所認知的徹底相左。

但，原來她就是萬姊。

玉昤在這行業做了有幾年，萬姊的名號聽過不少回，知道有些人說她是「地下市長」，擁有高雄泰半的黑道產業；玉昤也聽人說過，她雖然是黑道，可其實是企業名媛出身；也有人說，她跟高雄警察局局長關係很好，曾經看過他們一起吃飯。只是，流言蜚語聽過得多，卻沒有任何一則能夠核實，但玉昤猜想，那些可能都是真的。事實上，她也曾經聽說，春風旅社亦歸屬在她旗下。

或許真是如此。

「我知道我唱得不甚好聽，各位就不必狗腿了吧？」萬姊微笑回應他們的讚揚，說話的聲線如同玉昤所猜，很好聽。

原來她也是有自知之明的，玉昤想，同時也訝異於她的氣質。

明明用詞遣字並不特別文雅，卻給人一種高潔的印象。那是種渾然天成、受過良好教育的人才有的風範。像是她國中時的那位同班同學，知書達禮、會彈鋼琴會跳舞，甚至還學過油畫、水彩，是不少男同學心目中的女神，讓她羨慕。或許，萬姊真的是企業名媛也說不定？

「不不，真的比以前好很多啊，我們是說真的！」一名男子說：「是吧？」

「當然是！」其他人立刻附和。

「說謊不打草稿啊你們。」她爽朗笑笑。

「才沒有！我們怎麼敢啊!?」

「重點是進步，是吧？」

「哈哈，是。但不說這些了，」萬姊擺擺手，將麥克風放到一邊桌上，轉頭向玉昤說話：「妳是黑馬送來的，對吧？」

「是的。」玉昤邊說邊站起來，試探性地問：「我應該要……」

「我需要一個人幫我送個貨。」她指著放在沙發座椅邊上的一個LV包包說：「這個包包裡面的信封袋，需要妳幫我投到一個特定的信箱裡面，地址是××××，至於酬勞……」

萬姊掏出了藍色的紙鈔，紙扇一般搓開，五張，也就是五千塊錢。這可是她平常接五次客才能賺到的錢。她的價碼是兩千，但有一半得要給旅社、馬伕、打掃清潔的人。若是合法生意的送貨要五千元，自然是多得離譜，可如果是運毒送槍，五千又顯得太少了。只是玉聆平常跟這些事情沒掛鉤，雖然聽恩客們說過類似任務的行情價，可真真假假、假假真真，她也不知道該信誰，她只是怕自己擔上沒必要的麻煩事情。

可她當然不敢拒絕，於是，她順從地接過了那五張鈔票。

「喔，裡面沒有任何違法的東西，就是錢而已。」

萬姊像是看穿了她的心思般，補上一句。

「喔喔，好。」玉聆不禁感到有些困窘：「我瞭解了。」

「希望妳現在就去辦，五點前麻煩投送到指定的信箱內。」

說是希望，其實是個命令。她點點頭，跟著走去拎起那LV包包。包包很沉重，裝的東西應該不少。她很好奇裡面是什麼，如果是錢的話，或許有幾十萬吧，甚至上百萬也說不定。她不禁感到有些緊張。她衣食無缺，但卻也未曾感受到如此誇張的重量過。她以前在餐飲業時有，但是在換零錢時。那包包裡面沒有任何清脆的碰撞聲，怎樣也不可能是零錢的，然而，卻有類同的重量。

「只需要投送裡面的信封袋，之後包包也歸妳了。」

「是。」

「那就去吧。吐哥，送她一下。」

一個男人立刻站起，伸手引導她。門打開的時候，萬姊又拿起了麥克風，開始唱起下一首歌，一名男子則在眾人呼喊下拿了另支麥克風加入。

$ $ $

五千塊錢，外加一個LV包包，只要在一小時半內把東西送到指定地點就好，她覺得絕對是賺到了。不過，送她從後門離開的男人也提醒了萬姊沒來得及跟她說的事情：除了顯而易見的「這件事情沒有發生過」之外，她也不能搭計程車、不能請任何人接送，大眾交通工具同屬禁止，唯一能夠使用的交通工具，便是她的雙腳。對方也給了她一張電話卡，要她在完成任務後，自行尋找公用電話致電黑馬去接。

聽到這裡後，玉羚實在覺得有些麻煩，但她也沒有打算要多作爭辯。收錢辦事、銀貨兩訖，人生就是這麼簡單。對方給她看過地圖，那地方雖然有段距離，但只要加緊點腳步，絕對不難。她猜想，萬姊應該是想要避免這包東西出現在任何的監視器上吧，雖然，現在已經是個滿馬路都是攝影機的時代，她也不太確定這樣安排有什麼意義。

她乖乖地走。

為了打發無聊，她哼起了音樂，主要還是韓國流行音樂，Blackpink、Twice、BTS防彈少年團，老一點的2ne1也都有，雖然她其實聽不懂他們到底在唱些什麼，但她也不在意，她喜歡那個旋律、她喜歡那些異國情調的腔調與韻律。

玉羚手上沒有戴錶。若是戴錶的話，接客時便需要脫掉，避免刮傷客人，穿穿脫脫很是麻煩，加上旅社的床頭櫃都有鬧鐘，她便沒有戴手錶的習慣了。不過，因為她的工作總需要計時，她的時間感很好，知道自己還有很充裕的時間，至於那地址，她早在出發前便記得爛熟，她並不擔心自己會搞砸。不過，她還是再加緊了一點步伐。早到早好。雖然她不算患有斷網焦慮症，但早點回歸文明生活，沒有什麼不好。

轟轟。

她聽到了一台機車從後逼近的聲音，轉過了頭，那是一台黑色的機車。奇怪的是，她並不是個很懂機車的人，但在那一瞬間，她幾乎是違反直覺經驗地想要辨識出那究竟是什麼廠牌、車款，跟著，她才意識到自己必須要保護自己手中的ＬＶ包。

$$$

等到她眼前的金星稍稍消退，暈眩感不再那麼強烈時，她的整張臉便開始發疼了，一開始是痛，而後是劇痛，疼痛以一種類似抽筋時肌肉會不斷抽動、跳動的方式擴散。事實上，她身上各處似乎也都痛著，只是痛的方式有些不同。

她慢慢爬起了身子，看著機車消失的交叉口，愣著。

她的鼻子有種遭人灼傷了的感覺。這是她第一次鼻骨斷裂，當她試圖呼吸的時候，便有血泡灌進了氣管，讓她咳嗽，於是，她不得不改用嘴巴呼吸；她的嘴巴也痛到不行，尤其是被狠狠踢到的左臉頰，牙齦流血是基本的，更慘的是，她覺得有好幾顆牙齒被踢得鬆動，

甚至，當她用舌頭去試探時，有一顆已經與牙根分開了，僅僅靠著細細的牙肉連著；她的手掌、手臂、膝蓋都有刮傷與破皮，最慘的至少有五公分長，血肉淋漓，還沾到了不少地上的灰塵，看來噁心；她的肩膀因為被狠狠踢了一下的緣故，仍然隱隱作痛，她的腳踝則是扭傷了，丁點重量放上，便會疼得冒汗，讓她站不起身。

她的腦袋幾乎是過了一、兩分鐘後，才真正開始作用：她被飛車搶劫了，要遞送的「錢」都沒了，甚至，因為她把五千塊放到LV包的外口袋中的關係，她的報酬也沒了。她不知道該要怎麼辦是好。她該打給誰？她要怎麼說？她會不會被怎麼樣？

她徬徨著。

她當然還是很痛，可是，那些痛仍不足以掩蓋她的恐懼。

「小姐！妳、妳還好嗎？」

一名男性機車騎士在她旁邊停了下來，只是，玉舲第一時間並沒有成功消化那人的聲音，直到那名騎士摘下安全帽，快步走來，在她面前蹲下並擋住她的視線時，她才意識到那人的存在。他的手上已經拿著電話，湊近耳朵，正說著話。

「你好，我在××區××街的……」男人向旁邊住戶四處張望，尋找門牌號碼：「××號——」

「——不！不必——」

她這才意識到，這件事情恐怕不能鬧大，於是，她伸出了手想要阻止男子，將他的電話撥掉，但男人只是冷靜地向後縮，讓她碰不著。

「——這邊有一位小姐受傷了——」

「——叫警察！」

男人露出了稍微困惑的神情，可電話沒有掛斷，只是退得更遠，張開了手掌，示意安撫。

「沒事的，沒事的，不要緊張，沒事的，警察很快就會來。」他繼續朝電話那頭說：「是，她可能需要救護車。」

「不、不必！這個……我不需要！我沒事。」

她慌了，她比剛才渾身疼痛爬起身時都還要慌，努力地解釋著，想要勸停他。但她知道，沒用，男子已經報案了，警察不可能不來的。男子也沒有將她的抗議當成一回事，明顯以為她只是撞壞了頭，所以語無倫次。

「妳需要救護車，沒事，冷靜下來……麻煩儘快，謝謝。」

男子這才掛了電話。

「小姐，沒事的，妳不會有事的，警察很快就會來了。」他再度開口安撫。

「我……我……」

「妳是遇到肇事逃逸嗎？」

「我……那、那個，我……我可以跟你借個電話嗎？」

「電話？喔，當然可以，妳想要打給誰？我幫妳打……」

「那個，號碼是……」

她報上了黑馬的電話號碼。他的號碼，她爛熟於心。男人撥出了電話，隨即將電話交給了她。玉昤正要伸手去接，可下一秒，她便像是觸電般收回。

「我的手……還有臉……」

「沒關係，我之後再擦就好。」

玉昤接下了，當她將話筒湊近耳朵時，電話已經接通，黑馬的聲音正問著話，聲音中透著不耐煩。她還是小心地不讓手機螢幕碰到她的耳朵或是臉頰，就怕弄髒它。

「我說，請問是哪位？」

「黑馬，是我。」

「嗯？玉昤嗎？」

「對，我……我出事了，需要你幫忙，我在……」

「××區××街××號。」男子說。

玉昤複述。

「知道了，我現在就去。」

「警察也已經在路上了。」

「……我知道了。什麼都不要說，妳等著。」

「嗯。」

黑馬嘟的一聲掛了電話，玉昤便將電話遞還給男人。

「所以……妳是遇到肇事逃逸嗎？」

「我……這……我也不知道。」她撒謊。

「是嗎？妳好好休息吧，別動，我找個什麼東西給妳擦一下。」

「謝謝。」

$ $ $

黑馬並沒有在警察來之前趕到。警察率先抵達，一個年約中年、另個則是看來年輕，大概二十六、七歲左右，跟玉玲年紀相仿，長相也端正，給人一種陽光、充滿熱情的印象。玉玲雖以衛生紙簡單擦拭過，可是，因為少了水、加上不敢隨意碰觸傷口的關係，仍是血肉模糊，那些沾染在衣服上的血痕，則是發黑凝固，比起鮮血淋漓，自有另一番不同的可怖，年輕的警員一看到她，便露出不忍的神色。

他在她面前蹲下，以溫柔體貼的聲音詢問。

「小姐，妳還好嗎？」

玉玲不禁苦笑，因為她一點都不好，問這話，感覺有些無厘頭。她曾經被客人揍過一回，那次，黑馬可沒有愚蠢到問她好不好，他只是邊拿冰塊冰鎮自己指關節上的破皮紅腫，邊替她貼上膏藥，低聲告訴她瘀青很快就會褪去，不必擔心留下傷疤。那個客人倒是留下了二十針的疤痕以及三萬的湯藥費。

可她也清楚，那是善意。她看向了年輕警察的胸前，名牌上的名字是「賴正男」。

「很痛……」

「妳還記得發生什麼事情嗎？」

她記得有兩個人，她記得清脆的斷裂聲，記得自己悶沉的哀號聲，甚至記得那男人要她住嘴的粗魯聲音；她也記得是一台黑色的機車，儘管，她不知道是什麼廠牌，但她知道，不少混混都會騎那樣的車，體積不算太大，馬力卻很充足；她自然也沒有忘記ＬＶ包包光滑的皮面與其內沉重的信封袋。

可是她搖頭。

「什麼都不記得？車子的聲音？機車的聲音？或是，有人的聲音嗎？」

玉皊再度搖頭。另一邊，中年警察則跟報案的男人問起話來，想要釐清事情始末，男人只回答說看到她受傷坐倒在地就停下來，其他的，什麼都不知道。

「妳記得的最後一件事情是什麼？」

「……我……我在走路。」

她的聲音稍稍顫抖，既是緊張，也是因為說話時傷口不斷發疼。

「然後呢，還記得什麼別的嗎？」

「不記得了。」

「那麼，妳出門的時候有帶上什麼東西嗎？錢包？手提包？鑰匙？」

她一時間不知道該怎麼回答才是，她該要說什麼都沒有帶出門嗎？這未免太過違反常理了，如果這樣說，恐怕才會啟人疑竇；但要是說手提包被搶了，會造成什麼結果，她也沒有概念。

運氣很好地，救護車恰巧在此時轉進巷道，賴正男便站起了身，向救護人員招呼，發問便也中斷。

救護車停妥後，醫護人員便快速衝下了車，賴正男自動退讓一旁，讓玉皊接受緊急治療處理，他則是認真地在周邊環境走動，檢查著地上的各種痕跡，包含機車後視鏡耳朵斷裂時落在地上的碎屑。他小心地拿出胸前的錄影筆，以筆尖輕輕去挑了一下，確認他們的材質。

「妳的腳能動嗎？」醫護人員問。

「右腳不行。」

「身上有其他地方痛嗎？有沒有哪裡骨頭受傷、疼痛的？」

「沒有太嚴重的。」

「不管怎麼樣，妳的鼻子還是需要治療，來，我扶妳，我們送妳去醫院吧。」

「那個，不行！我已經打電話了，我得要……等人。」

「妳可以打電話給他，讓他到醫院跟妳會面。」

「拜託！他立刻就到了，等一下，好嗎？」

救護人員看了彼此一眼，明顯是學長的人點了點頭。

「我們先扶妳上車，做簡單的處理跟檢查。」

救護人員以強壯的臂膀攙扶她的肩膀上了車，隨後便開始清理傷口，同時間也不斷詢問她的狀況，好確定她並沒有過於嚴重的內出血、內臟破裂等情況。

「妳不必擔心，妳這些傷口應該都不會留下太明顯的疤痕。」學長問完狀況之後，便開口說了一句安慰的話：「妳的鼻子也能夠痊癒的。」

「嗯。」

「妳確定那個人立刻會來嗎？」

「是，一定會的。」

「三分鐘人還沒有來的話，我們就得要……」

他話還沒有說完，一台機車便已經從兩個街口外衝進了巷道，雖然隔得還遠，但已經能夠看出是黑馬了。他的車速飛快，經過沒有交通號誌的十字巷口時完全不按煞車，只是猛壓喇叭。

「妳男朋友是不要命了喔，我可不希望等等還要送他到醫院餒！」學長露出半是不悅、半是理解的神情，搖著頭說：「下次讓他不要這樣吧。」

「我……嗯。是。抱歉。」

「人之常情。」他搖搖手，沒說話。

幾秒鐘後，黑馬的車已經趕到了救護車邊，煞停後急到忘記熄火，踢下腳架便小跑步到了救護車後面，想要爬上。兩個警察當然注意到他，注視著他，觀察著，救護人員學弟則是跳下了車後，向神色緊張的黑馬解釋情況，玉皊未曾看過他如此著急，那讓她知道，這件事情很大條。她不禁害怕地又顫抖起來。

「她的傷沒有看起來的那麼嚴重，但還是需要動手術，她不會有什麼太嚴重的事情，你不必擔心。」學弟解釋：「我們會送到附近的仁美醫院，你可以到那邊探訪她。」

「好，謝謝，謝謝，真的。只是，我可以跟她說幾句話嗎？拜託？」

「可以啊。」

「那個，我能上去嗎？」

學弟抬抬眉，露出困惑的神色，看向了學長，學長遲疑了一瞬後聳聳肩，點頭，黑馬便爬上了救護車後。

「玉昤，妳的包包呢？」黑馬倒是沒有多作遮掩地問。

「我……我不知道去哪了，可是……」

玉昤回答，同時看了一下已經湊近車尾觀察二人的賴正男。她覺得有些不自在。賴正男的視線讓她覺得好像被懷疑了。

「妳不知道？」

「我不知道。」玉昤說，眼睛卻猛眨，同時向後瞟了下，脖子也微微地點。

黑馬的眼睛瞪大了一下，隨後也眨了眨眼，示意理解了。

「妳真的是……辛苦了。總之，那個，我想想，妳沒有手機，對吧？那這支手機先給妳用。」黑馬邊說，邊從口袋掏出了一支手機：「我們等等在醫院見，不要緊張、不要怕，懂嗎？」

玉昤點頭，黑馬也對她點點頭，隨即跳下了車。

「各位，真的謝謝。」黑馬說，便走向了他的機車。

「稍等一下，先生，我可以問你些問題嗎？」賴正男開口，讓黑馬停下了動作。

玉鈴感到異常緊張，想要知道為什麼警察要向黑馬問話，可是，下一秒，救護人員學弟上了車，碰的一聲將門關上，隨即拍了車身兩下，救護車的司機便發動引擎，載著她往醫院去了。

約莫三分鐘後，手機震動了一下，玉鈴將手機舉起，看了跳出的訊息。

「給細節。」

「被搶了，黑色機車，兩個人。」

她沒讓救護人員看到內容，發送，隨後將其放下，但仍然握緊。現在時間是四點五十九分。包裹運送的時限就要到了。

「你要聯絡家人嗎？」學長忽然開口問。

「我……我不必了。沒有人可以聯絡。」

「啊，嗯。」學長點點頭，沒再說話

在她抵達醫院之前，手機都沒有再震動。

第三章

萬姊Ⓐ

萬姊喜歡唱歌，她認為，這個世界上最美好的事物，便是音樂，再來則是金錢、權力。沒有男人。

她特別喜歡在洗澡的時候唱歌，除了洗澡本身是件身心舒暢、沒有束縛的事情外，更是因為浴室空間較為狹小，聲音會反射，聽起來更為飽滿好聽。不過，她的浴室也非一般，已經是多數家庭的客廳那般大了。她坐在浴池中，享受著超音波水柱的按摩，跟著音樂哼唱，試著跟上JC的Key。她當然知道自己唱歌不好聽，她不是傻子，可是她喜歡，所以她總是努力地練習。這也是她少數可以放鬆的時候。所以，她很討厭洗澡到一半時被人打斷。

可現在，她放在浴室裡面的無線電話卻響了。通常，她的小弟會將不重要的電話留待到她出浴後再告知，會轉進來，理論上便是重要的電話。但她還是覺得惱火。她以擺在浴池邊的兩尺長毛巾將手指擦乾，按下了音響的遙控器，暫停撥放到一半的音樂，跟著才伸手撈起了頗有些分量的無線電話。

「說。」她拿起電話的那瞬間，劈頭便問。

「萬姊……是曾議員，他在一線上，我有問他說能不能晚點回，但是……」

「知道了。」

萬姊不悅地按下了一號鍵，隨即以端莊有禮的態度開口說話。

「曾議員，真是不好意思讓您久等了，請問一下，我今天能夠幫您做些什麼嗎？」

「抱歉，我是曾議員的助理，小龍。」

「喔，小龍啊。」她的聲音立刻便轉了，禮貌之意收起了一半，轉為直爽與親暱：「怎麼了嗎？」

「今天是交數的日子——」

「——我知道，我並沒有忘記這件事情。」

「那當然、那當然，萬姊的記性好，而且向來準時，我並不是擔心您忘記才打來的。」

「瞭解，那是為了什麼呢？」

「事情是這樣子的，曾議員認為，最近的經濟局勢還算不錯，大家都賺得不少，所以……」

小龍刻意沒把話說完，可是聰明如她，一聽便知道意思了。曾議員敢情是想要她交上更多的數。

「為了避免我揣摩上意時誤會了什麼，我還是確認一下吧，曾議員是想要多一點？」

「是的。」

「要多多少呢？」

「兩百。」

「兩百？一個月就要多兩百？」

「是的。」

「雖然我並不想要無禮，不過，小龍，曾議員不嫌胃口太大了點嗎？」

她以極為溫柔的聲音反問，可她的質疑，也鋒利如刀。

「哈哈，萬姊說話真是直爽。您的疑問，需要我傳達給議員嗎？」

「呵，不必，有空的時候我再親自問就行了。」
「麻煩您依照老樣子，送到指定的信箱。」
「瞭解。還有別的能幫上的事情嗎？」
「沒有。」
「再見。」
萬姊掛了電話，將無線電話放到一邊，再度放起音樂，重播了一次方才唱到一半的歌，深呼吸一口氣，再度唱起。

$$$

擦乾了身子後，她便換上早先便準備好的正裝，黑色襯衫、俐落剪裁的藏青長褲，踏入她家的客廳。客廳寬敞，貼牆放了一台一百吋大的QLED電視，除此之外，更有整套的九加一聲道環繞音響，喇叭用的是知名國產品牌「雅瑟」。沙發上坐著兩名男子，一看到她走出來，幾乎是瞬間便從沙發座中彈起，立正，其中一人動作稍慢，因為多花了點時間將電視關掉。
「五分鐘後出門。」
兩人點頭，快步往大門口走去，萬姊則是走到了廚房，管家正在裡面準備料理，切著菜，看到她時便停下了切菜的動作，半彎著腰請安。

「主人，您今天早出來了些，請問是有什麼不周之處嗎？」
「沒，給電話煩得待不住。」
「是。」
「幫我化個淡妝吧。」
「好的。」
管家立刻洗了手，隨後快步走到一邊的置物櫃，拉開了上層抽屜，取出化妝品，萬姊則是趁這機會走到水槽邊，倒了一杯過濾水喝。她通常只喝水，偶爾應酬的時候會喝茶，可也就如此了。她不煙不酒，含糖飲料也一概不碰。姣好的身材、不顯老態的五官所彰顯出的震懾力，遠比肥胖、蒼老枯槁的面容要多，因為，那代表她是個自制、有原則的人，而在這一個圈子中，最重要的就是原則。
管家返回，以老練的手法替她撲了點粉，隨後幫她雙唇塗上了豔紅口紅，眉筆輕輕補個一道，讓稍嫌淡的眉毛深色些，妝便完成了。她仰頭將水喝乾，隨即便走向了大門。大門邊，一名小弟等著，出門時專用的黑色平跟短靴也已經擺至定位了，她雙腳踢入，小弟則幫她推開了大門；門外，舒適但也不算太過高調的賓士車已經停好在門口，引擎怠速等著她了。幫忙開關門的小弟再度箭步踏前，幫她開了車門，涼爽的冷氣便流洩出來。
萬姊上了車，小弟替她關上車門，車子便出發。
「萬姊，要去哪？」司機問。
「帕莎娜娜。」

指示完後，她開啟手機藍芽的功能，連結到了車裝音響上，放起音樂。她沒有跟著唱，只是輕輕哼。雖然所有小弟都知道她熱愛唱歌，但若不是在浴室，又或是真正的KTV包廂中，她覺得唱歌是有些彆扭的。她拿出放在椅背後方的iPad，開始瀏覽起了財經資料：首先自然是看股市，看看她買的幾支大企業有無超出情報網的變化；再來，她研究房價異動，確認投資的房地產價值仍然保值，沒有人在破壞市場行情；跟著看的依序是基金、匯率等等。

看完了大致的財經動態後，她便改翻出了昨日的財務報表，主要分成四個不同部分：地下賭場、娼寮、毒品及借貸。以往，這些產業採盈虧自負的經營方法，只要每月繳納定額的保護費即可，可當她走馬上任後，便決定要做出改變，以全新的方針經營，要求他們每天都需繳納相關的財務紀錄，盈餘也改為按比例上繳，進而將控制權拉得更高。會這樣做的原因有好幾個：一部分是因為白道逐漸貪婪，掣肘慢慢增加，集中式管理可以避免下面人鬆散過頭，鬧出不必要的麻煩；另一部分，則是她認為此種模式不但能夠幫助她賺得更多，也能為低階幫眾多討得一些生活費，令地盤更加穩固。

幾年過去，她也真做到了。

在她細細看完報表前，便已經抵達餐廳。不過，這回坐副駕的小弟並沒有下車幫她開門。她要求過，到了外面，不需要此等禮儀，免得引人側目。她只是自己開了後車門，下車，隨即單槍匹馬走進餐廳。

「您好，請問您的訂位大名是……？」門口負責接待的侍者問。

「我是來赴約的，陳先生。」

「啊，是的，小劉，包廂。」

另名侍者點點頭，半彎一下腰，示意萬姊跟上。他們一前一後穿越餐廳大廳，進入了後面的包廂走廊，跟著，便到了一間足以容納六人的包廂。包廂中已經有人坐著了，是一名白髮蒼蒼的老男人，他臉上肌肉鬆垮，兼且坑坑疤疤，一看就不是特別討喜，想來年輕時也沒多好看。

「萬姊，您好。」老男人站起身問好，一手掏出了名片，另手伸出要與她握：「久仰大名，我是陳易聖。」

他年紀大上許多，稱姊，純是基於她的身分地位，必須要禮貌尊重。萬姊伸出纖纖素手，與他握了，隨後接過他的名片，瞅了一眼。其實他的身分，萬姊早就知曉，可看到抬頭上寫著系主任，仍然覺得有趣。

「陳先生您好，今天謝謝您的邀請。」

「應該的。」

「您點過了嗎？」萬姊問。

「是。」

「那，請給我一份龍蝦套餐，謝謝。」她轉頭與侍者講。

「好。」

實際上，那道菜的名字有十幾個字，聽來極其典雅，不過，不管是侍者又或是客人，全都懶得完整唸出來。或許就算是主廚，也覺得有些拗口吧。侍者出去後，萬姊便在陳教授對面坐下。

「今天陳先生邀請我來，是有什麼事情嗎？」

「我……有個不情之請，若不是因為實在不知道該怎麼辦，我是不想要打擾萬姊您的——」

「——陳先生，不必這麼客氣，但請直言無妨。」

「啊，是，我呢……最近跟市政府內的人，有些爭執，鬧得實在很僵，聽說您是……非常公正的人，想要請您幫忙調停，化解矛盾。」

「喔？說真的，我並不熟悉學術界，對貴校的了解也不充分，能不能請您說說看您碰上的情況是什麼，讓我瞭解一下。」

「我最近參選校長，我的票數也明顯超過了其他的候選人，可是嘛，市府那邊顯然是因為我過去跟他們派系的人有些爭執，對我大有意見，說不管怎麼樣都要把我搞掉。」

「如果您的票數比較高的話，他們又能夠怎麼做？您是有道德瑕疵的把柄嗎？如果是的話，是什麼樣的？」

「喔，不、不是這樣的，這個，我們學校校長選舉的規則稍微有些不同，我們投票只是投第一階段，看是否超過了半數門檻，只要超過，就能進入第二階段，這時候就交由我們學校的校長遴選委員會進行商討、決議，這個遴選委員會的成員就有市府的人，而他們……很強勢。」

「喔？大學選舉我確實不熟，這規則還真是第一次聽說。」

「是。」

「結怨除了先前的黨內初選，還有別的因由嗎？」萬姊問道。

陳教授搖了搖頭。先前黨內初選的時候，他幫了另一派系的人助選，雙方為了搶那名額，抖出彼此不少的料，鬧得很僵。

「沒記錯的話，你們打自己人比打別黨的還要兇，也難怪會結怨。」

「這個……當初……是。」

「我當然知道校長這個職位是通往政壇的極佳跳板，不過，目前前進派系聲勢正旺，就算當上校長，也很難再上一層？或許，您並不需要欠我這份人情。」

「這個……」

「您思考看看，真有需要，我當然樂意幫忙穿針引線，將大家拉在一起，坐下來吃頓好菜，好好談談。」

$ $ $

酒足飯飽後，萬姊離開了帕莎娜娜。當她踏走出餐廳門口時，賓士及時抵達，讓她沒有吹上幾秒炎熱的自然風，便重新回到涼爽的人類科技結晶「冷氣」的懷抱之中。

「去舞廳。」

「是。」

車子開動，萬姊則是懶散地重新將手機與藍芽音響連結上，再度放起了音樂，放的是Adele的經典歌曲〈Someone Like You〉。她輕輕跟著哼，直到歌曲結束，她才伸長了手將iPad拿出，看起早先還未看完的財務報表。偶爾，她會拿起手機進行計算，甚至叫出特意安裝的統計報表，重新進行核算，確認數字正確，在她將要抵達舞廳之際，才終於讀完。

一切看起來都沒有問題。

剛啟用這複雜的財務報表紀錄時，不少旗下舖子都會犯錯，要不就是輸入的資料與實際要求的不同，要不就是破壞她設定好的表格公式，讓整份數據顯得荒謬。現在，她主要專注於檢查是否有監守自盜的情況，所以，除了營業者自行繳上的數據外，她也安排無人知曉的眼線，記錄帳目進入的概況，加以比對。

抵達舞廳時，其實不過才兩點半，距開會的三點有些距離，不過，所有該要到達的人全都已經提早抵達，坐在會議室中了，於是萬姊便也踏入其中，提早開始。她向來痛恨別人遲到，所以，多數幫眾總會提早來到，就怕因此遭受處分。

「各位好，謝謝你們提早抵達。」

「應該的。」幫眾回應。

「在我們開始慣常的週會之前，我得要先宣布一個不怎麼愉悅的消息，曾議員現在打算要讓我們多交兩百上去。」

「兩百？一次多兩百嗎？我們最近可沒有搞出什麼亂七八糟的事情吧!?怎麼能隨便就要加啊？」

一位脾氣特別火爆的李堂主立刻便開口質疑，手還狠狠拍了桌子一下。

「給的理由是我們最近生意不錯，要有福同享。」

「什麼有福同享……我看是他又多養了一個小三吧？」

不少人都笑了出來，萬姊也是。

「事實上，曾議員未婚，也沒有穩定交往對象，所以應該不是養小三。」萬姊微笑補上一句修正。

大夥爆出一陣笑。

「比較可能的，是他養了條新的母狗。」

萬姊補上畫龍點睛的一句，讓笑聲更瘋狂。等到大家都稍微冷靜一些後，萬姊才又繼續說下去。

「無論如何，這代表各位也必須要更努力地賺錢了。我方才算過了，平均來說，每個月只要多繳個兩趴左右，便能補足這兩百的缺口了。不過，在你們上繳之前，我還是要提醒，別從我們在外面跑的兄弟身上去扣，要的話，從少喝幾瓶香檳開始，懂吧？」

其中幾個人竊笑出聲，喜歡喝香檳的那人則露出訕訕、稍顯尷尬的微笑。

「萬姊，這樣子下去，他們只會繼續吃人夠夠的吧。」李堂主說。

「我們畢竟是黑，要跟他們玩，一定是傷敵八百、自損一千，弊多於利。我想，各位也不會希望好不容易蒸蒸日上的金流就此停止才是？」

大部份人都露出「確實如此」的表情，點著頭附和。李堂主雖然也點頭，但臉上卻閃著幾許不認同，萬姊並沒有看漏。

「李堂主，覺得這樣被予取予求很不是滋味，對嗎？」

「幹，這種無賴傢伙，應該要被揍到大小便失禁才對。」

「我保證，如果他還繼續得寸進尺，我也不會客氣，相信你也知道我的手腕。目前，我們就觀望一下，走個保守的一棋，你覺得如何呢？」

「萬姊想得是周全啦，我覺得也很好。」

李堂主聳聳肩，萬姊用問的，已經是給足了面子，他火爆歸火爆，但不蠢，知道這時候該怎麼回。

「當然，也為了感謝大家的配合，這次多的兩百由我出。」

「謝謝萬姊！」

一眾大老幾乎是異口同聲地說。

$ $ $

「……今天的會議就差不多如此了，還有問題嗎？」

眾人零零落落地回答沒有。

「好，那麼，李堂主，今天從你那邊找個女人來送吧。」

「行，現在就辦！」

「有要忙的就去忙，沒有的，留下來一起喝點酒，放鬆一下吧。還是一樣，我請客。」

語畢，萬姊率先出了會議室，隨後轉向她在舞廳的辦公室。

這間舞廳，其實是她第一間接手管理的店，而這間稍微有點狹窄的辦公室，則是她的第一個辦公室。如今她的事業做得太大，已經沒有辦法事無大小地親力親為，日常營運打理交給了一名忠心的手下負責，可這間辦公室仍然替她保留下來，偶爾，她如果想要換個環境、換個角度思考時，她便會來到這坐。這邊也擺有一個保險箱，裡面存放了她不少的錢。她將保險箱打開，隨後讓小弟點算了額外的兩百，放進別人送給她但從未揹過的LV包中。

準備好了錢，她便拎著包回到了在舞廳中顯得有些奇怪的KTV包廂，與方才那些早一步來到的堂主們一起坐下來，摶摶感情，交流一番。除了兩、三個還有事情要處理的先走一步，其他人都在了，甚至某些人相好的女人也在內。萬姊並不介意，但也不怎麼理會她們。她們畢竟是不同世界的人。

她之所以願意為他們的休閒娛樂買單，目的倒是很單純，便是希望透過一杯杯的黃湯與一抹抹的青煙，讓不同堂口間的關係能夠維持融洽，就算彼此間有衝突摩擦，也能夠趁此機會弭平，避開內鬥內耗，不給其他幫會可趁之機。

唱歌唱到一半時，黑馬的女人便送到了。

她做事向來謹慎小心，送錢這件事情，她也從不馬虎。永遠，都是隨機挑一名妓女又或是公關小姐來做，只因為她認為女性較為可信、較為聰明，不會蠢到以為自己能夠逃脫；除此之外，送錢的時間也不固定，有的時候是一大清早便派人去投，有時候卻要拖到最後一刻，甚至提早一週、半月的情況也有；出發地點與投遞地點也不盡相同，能夠投的信箱，曾議員提供了三個，出發的地點則是有十幾個，有時候從舞廳、有時候從旗下堂口；交通方式上，也有所不同，有時候，她會讓女人直接搭計程車去，有時候，則是要求她們自行騎車前往，又或是搭乘大眾交通工具。如此一來，即便有人起心動念想要出手去搶這筆「交數」，也會因為過於複雜而不知道如何規劃、下手。

所以，當她唱到一半被李堂主打斷，並低聲告知「送錢的出事了」的時候，她極度訝異。她放下麥克風，讓其他人繼續唱，兩人便出了KTV包廂。

「出什麼事？」

「還不清楚，但是，那個馬伕接到了那婊子的電話，說出事了，馬伕已經趕過去瞭解。」

萬姊沒有接話。她的表情沒有什麼改變，她心內也沒有動氣，她只是認真地思考接下來的應對。李堂主站在一邊，耐心等著她的指示。雖然一切都還不明朗，可她猜想，錢很有可能短少，甚至，全都沒了。

「你去處理，只要一有情況就通知我，然後，在向我請示之前不要做任何動作。」

「知道了。」

她轉身走向辦公室，開了她的保險箱，隨即讓小弟點算金錢，只是，雖然裡面的總資產遠超過要求上繳的額數，但大多數都不是以新台幣紙鈔形式存放的。她放的是金塊、鑽石、債券、瑞士銀行存摺、美金、日幣、人民幣及澳幣等等，那些在潛逃又或是台海戰爭爆發時仍然能保有價值的物品或是貨幣。她大可現在叫所有堂主吐錢，不過，堂主們也一樣需要各奔東西分別去開保險箱，還要重新點算，速度既慢，麻煩也多；況且，她雖是幫主之尊，可如這般要幫眾們墊錢，仍然是場人情債，她可不想要承擔。最簡單直接的，還是她一人處理。

她家裡還有，數字一定充足。

「拿上所有台幣，然後備車回家。」

「是！」

一名小弟快步跑出，去準備開車，另名則是大動作地將台幣掃入一個黑色塑膠袋中，綁上死結，隨即便起身出了房。萬姊將保險箱重新鎖上，快步走出房間，從大門口離開，車子已經停在路邊等著她了。她甫上車，司機便快速開往她家去。他們雖然不清楚細節，可聽她語氣便知道事情非同小可。不過，該要遵守的交通號誌，他們也沒有去闖，只是在沒有車流的時候將速度逼上七十、八十而已。

萬姊算了一下時間，現在是四點五十三分了，到家得要二十分鐘左右的車程，就算放棄平常的送錢方法，直接派小弟騎機車趕去投，也得要再花上個十五分鐘，這還是沒有考慮進去五點開始的學生群通勤，雖然只是概估，交數要不是壓線五點半送達，要不便是遲到。雖然不確定他們是否會準時去領貨，但她可不希望被人認為是爽約無信的人。她決定要提早打通電話，知會他們一聲。儘管她很不想要向那些無賴傢伙示弱，但該做的事情，還是得做。

她打給了小龍。

「萬姊，您好，請問有什麼事情嗎？」

「我們沒有辦法準時交數了。」

「喔喔？是這樣子嗎？可以問問看，是為什麼嗎？」

她聽出了小龍的試探，知道他想錯了。

「純粹是我們的送貨人在路上遇到了些問題，我們對於多交兩百沒有任何微詞。我們至多只會遲個半小時左右。」

她刻意將時間說得長些，以作保險。

「原來如此……我知道了，我會跟議員說一聲的。」

「……好的，謝謝。」

她壓抑住叫小龍不需要上報的衝動。一直以來，都是小龍在打理這些事情，如果只是三十分鐘的遲到，她不認為他沒法應付得來。但他就不是這種個性。如果是他自己犯的錯，他會試著在沒有人察覺時彌補，別人的錯，他是絕對不會幫忙擔的。

她掛了電話，沉住氣，等著李堂主給更多消息，出發約莫十分鐘後，她收到了電話。

「錢被人搶走了。」李堂主劈頭便說：「不知道是誰，只知道有兩個人，騎黑色的機車。這消息，要告訴別的堂主或是讓我的手下……？」

萬姊沉吟了一下。

「先不必。搶人的部分，能確定是不是自導自演嗎？」

「我不知道，但聽說那婊子有受傷，而且傷得不輕，人被送去仁美醫院了。」

「等等派人去接她。」

「好。」

被搶走了。是誰？他們是否早就知情，所以才會瞄準那女人？會不會是幫內有異心的人趁機出手，尤其，今天剛好是在那幾名堂主前交付送錢的任務，會不會是他們動的手腳？也或者，可能是那個馬伕又或是女人漏了口風？又或是，別的幫會潛伏許久，剛好選在今天尋釁鬧事？還是，這從頭到尾就只是一樁倒楣機運下的意外事件？

不，她不相信隨機，當然，人是有可能好端端走在人行道上就被酒駕司機撞飛、有可能被掉下來的花盆砸死，又或許，搭個捷運就遇到雙刀客隨機砍人事件，但這樁搶案，怎麼想都不可能是「意外」，她不覺得事情有這麼剛好。

內奸，還是被外人看透了？她猜是前者，可是，她刻意留在最後一刻才選了李堂主來辦今天的送錢，誰能夠提前準備？李堂主做為負責的人，嫌疑自然是最大，他會蠢到搬石頭砸自己的腳嗎？還是，他是逆向思考，反其道而行？不管如何，首當其衝的，還是要問黑馬跟那女人，只是，他們如此小咖，不大可能真有熊心豹膽自行攤這一趟，可能只是棋子，甚至是完全不清楚來龍去脈的卒仔，問他們，也不一定能夠問出端倪。

但還是得從他們開始。

她再度撥了電話給李堂主。

「萬姊，找我啥事？」

「那個馬伕，他人在哪？」

「馬伕？我讓他去我堂口，我等等要去找他，順便問他。」

「他的電話，給我。」

「喔，好，妳稍等……」

隨後，他報上了電話。

「謝謝。」

她掛了電話，改撥給了那馬伕，電話響了五、六聲，才被接起。背景聲音雜亂，還有風聲，要不是正吹著電風扇或是站在颱風中打電話，便是在騎車了。

「黑馬，對嗎？」

「我是，請問妳是哪位？」

「我是萬姊。」

「萬、萬姊？是……欸，那個萬姊嗎？」

「是。」

風聲停了下來。

「那個，我，我很抱歉，但……我不知道該怎麼做，才能……彌補這個——」

「——你現在騎車到××路×××號，愈快愈好。」

「現在？」他明顯嚇到了：「呃，好，我現在就去。」

「到了門口跟守衛說你是誰。」

「是。」

萬姊掛了電話。

$$$

回到家後，她便直奔房間，開了保險箱，讓小弟們打包裝錢。她個性向來有條不紊，保險箱內也是如此，不管是哪國鈔票，都有固定的捆裝方式，方便小弟們點算，不過是半分鐘的時間，他們便已經算好數裝滿了袋。

「多裝三十進去。」萬姊指示。

「是，知道了。」

關了保險箱之後，他們便回到客廳，小弟們開始分裝鈔票到牛皮紙袋信封中，萬姊則是在餐桌邊坐下來，喝起了溫水，等著馬伕。天氣很熱，她很躁，她當然想要喝些冰涼的水放鬆，但是，她的體質不算太好，每到月事，身體便有些虛弱，要是喝多了冰水，更會痛得冒冷汗，所以，她只喝溫水。她等著，不過，在等到馬伕前，她家的室內電話便響了。一名小弟幫忙接起，跟著便按住了話筒低聲向她報告。

「是曾議員。」

「曾議員還是小龍？」

「曾議員。」

「知道了。」

萬姊翻了翻白眼，咋舌一聲，舉起手接過了無線電話。

「曾議員，您好，今天遲到交數，實在很抱歉。」

「唉呀，萬小姐呀，我特地打過來呢，就是要跟妳說一聲，我並沒有把這件事情放在心上啦，偶爾一次遲到個半小時，真的不算是什麼大事的啦！」

沒放在心上，然後特地打電話來說「沒放在心上」？萬姊不禁輕蔑地笑，可自然是沒有笑出聲。

「謝謝您的諒解。」

「不過啊，下次也許就不要壓線交數了，是吧？所謂早到比準時好，準時比遲到好，遲到比不到好嘛。」

「確實是，我一定會注意的。」

「跟妳做個最後確認，六點就一定能夠拿到，對吧？」

「是。」

「Then it's all cool.」

「曾議員，為了這次失約造成的麻煩，我也會補償的。」

「喔喔，偶爾一次，也談不上什麼補償不補償啦。」

他的拒絕一點說服力都沒有。不只萬姊知道，他自己也知道，但他不介意。這通電話的目的，本來就是要多刮一筆「補償」。儘管，萬姊早就已經裝好「致歉費」了。

「不，這是我們應該要做的，犯錯了就該要加倍補過。」

「唉呀，妳說的也是呢。不過，還是要妳知道啊，我這邊是沒有在意的！」

「瞭解。曾議員，請容許我先行失陪，處理交數之事，好嗎？」

「當然當然，我就不打擾萬小姐妳啦。」

萬姊掛了電話。雖然只是短短一分鐘左右的電話，她還是感到有些不耐煩，自始至終，她便對這個曾議員沒有什麼好感，但擁有雄厚背景的他是黨內的大紅人，也是白道與市府欽點的負責人，她只能接受。

兩名小弟才剛分裝完成，大門門衛便透過無線電通報馬伕來到。

「小哲，你去帶人進來。小雞，你騎車去送錢，完成後給我一通電話。」

「是。」

兩名小弟遂執行命令，沒有多久後，小哲便帶著黑馬進了屋。萬姊細細打量他。他的打扮並不體面，穿的只是普通的白色汗衫、牛仔褲，因著方才在大太陽下騎車的緣故，有些汗濕了，黑漆漆的長馬臉也不算好看。他停下腳步時，雙手便放到腰後，像是軍中的稍息禮一般，十分拘謹。

「萬姊，您好。」

「你叫做黑馬，對嗎？」

「是的，萬姊。」

「從頭跟我講一遍，事情怎麼發生的？」

「我……我在外面攬客的時候，手機就響了，我看了一下，是一組陌生的門號，想說……欸，這可能是某個人介紹來的客戶，就接起來，然後，我就聽到玉吟的聲音，她跟我說出事了，人在哪裡，然後我就趕快打給了李堂主——」

「——那女人，她在電話中有說是怎麼了嗎？」

「呃？嗯……好、好像沒有。我也急著掛，所以……沒有問她。」

「然後呢？」

「然後……跟李堂主講完之後，我就騎車到她那邊，她看起來受了很嚴重的傷，我問她東西去哪了，但因為旁邊有警察在的關係，她……沒有立刻跟我說是怎麼了，後來我用手機問，她才說是被搶了，然後是兩個人，騎黑色機車的。然後就……大概就這樣了。」

「當時警察已經到了？」

「對，是一個路人叫的。」

「原來如此。」

「……而且，啊，那個，有個警察也懷疑是搶劫，他們有攔住我問了一下，我都說不清楚，呃，不過，他們以為玉呤是我的馬子，我就只好……順著他們的話。然後，他們問我，知不知道玉呤帶了什麼財物出門，還有……玉呤家人的聯絡資訊。但我都說不知道，我是真的不知道就是。然後，他們就說沒事，之後要找我做筆錄，大概就這樣子了……」

他不確定地作結。他的「然後」用得很多，明顯很怕。

「你跟著李堂主多久了？」

「我……呃，可能三年吧。」

「今天的事情，除了你跟那女人知道外，還有誰？」

「李堂主……可能，還有我的老闆？」

「你沒有跟別人說？」
「沒有。」
「這起搶案，是不是你跟那女人自導自演？」
黑馬的瞳孔似乎收縮了一下，他已經夠僵的身體似乎更硬了。
「不！不！真的不是——」
「——不是嗎？」
萬姊只是輕聲打斷，黑馬辯解的聲音便戛然而止。他全身上下都抖了起來。

第四章

小龍

Ⓐ

小龍睜開眼時，不像一般人還會睡眼惺忪一陣、繼續窩在溫暖被窩中，他沒有；反之，他醒的那一瞬間便坐直了身子，先是拿了冷氣遙控器關了機子，隨後拿起手機，檢查時間——五點五十八分。他以手指頭拉下通知欄，關閉了即將在六點響起的鬧鐘，播起沒有人聲的爵士樂演奏〈Welcome to the Tokyo III jazz club〉，同時間雙腳已經落地下床，走向浴廁。

他開了水，等水熱，同時間拿起電動牙刷，抹上牙膏，塞入嘴巴，大致將牙膏抹勻抹開後，按下開啟鍵，隨後才走進浴缸，這時候，水剛剛好熱了。他一手拿著牙刷，另一手則是去按了洗髮精，將頭髮打溼後便開始抹上，一邊刷牙一邊按摩自己的頭皮。他暫停了電動牙刷，將牙刷咬在口中，改用雙手搓頭，半分鐘後，他將頭手都湊到蓮蓬頭下，開始沖洗，同時按開電動牙刷，繼續刷，跟著再以單手按了沐浴乳，塗抹在腋下、鼠蹊部、屁股、腳丫子這幾個他認為需要重點清潔的部位。搓完了，他站到水下，讓水沖掉身上的泡沫，同時也吐掉口中的泡沫、漱口，完成了他晨間的梳洗。

前前後後，不過是七分鐘的時間。他喜歡效率。他的生活也必須有效率。

他走出了浴間，吹乾頭，換上乾淨的衣服。他今天挑選了一件粉紅色的襯衫，搭配接近黑色的深棕色長褲，出門前，他站到連身鏡前，重新審視了自己的打扮，確認十分完美後才拿上鑰匙出門去。雖然，只是完美地掩飾了他的臃腫身材，但也已經很不錯了。

他搭乘電梯到了地下一樓，騎上他車齡已經有七年但保養得還算不錯的白色勁風光，騎到街上，前往他最喜歡的「藍鯨早餐店」去。因為時間算早，人還不算太多，仍有兩張空桌，他趕快拉了張椅子坐下。

「帥哥又來啦！」胖嘟嘟、瞇瞇小眼的大媽露出微笑：「今天要什麼？」

「培根蛋餅兩條煎酥，一杯大冰奶。」

「好的～」

等待期間，他則是攤開了放在桌上的報紙，開始看起。他每一頁都快速瀏覽：頭條、社會新聞、政治流言、專欄評論、財經訊息、科技報導、娛樂花邊，最後，是副刊。副刊的料理部分他快速略過，但愛情諮商專欄的部分，他沒有再草草略過，而是細細讀起。

「帥哥，幫忙拿一下喔！」

「喔好。」

小龍站起身，快步去接過了早餐盤，順便結帳。回到桌邊將蛋餅擺到桌上後，他沒有立刻伸手去拿筷子，反而是打開了自己的背包，拿出一罐墨西哥綠魔鬼辣椒醬汁。

他總是自備這個佐料。早餐店當然也有提供辣椒醬，但他嫌那不夠辣，所以總是帶著自己這一罐來。他快速地倒了波浪型的辣椒醬汁，跟著便大快朵頤起來。他大口大口咬著，眼睛仍然瞪著報紙，認真地讀，他也控制著速度，於是當他結束了副刊同時，他也剛好吃完了所有的蛋餅。

他跟著從背包中拿出了杯袋，將只喝了一半的奶茶放入其中，跟老闆娘打聲招呼。

「阿姨，我先走啦！」

「好喔，上班加油喔！」

「好喔。」

他騎上車，快速地走了。他往議員的服務處去，路上，每當停等紅燈時，他便大口大口地喝著奶茶，機車一抵達，他便以最快的速度將車子停好，用遙控器開了鐵捲門，才上升到一半他便鑽入，開了內裡的門鎖，在經過開放式辦公室時順手開了冷氣，跟著便跑到最後面的廁所內，開了燈與抽風扇，脫下褲子蹲到了馬桶上。他其實有乳糖不耐症，他總在早上喝這麼一杯，好幫助自己催便，將身體清乾淨，省下後續一整天排便的麻煩。他之所以蹲，是因為屁股不想要與公共的馬桶接觸。

半小時後，他才滿足地走出廁間。這時候也才不過早上七點半。他開了自己的辦公室門，開始工作。雖然曾議員及其所屬的前進派系很常在高喊勞權第一、合理工時，但事實是，他的工作從來都沒有遵照法律走，永遠是在八點、九點前便要坐進來，直到晚上八、九點都還不能走。

但他也只能認命了，誰叫他當初要選擇從政這條路？

$ $ $

早上十點半的時候，曾議員搭著計程車來到，進來時臉色極差，黑眼圈重、膚色也暗沉，眼睛更睜不太開。他其實是有自己的車的，一台很高階的豐田轎車，不過，小龍猜測，大概是昨天晚上又跟誰搏感情去了，宿醉，所以才搭計程車來吧。也或許是跟女人出去玩也說不定。雖然曾議員長得沒有多好看，但還是比他好看，而且願意跟政治人物上床的人，倒是不少，尤其他沒有老婆，到處跟女人睡睡覺也沒有多大的問題，最多就是被人說是私德不檢罷了，不過，既然法院認定的嫖客都還能有支持者，懂得享受人生的議員也沒有多大的問題。更重要的是，他選的女人大多都知道好歹，曉得若是明目張膽地惹事，下場肯定悽慘。

只是，累歸累，曾議員踏進服務處時，仍然擠出了笑臉，向所有的工作人員與志工打招呼，他做為一個政治人物的本分，可沒有忘掉。他不是那種會蠢到讓人看出他四處作威作福的笨蛋。工作人員回以朝氣十足的招呼，他則是微笑點著頭走向了後方的辦公室，人才剛到走廊盡頭，甚至還沒有進辦公室，臉上所有友善的表情便都垮掉了。

他進房的時候，小龍也跟進去了。

「議員，還好嗎？」

「嗯哼。」他只是悶哼一聲，隨後便癱軟摔進他的扶手椅中。

「議員，你要不要喝點解酒液？」

「Nah.」

「我等下給你送柳橙汁進來，多喝點。」

「喔。」

「今天中午要跟天信建商的人見面。」

「蛤?今天有這件事情啊……？」

他的議員當得其實很不上心，要不是因為他老爸曾經是市長、還是過往民主化運動的台柱人士，他才不可能爬到今天這高度，當然，檯面上需要的一些功夫諸如嘴皮子、厚臉皮、搏搏感情，他都能勝任，但也就如此了。幾乎所有檯面下的狗屁倒灶，都是小龍在解決處理，日程自然也是。

若是政壇真要選賢與能，自己應該會是青年軍的代表，但沒有，當他老爸從政壇退休後，並沒有將棒子交給小龍，而是交給自己兒子，更握住了小龍的雙手，請自己盡可能輔佐他。那情景，現在想到都會笑，覺得自己活像是劉備臨終託孤的諸葛亮。而對方的過往作為，跟劉備也還真的是相差無幾。

「是這樣子的，我們大概一個月前的時候不是跟嘉義的黃立委一起吃飯嗎？他說，高雄的親戚有個忙希望我們幫，是推動都更的事情——」

「——喔喔，這件事情啊……」他懶散地說，跟著伸手挖了挖鼻孔：「嗯哼，是有。」

「是的。」

「還有什麼其他的嗎？」

「今天晚上七點要跟市黨部的人開會。」

「喔，對，也有這件事情。他們要討論什麼啊？」

「應該還是最近選舉動員的事情。」

「還有嗎？」

「今天就這樣了。」

「不對呀，好像還不只啊？」

「你的行程嗎？」小龍拿起手機，重新檢查了一遍：「今天真的就是這樣了，除非你答應了誰卻沒有跟我說。」

「嗯……好像不是這樣。」曾議員還是一灘爛泥般仰躺在扶手椅中：「但是啊，我昨天晚上睡前有想到一件事情……Dat fuck，想不起來。」

「陳伯的事情？」他問：「應該會是今天的臨時動議。」

「也不是那個，雖然那個也雞巴麻煩就是了。」

小龍聳聳肩。

「算了吧，我想到再跟你說吧。」

「知道了。」

小龍出了辦公室，隨即便走向公用冰箱，在那裡面，除了放有各個員工自己帶來的飲料外，也備有礦泉水與柳橙汁。他拿了兩罐柳橙汁，重新回到辦公室中，遞給了曾議員。

「多喝點多睡點。」

他大口喝著，臉部肌肉仍然死氣沉沉，似乎是希望能夠就此躺下長眠。

$ $ $

十一點時，小龍再度踏進了辦公室，曾議員正趴在檜木辦公桌上，睡得死死，事實上，他不但打著呼，就連口水也都流出來了。不過，因為他從來沒有在處理什麼公文，所以，除了他的袖口以外，並沒有什麼東西好被用濕、用髒。小龍看了一眼果汁罐，至少，全部都喝光了，某個程度上他也算是敬業了。他伸手推了推議員的肩膀，但他卻沒有反應，於是，他只好輕輕地掌摑他。大概三、四下之後，他才終於恢復了些許意識。

「嗯？怎麼了？」

「是這樣子的，現在已經十一點了，我們得要出門了，否則等下就要遲到了。」

「喔……窩喔。」他打了一個呵欠：「Fine, I'll get ready.」

他向後仰躺，雙臂大張伸展筋骨，同時將扶手椅向後滑，讓背部筋骨可以徹底舒開，跟著，他發出了一聲類似於動物的哀號聲，才不情不願地站起來，還伸手撓了撓太陽穴。

「我剛剛好像想到究竟是什麼事情了。」

「是？」

「不知道，剛剛睡覺的時候我有想到，但天殺的現在又忘了。」

「我們先去搭車吧。」

「喔，好吧，也是。欸，濕了耶。」他舉起手，轉了轉手腕秀出自己的袖口。

「廁所裡面有吹風機，有需要的話你可以用。我們晚個五分鐘出門也是可以——」

「——啊！」

「怎麼了？」

「我想到了！我終於想到了。今天是不是收錢的日子？」

小龍第一時間覺得他竟然會因為流口水這件事情想到收數實在很怪，但小龍沒有深究。

「是，今天是期限最後一天。怎麼了嗎？」

「打電話給萬恬，跟她說，要多兩百。」

「要多兩百？」小龍不禁露出有些訝異的神情：「我需要跟她解釋為什麼嗎？」

「我聽說最近地下市場生意可好呢！尤其是簽賭的，一堆人因為世足賽賠得一屁股，不是嗎？」

「這屆是有不少爆冷門。」

「Well，總之就是跟她說多兩百。」

「只有這個月？」

「不，當然是每個月都加啊！景氣這麼好耶。只有這個月的話我就會要一千了。」

「我知道了。」

「我去廁所。」

曾議員懶散地走出辦公室，進了浴廁，吹風機的聲音便響起。小龍則是思索了一下，究竟該要如何向萬姊提起這件事情，而後，他拿起了辦公室內的無線電話，憑著記憶撥到了萬姊的家中。

$$$

中午，他們約在了一間其實相對平價的牛肉麵館吃飯，只是，樓下或許是價格便宜的牛肉麵，樓上卻是別有洞天。不算寬敞的空間擺上了一張圓桌，只給知道門路的人用，今天的

午膳，更是如今只負責嚐味的老闆親自下廚煮了滿桌。

這間店是天信建商的第三代經營人楊志信選的，現在，他正滔滔不絕地介紹著這間麵館與他家的淵源，以及主廚廚藝的獨到之處，小龍彬彬有禮地敬陪末座，不插話，曾議員倒是一掃先前陰霾滿面看起來精力嚴重不足的殭屍臉，不斷發出「喔喔原來如此啊！」「唉呀我都不知道呢！」「沒錯！湯頭才是最重要的啊！」之類的讚嘆。偶爾，他也會說起一些與黃立委又或是與天信建商過往建案有關的事，評價大多公正，但能捧的時候卻是加倍用力，讓楊志信笑得很是開懷。那些情報，都是小龍在事前準備的。他已經擔當類似的職司很久了，從他二十二歲大學畢業到現在，整整十年的時間，讓他成了官場中的老球皮。

於是，在上菜之前，他們沒有談論丁點正事，整個場面簡直像是普通的老友相見似的，儘管他們其實只是第一次見。

「所以，我們可以怎麼幫你呢？」

直到上了第三道菜、開始進入熱菜的時候，曾議員才提起這次見面的主要目的。

「啊，都更案啊，你也知道，問題終究是釘子戶啊，之前北部的那個一鬧，現在大家真的是綁手綁腳，不拿到完全同意，做起來就很麻煩啊。」

「當然呀，就是因為有一群自稱弱勢的人跟一群就只是找不到正當工作就到處搞社運的傢伙在搞事，什麼事情都沒有辦法進行了。」

「對！正是如此。」

「所以，是錢的事情談不攏嗎？」

「世界上所有的事情不都跟錢有關嗎？」

「哈哈，也是、也是。」

「那些不要臉的窮酸鬼，跟我獅子大開口，竟然一次跟我要兩戶，當我推都更是在做慈善事業不必賺錢的喔？真的是搞不清楚狀況。」

「這我懂，完全懂，什麼付出都沒有就想要撈好處的人唷，真的是會想要把他們打死啊。」

「聽起來議員你心有戚戚焉？」

「嘿，政壇裡面也有很多這種人啊，沒出錢、沒出力，酬庸的時候卻想要搶第一，無恥得很。」

「可不是嗎？我都更給他們更新更好的建材，確保他們不會因為地震死掉，結果卻在那邊哭么說什麼老房子的情感、捨不得，放屁！一堆鬼話，根本就只是想要更多錢好嗎？」

「窮人喔，永遠跟我們想得不一樣啊，肉都送到嘴邊還不願意吃，以為自己很聰明，在那邊挑就可以換到更大塊的哩。」

「對！他們就是這樣！無恥！」

「都更這件事情真是辛苦了你們，來，敬你一杯，消消氣吧。」

「啊啊，好，我也敬你，你也是辛苦了。」

兩人拿起了酒杯，輕撞，叮的一聲清脆好聽，兩人將酒杯中的紅酒喝乾。楊志信的祕書手快，立刻幫兩人又斟了一杯。

「所以……這件事情你有辦法解決得了嗎？」楊志信問。

「是在哪一區？鳳海嗎？」

「不，衛文營那邊，還算是在苓致區。」

「瞭解了，之後給我他們的名字，傳給小龍，我找時間去向他們瞭解一下情況，看看他們會不會稍微收斂一下那副貪婪噁心的嘴臉。」

「那就真的太感謝啦。」

「不必謝，我今天跟你碰見，我就想到一句話，一見如故——」

「——相見恨晚！」

「——相見恨晚！」

兩人同時說了最後那四個字，跟著又是撞了杯，飲了一口。

小龍低下頭，藏住臉上的偷笑。曾議員總是用這招來與人搏感情，幾乎每個第一次見面的人，他都會這樣說，老梗到了極點，可是，他會一直用，就是因為有效。看起來，這次的會談將在愉悅的氣氛下結束。不過，小龍也清楚，楊志信至今都還沒有提出報酬，看起來是誤會大了——真要去料理這件事情，曾議員還需要更多、更實質的動機。

像是，符合他們前進派系之名的「錢」。

不過，還是先行做點功課吧，如此一來真正開始的時候，他便能快速進入狀況了。他決定有空的時候便打個電話，問問當初在北部負責處理的人，搜集些意見。

Ⓢ Ⓢ Ⓢ

曾議員因為中午喝得不少、吃得也飽的關係，一整個下午都趴在辦公室內呼呼大睡。小龍忙著他自己的公務，準備下一次議會質詢的內容與資料，空檔時間則順手查了一下都更相關的爭議。偶爾，他會站起身來，在辦公室內短暫踱步一圈，理清思緒，才又坐下繼續工作。

下午就如此平庸地度過。

將近五點鐘時，小龍覺得久坐腰痠，便走出了服務處，散步往附近的一間手搖茶飲店去。他選在晚餐時間前去買，主要是因為他覺得很可愛的一個女店員今天會上晚班。不過，正當他思索著究竟今天要說個什麼樣的笑話展現魅力時，他的電話便響了。打來的不是別人，正是萬姊。

說實在話，他很喜歡萬姊，她長得清麗，談吐優雅，雖然已經是多年以前，可英才教育所養成的社交名媛風範絲毫沒有褪去，反而隨著年紀的增長、風韻的成熟，更為迷人嫵媚；另一方面，她做事謹慎不苟，原則也明白，多數時間以誠待人，不作欺騙，與她溝通交易，是輕鬆愉快，甚至沒有什麼壓力的，因為，她願意坐下來好好談，絕不會讓成見擋住了生財的路。

她也曾向他招過手，只是當時他覺得自己還有機會向上爬，沒有答應，結果，最後卻是曾議員上了位。

他猜，應該是貨送到了，要通知他們去拿吧。

「萬姊，您好，請問有什麼事情嗎？」

「我們沒有辦法準時交數了。」

單刀直入，乾淨俐落，只是，這背後可以有許多不同的涵義。她向來重視準時的，過往的兩、三年，她也從沒有遲過，難不成，她是刻意留到現在才出招嗎？他忽然想起了關於她的許多流言，例如：先前洩漏出幫派機密的人，聽說被她做成了海港的消波塊，手段殘忍且明快，甚至不給任何求情機會。雖然不擔心他區區一個傳信人會被做成消波塊，但，他還是有些緊張的。

「喔喔？是這樣子嗎？可以問問看，是為什麼嗎？」

「純粹是我們的送貨人在路上遇到了些問題，我們對於多交兩百沒有任何微詞。我們至多只會遲個半小時左右。」

「原來如此……我知道了，我會跟議員說一聲的。」

小龍思考了一下，決定相信她的說詞。或許那個送錢的人出了車禍也說不定，誰知道？他不認為萬姊會來陰招。或說，依他的瞭解，真要出陰招，她也應該是不會特地打電話過來的吧。

「……好的，謝謝。」

電話掛了。

因為思考著萬姊遲到這件事情，他忘記要準備笑話了，於是，他只是很普通地跟女店員打了招呼，點一杯平常習慣點的波霸烏龍奶茶後，便退到一邊發呆等待了。

「今天晚上又要加班嗎？」倒是女店員搭話了。

「嗯？啊，是啊，不過不是在這裡就是了，得要去別的地方。」

「真是辛苦呢。」

「哈哈，是，很辛苦。」

他沒有想到更有趣的話，對話便斷了。別的時候，他總能口若懸河，可每當遇到這個女孩的時候，他便覺得巧思枯竭殆盡，不過，這問題並不只是在這個女孩身上發生。他這一生都是如此，只要談公事，不管對象是誰、就算是當今總統也罷，他都能侃侃而談，但如果是要跟喜歡的人閒聊，他的口便拙了。當然，他沒有跟總統見過面，一次都沒有。他倒希望有那機會。

於是，今天他便是普通地接過飲料、說聲再見就回到服務處了。他覺得有些掃興，不過，他沒有時間可以覺得掃興。

一進服務處，他便將早先整理好的資料拿起，走到了走廊底部隨便地敲一下門便自行進入辦公室。毫不意外地，曾大議員還趴在桌上睡覺。不過，這次要搖醒他倒是簡單許多，幾乎只是手掌才碰到他的肩膀，他便抖動了一下驚醒過來。雖然看起來還是有些精神不濟兼且狼狽，但，比起下午剛進來時好多了，至少酒精所造成的猴子屁股紅臉，已經多少消褪了。

「要吃飯了嗎？」曾議員傻傻地問。

「便當大概五點半會到。」

「喔，是喔……窩～喔，所以，找我什麼事情啊？」

「是這樣子的，今天收數會遲一點送到。」

「喔喔？是嗎？那是為什麼呢？」曾議員皺著眉頭說。

「我並沒有問得很深入，不過，應該只是純粹碰上意外，不是她對加兩百有什麼意見。」
「喔，是喔？那要晚多久？明天？後天？還是怎樣的？」
「半小時。」
「是喔？」他皺皺眉：「不管怎麼樣，遲到就是遲到，你有提醒她要多放一點補償金嗎？」
「是這樣子的，我認為不需要講，她這種重視原則的人應該也會——」
「——好好，沒說。我自己打給她吧。」
「……好。」
「還有什麼事情嗎？」
「這邊是等等開會會用到的資訊。」小龍邊說，邊將那些資料放到了他桌上。
「喔，好，謝謝。」
小龍點點頭，退出了辦公室。

$$$

五點四十，小龍才剛打開甫送達的味噌雞便當，想要加他最愛的綠魔鬼辣椒醬汁，手機便響了，不過，不是電話，而是一封簡訊，電話號碼是不認識的，內文則只寫了簡單的幾個字。
「送達四號。」

他嘆了口氣，快速地以左手手指頭回覆「OMW」，右手則是將剛打開的飯盒給蓋了回去，隨後起身離座，敲門進入曾議員的辦公室，裡面，議員正邊吃著飯邊看著網路上的搞笑影片，雖然沒有看到螢幕，但聽那聲音，應該是「誠實預告」系列吧。

「怎麼了？」曾議員抬眉問。

「萬姊那邊送到了，我去取貨。」

「喔，現在嗎？」

「因為是四號，距離還算近，我猜我大概六點二十就回來。」

「Fine，不要拖到我們出門去黨部的時間就好。」

「不會。」

他走出辦公室，到自己的桌邊拿上鑰匙，遲疑一下後，掀開了便當盒，快速地以塑膠湯匙撈起味噌雞腿，狠狠咬下一大口，跟著猛扒了幾口飯到嘴裡，這才上路。

外面正巧是放學下班的時間，車流量不算少，不過，這座城市近年來人口流失不少，加上路大且寬，所以，塞車倒不是很常見，他也幾乎沒怎麼被堵著，在他所預期的二十分鐘內便抵達了四號郵箱。

四號郵箱是一棟透天別墅的信箱，他從來不知道這間別墅是屬於誰的，他也沒有愚蠢到特地去查，有些事情不知道最好。他只知道，這個郵箱已經用了十年以上有。這幾年，每次要開，他都得要用鑰匙試探很久，直至找到那個甜蜜點才能解開鎖。他其實跟曾議員提議要修要換很多次，但沒有一次曾議員聽進耳朵裡。

他開了郵箱，將裡面的牛皮紙袋全都取出，一共有六個，五個大的，一個小的。小的明顯是補償致歉用的。因為熟門熟路的關係，他一摸就知道五大包的數字正確。他打開了機車肚，將六個信封袋都丟入，隨即拿出手機寄了簡訊給那陌生號碼——

「OK。」

小龍騎車回去。

$ $ $

六點半時，小龍夥同曾議員搭上了計程車，前往黨部。畢竟司機不是自己人，怕隔牆有耳，兼且早在出發前便已經討論過今天的溝通策略，所以，上車後兩人並沒有再多談公事。小龍趁此機會吃著已經冷掉的便當，議員則是被司機纏住，大聊政治理想以及城市發展。不管對方講的東西有多無聊、多離譜，與現實的政治又離得多遠，曾議員都認真地跟他應對，擺出一副善良親民模樣，對方要求什麼，他都說有聽進去，一定會注意，甚至不時稱讚他是一股關心政治、懷有理想的草根力量。

司機只是一人沒錯，但一個人的話可以傳到幾百個人的耳朵裡，甚至幾千個也說不定，所以，他雖是敷衍，卻也是用盡了心思心機。

小龍懶散地聽著那些早就聽過許多次幾乎如同數學公式一般精密而完美的公關台詞，快速地將便當吃完。他看了一下時間，還有大概七、八分鐘才到黨部，他閉上雙眼想要養個神，休息一下。可幾乎是眼睛闔上的那瞬間，他的手機便發出了震動，逼得他立刻清醒，鈴聲才剛發出他便將其按停，隨後看了一下來電顯示，雖然沒有名字，但號碼他認得——

萬姊。

他不禁覺得有些奇怪。

「萬姊，您好，有什麼事情嗎？」

「小龍，其實我是要找曾立委的，不過，我方才致電給他時，他並未接起，所以轉打給你。」

「喔，是這樣子嗎？那需要我直接把電話給他嗎？」

「麻煩了，謝謝。」

「議員，萬姊找你，她打給你你漏接的樣子。」

「是喔？還真沒有注意到呢，啊，我剛剛吃飯的時候把手機轉靜音了。」他邊說，邊接過了手機：「萬小姐，怎麼了？」

小龍側目觀察曾議員的表情，聽著他的回答，想要猜出萬姊究竟為什麼打電話過來。儘管，只要電話結束，曾議員應該就會跟他說了，但他還是喜歡動腦。他猜，應該還是跟今天遲到有關吧，只是，她到底要什麼，他就猜不穿了。因為知道場合敏感的關係，曾議員也沒有說什麼能夠做為推敲線索的台詞，多數時間，他只是聽，反問則簡潔得很：「誰？」「哪裡？」「什麼時候？」「名字？」跟著，他便回答了一句「沒問題」，掛了電話。

「司機，可以暫停路邊嗎？」

「嗯?喔,好。」

小龍知道,應該是有什麼需要立刻處理的事情。司機照做,便找了一處合適的地方停下,一停下,小龍便開了門下去,曾議員則是說一句「稍等」後便跟著下來。

「怎麼了?」

「萬姊說有個案子想要他們自己解決,叫我幫忙壓一下,順便拿個資料,你現在就去處理一下吧。」

「知道了。」

「去××派出所,找所長,給他一百,錢你就自己領,然後……我想想,啊,受害人叫作玉竛,就姓玉,竛是白令竛。」

「白令竛?怎麼寫?」

小龍問,他可不希望送了錢卻還搞錯了案子。雖然姓玉的人大概不多,不太可能會搞錯,但這竛字,他還真沒聽說過。

「Dat fuck I know?結束直接過來黨部。」

「知道了。」

小龍向著重新上車的曾議員搖搖手,目送他離開,跟著便舉高了手,開始招起新的一台計程車,不過半分鐘的時間,就有一台空計程車來到。他上了車,簡潔地報上派出所地址,司機便開去。小龍看著手機,隨便滑著上面的資訊,但沒有真的將細節看入。事實上,他的思緒全圍著萬姊的這個要求轉。他有幾個推論,他想要知道自己有沒有猜對。但他覺得不可能會錯的——
他幾乎沒有錯過。

第五章

正哥

Ⓐ

賴正男站在正忠便當店排隊隊伍中，他的手始終懸在佩槍的左右。他倒不是想要在哪個不要臉的歐巴桑插隊時抽槍恐嚇，給她點教訓，讓她學學社會應該要有的禮數與尊重，儘管他很想要這樣做。不是，他只是怕忽然衝來一個神經病試圖奪走他的佩槍，射擊群眾、又或是飲彈自盡，類似的事情並不是沒有聽說過，他當然得要警惕些。

他也思考著應該點什麼樣的配菜跟主菜。他很不喜歡吃瓜類，所以自然是排除了，他最喜歡吃的果然還是葉菜類，只是，現在的高麗菜、豆芽菜都便宜到不可思議的程度，點那兩道，似乎又有些虧，所以，他決定不下到底要不要改點些價值較高的配菜，像是什麼蘆筍、筍子、甜椒之類的，即便他其實一點都不喜歡；還有主菜，十年前只要六十元的便當，現在竟然已經漲到了七十五塊，整整多了兩成五，實在是覺得吃不起，可是沒辦法，學長說想要吃正忠，再特地繞去後巷鐵皮買的話，實在是浪費太多休息時間了，他不願意，學長更不願意。

也許就燒雞翅吧。

他忽然感覺到有一股視線在打量他，轉頭張望了一下，果然看到一位ＯＬ手上的手機正對著他，ＯＬ注意到他的視線，迅即放下手機，擺出好像什麼事情都沒有發生的心虛樣。雖然沒有辦法證明，但他猜，那女人剛剛拍了他的一張照片。難不成是要上傳網路抱怨他們執勤時買便當的吧？之前不是已經有發生過幾次，抱怨的傢伙都被人家釘得滿頭包嗎？還沒有學乖嗎？他很想要樂觀思考，假裝對方只是在拍帥哥警察照，但他心裡明白自己可沒有帥到那種程度。

「警察先生，想要什麼？」負責打菜的大媽詢問。

「一個炸魚肚飯，配菜隨便，然後一個……燒雞翅，配菜我要蘆筍、甜椒、高麗菜。」

他很想要說服自己，雞翅是最好吃的部位、肉的重量與雞腿沒有差太多，只是骨頭多了點稍微麻煩些，所以，他選了燒雞翅，但事實是，他還是為了省錢的緣故才選了燒雞翅。

「好的。」

大媽以俐落的身手，短短幾秒鐘便將所有該要打好的菜盛妥，便當就交給了他，結了帳，他便快步跑出便當店。在外面，學長坐在自己的機車上，懶散地滑著手機。

「學長，久等了。」

「終於，我都快餓死了。」

「抱歉、抱歉，隊伍有點長。」

「還不是你他媽在藍語那邊拖時間，拖到現在尖峰時間人當然多。」

學長悻悻然罵著，隨即發動引擎便騎向他們所屬的派出所，賴正男趕緊跟上。

回到派出所停妥機車後，兩人便回到各自的辦公桌前，學長立刻就開始吃了，賴正男沒有，他先將便當放上桌子，跟著便拉開了抽屜，將佩槍連著槍套放入，不過，抽屜內右側，還放了一個紅包，看起來飽滿，頗有分量。

那紅包已經放在那很久了，他從來不去碰，因為那不是他的。基於方才買便當的緣故，午休時間已經蒸發了十五分鐘，賴正男吃得分外地快，待會才能夠多睡一點。不過，在賴正男快要吃完便當時，一位名叫林哥的學長忽然晃到了他的身後，手搭在他的肩膀上，讓他不得不轉頭去問好。

「學長好，怎麼了？」

「嘿，正哥啊，你上新聞了耶。」

「抱歉，但我不知道學長在說什麼？」

「來來，正哥，看一下你的英姿吧。」

林哥將手上的手機翻正，螢幕上面的照片，正是他，而他所站的位置，便是正忠排骨店的外面。他認真看了一下，對方上傳到了「爆料公社」上，發文人更寫了一大長串，內容大致是指說雖然知道警察已經可以不換下制服去買便當，但看到他把手放在佩槍附近，覺得心裡很毛，覺得「警察大人」不應該這樣給小百姓製造不必要的精神恐慌。那行文敘述亂七八糟，甚至有不少錯字，看起來就是一個神經病寫的。

臉書畢竟沒有智商審核機制，只要會敲鍵盤，就是貓狗也能發文。

「這也太衰小了吧。」賴正男咕噥。

「欸，正哥，你不要給小老百姓製造精神恐慌好嗎？」林哥奚落。

「我就只是把手放在那邊而已，什麼精神恐慌。上次的奪槍案後，所長就要我們加倍警戒啊。」

「不知道所長知道以後會有什麼想法呢！」他幸災樂禍的意味明顯。

他猜不會怎麼樣，雖然一陣說教是免不了的，但他什麼規定都沒有犯，所長能拿他怎樣？他在照片中也沒有站三七步、沒有服儀不整、沒有插隊，簡言之，他沒有做出什麼會傷害警隊形象的行為。至少他是這樣認為的。所以，他沒有再跟學長打什麼嘴砲，只是低下頭繼續吃他的便當，將雞翅上的軟骨也咬下，細細咀嚼，確保沒有任何可以咬碎咬爛的東西被浪費掉。

吃飽後，他便趴下來睡覺。

直到所長朝他後腦勺搧了一下不輕不重可足夠疼到他驚醒的巴掌為止。

「怎麼回事？」他驚呼。

「去你媽的，你給我上臉書了？」

「哦……是。」

「你可以不要這麼招搖嗎？到底是有什麼問題，買個便當也要被拍到，你是想當好萊塢明星嗎？還是怎樣？」

所長雖然講了一個笑話，但實際上，沒有什麼笑意存在。

「報告所長，我很抱歉，但我什麼都沒有做……」

「聽你在屁！」所長大聲打斷：「人家都說了，你的手離你的佩槍太近了好嗎!?」

賴正男當然想回嘴反駁，說他的手只是在附近，也沒有真的碰到，沒有必要在那邊凶他，他更想要解釋說是之前所長要求他們多警戒佩槍被奪的問題，但他當然沒有這樣做。自己與所長的關係已經夠差了，沒必要再火上加油，所以，他只是點點頭。

「抱歉。」

「別再搞出這種白癡事情了，知道嗎？」

「是。」

「莫名其妙，真的不知道你在想什麼。」所長嘟囔：「回去休息啦！」

「是，抱歉，謝謝所長。」

所長轉頭走開。賴正男瞥了一下辦公室中的其他人，有些還繼續午睡，有些被吵醒的則是露出不悅的表情，看向賴正男，似乎在責怪他怎麼可以被拍到照片上傳臉書，導致他們的午休被打斷，至於最一開始秀臉書照片給他看的那位林哥學長，露出竊笑。賴正男假裝什麼事情都沒有發生，再度趴下來休息。

$ $ $

通常，下午外出巡邏對於轄區的治安沒有太大的幫助，畢竟，會在大白天就鬧事的人其實沒有幾個，不過，該要出去就是要出去，於是，雖然早上已經在外面曬了兩個小時，下午賴正男還是得要再去曬個四小時。通常早上做過巡邏勤務的話，下午該要換人的，但他的學長們可不認為這樣的輪值是必要的，認為誰比較擅長做文書的，就該要留辦公室，誰擅長巡邏的，就出去。所以，賴正男便很「主動地」提議幫忙代班了。

反正，他也不喜歡坐內勤，不管是工作氣氛還是維護治安上面，他都覺得去外面跑比較有意義。

不過，他們所裡面剛好也就剩他一個年輕新晉警員，所以，除了賴正男以外，他們便透過玩骰子的方式來決定誰出去巡邏、誰可以在裡面處理文書，以及——與備勤人員一起喝茶閒聊滑手機。兩點的時候，便由一名叫做羅哥的學長跟他一起去外面騎車巡邏。騎上摩托車時，羅哥的臉色可不是一般地臭，因為他已經衰小地連續輸了三次。

他們照著既定的巡邏路線走，羅哥根本不想要下車，所以，巡邏箱全是賴正男簽的。

「呼叫×××，有在嗎？」

無線電忽然響了。

「有，我在。」賴正男說。

他有點期待。他希望可以做點正事，儘管簽巡邏箱也是正事，但真要說，只是一成不變的例行公事，對維護治安的效力也不大強。他想要做些可以改變世界的事情，即便他不希望有任何人受傷，所以不該期望聽到無線電響起，但他當初會加入警隊，就是期望自己能阻止無辜的人受傷、想要維護正義、想要幫助需要幫助的人，而不只是坐在那裡喝茶滑手機，不只是……

他聽著。

「正哥，中山路那邊有人違停，去看看吧。」

「……喔，好。」他其實很討厭處理違停這種事情。

雖然交通法規對於治安維護同樣重要，要是一堆人都違停、闖紅燈、超速、酒駕，死亡率肯定飆高，交通肯定癱瘓，但想到自己當初的滿腔熱血投在了這種大可上傳網路直接逕行舉發的事情上，他不禁覺得氣沮。雖然，他早就灰心過好幾回了。無論如何，他還是得要去，畢竟有人報案了，他就得要去，如果他不去，之後的投訴恐怕會更慘。他轉頭看向騎在旁邊的羅哥，臉臭得像是吃了鴛鴦麻辣鍋後又憋了三天才解放的大便。

「我們去吧？」賴正男試探地問。

羅哥嘆口氣，點點頭。

Ⓢ Ⓢ Ⓢ

於是，經過十五分鐘、他們順手又簽了兩個巡邏箱之後，兩人抵達違停檢舉的路段，舉發人是否還在現場並不清楚，違停車輛倒是很明白還在那，一台BMW將半個機車道給塞住了，司機則是不知所蹤。雖然基於沒有分隔島的緣故，機車可以直接騎上快車道，輕鬆閃過，交通本身並沒有受到太大的阻礙，但該處理的，他們還是得做。他們打了電話給拖吊車，讓他們來拖，等待的時間，兩人則是站在機車邊發呆等著，他們當然想要滑滑手機，但沒辦法，這時候拿出手機滑給路人拍到的話，所長肯定會電翻他們的。

他們也沒有聊天。賴正男與多數學長都沒有話聊，他們不喜歡這個「不合群」、動不動就提程序的菜鳥。

「媽的，有夠熱。」等了大概五分鐘後，羅哥發出一聲抱怨。

「是啊。」

他們的對話僅止於此。

拖吊車在五分鐘後到來，跟著，便是基本的吹哨、廣播，不過，說是廣播，那聲音之小簡直站個五米開外就聽不到了，分明是刻意調整過的，就是要確保車主沒有注意到，拖吊車才可以將其拉回去，賺他一筆拖吊費、保管費。那畢竟是他們生財的方法。他們訓練有素地裝上鉤子，跟著便將車子上架，準備要走。

「等一等！」

一名中年婦女衝了出來，高聲喊叫，手還不斷揮舞，掛在臂膀上的側背包也不斷飛舞。雖然看不出來她是從哪裡出來的，但很明顯她就是車子的主人。她濃妝豔抹，輪廓深邃，眼睛極大，卻遮擋不住歲月對她的殘酷。總之，她激動異常的動作配上那厚如磚一般的妝容，讓她顯得有些駭人。羅哥撇撇頭，示意要賴正男處理，想也知道，他可不願意蹚這渾水。就像早上「藍語」那樣。

「這位女士，車子已經上架的話……」賴正男說。

「我人到了啊！我人這不就來了嗎？憑什麼把我的車拖吊！」

「……因為您已經違停很久了。應該有半小時以上吧。」

「我又沒有擋到誰！」

「我很抱歉這樣說，但其實您擋到了一半的機車道……」

「拜託！誰真的被擋到啊？這條路這麼大，你有病喔。」

「女士，請您稍微冷靜點！」

「我現在就開走啦！把我的車還我！」

「抱歉，實在是做不到，抱歉。」

「什麼做不到，現在就叫他們——欸！走什麼走啊！」女人注意到了拖吊車開始移動，以脫兔一般的動作便繞過了賴正男，同時發出有些淒厲且難聽的嘶吼。

賴正男趕緊追上，再度擋到她的面前。

「麻煩妳冷靜點，真的，麻煩妳冷靜點，否則——」

「——否則怎樣？否則怎樣!?那是我的車子啊！我等等要怎麼回家？你可以開我罰單，但為什麼要拖走我的車!?不・准・走！」她對著拖吊車大喊。

「否則我們就要告妳妨礙公務——」

「——妨你個頭！你才在妨礙我！」

拖吊車看了兩位警員一眼，羅哥懶散地擺擺手，拖吊車司機便踩下了油門，往拖吊場開去了。

「我說不准走！」

女人再度大喊，口水噴到了賴正男裸露的手臂上，還同時往前跑，一副就要飛撲到車頂死抱著不走的模樣。於是，賴正男攔腰拉住了她，女人用力揮舞的側背包還打到了他的臉，金屬鈕扣剛好砸在他的眉角上，疼得他眼淚差點噴出。他不禁有些動怒，一天到底要碰上幾個不知好歹的違停民眾？

「女士，請妳冷靜，再這樣我要控告妳襲警了！」賴正男大聲說。

「我、我去你的。」女人看著拖吊車走遠，轉過了路口消失，這才冷靜下來：「放手啦！

小心我告你性騷擾！」

賴正男實在很想要嘴回去，說對她這種粉妖老怪物沒興趣，甚至，他很想要對她提起正式告訴，但他知道，那只會惹出更多不必要的麻煩，更多的文書報告要寫、更多的所長訓話要聽，所以，他只是乖乖鬆開了手。女人也看出來自己怎樣都不可能追得到車了，沒有再試著做什麼，只是拉了拉衣服整平皺褶，之後雙手交叉環胸，露出不屑的表情。

「哼，你們平常就沒有半點正經事可以做嗎？開單。」女人抱怨，隨後轉了身就走，但嘴巴仍然叫囂著：「小偷不抓，分屍殺人魔不抓，跑來抓我們停車，真棒！真棒！我們就需要你們這種人民公僕！」

「抱歉，但請妳尊重一點！否則我會對妳提起正式告訴的。」賴正男大聲說。

女人比了個中指，往路邊走遠，去招計程車了。賴正男跟羅哥則是瞪著她的背影。他胸口的錄影機當然有拍到中指，他也記得曾經有人因為比中指被法官判賠過，他雖然不需要賺外快，但他很想要這些人付出代價，這樣，他們才懂得什麼叫做尊重，但，算了，他不想要跟她一般見識。不值得。

「垃圾。」羅哥冷冷下了個註解。

「真的。」

「不過，她不知道去哪裡拿車才對。」

「喔，對耶，哈哈哈。」

她沒問，他們自然沒講。

「上路吧，我們還有一堆巡邏箱沒簽。」

「喔，對。」

他們還是沒能在兩小時內簽完所有該簽的巡邏箱。

除了巡邏箱的數量氾濫地多以外，更因為他們又接到了兩件車禍處理的案子：第一件還算簡單，只是輕微擦撞；第二件卻麻煩得很，是一場有三人受到輕重傷的嚴重案件，得要做重建現場鑑識報告，那條路也因此塞了將近一小時之久，等到案件真正辦完的時候，都已經是四點三十了，羅哥的臉則臭得比榴槤還臭，似乎只要稍稍一觸碰就要扎傷人一樣。但他們還是得要去把剩下的巡邏箱簽完，於是，羅哥的車速便不斷逼到最高速限。

不過，在簽到倒數第二個巡邏箱時，他們的無線電卻又響了。

「呼叫××××。」

「幹你娘的！還讓不讓人休息啊！操！」

就騎在旁邊的羅哥大聲咒罵，即便在轟隆隆的街道噪音與風聲中仍清晰可聞，賴正男看了一眼，還是按下了通話鈕。

「××××收到，請說。」

「有一個女的受傷了，不太清楚狀況，可能是車禍，你們去看看！地址是在××街××號。」

「我們的巡邏箱還沒有簽完啊！」羅哥大聲罵，但，他並沒有按下通話鈕。

畢竟通知他們的，是一個資格更老的學長。

「是，知道了，我們這就過去。」

「幹！幹！」羅哥重複咒罵，當然，還是沒有按下他的通話鈕。

「羅哥，我們要迴轉吧？」賴正男喊聲。

「嗄？」羅哥第一時間氣還在頭上，沒懂，直到看到賴正男擺出了手勢，示意要迴轉，才終於理解：「喔幹，嗯。」

$$$

賴正男看著眼前狂奔到救護車後的男人，起了個異樣的感覺，直覺上，他便覺得那傢伙不是普通人，身上散著不對勁：第一，也是最重要的，就是這個男人在上班時間能夠隨傳隨到了，怎麼想，都是沒有一份穩定工作的人，而這個時代，沒有工作的男人可是少數中的少數，除非，他是做消夜攤生意的，又或是剛好今天輪班排休；可是，他的打扮也不像是普通的食物攤販或是工廠的人，儘管他身上沒有什麼顯眼的刺青又或是傷疤，可是他的長相與姿態，卻自然散發出一種江湖氣息，那是只有混了很久的人才會有的，當然，他可能是金盆洗手的一個，很多退出那圈子的人煮了十幾年的麻辣燙或是做炭火燒烤燻了幾十年，仍然抹不去江湖味。

但他不像是，他看起來就像是還在圈子內。

他思考著女人的傷勢，以及吞吐。吞吐也許是還沒有真的意識到發生什麼事情，但也有

可能，她只是不想要說出什麼，至少，在看到那男人來到後，他便起了這樣的疑心：她的鼻子斷了，確實看起來是摔到的，可是，她的臉頰上那明顯的紅腫，看起來是遭受重擊過的，雖然看不出來是怎麼造成的，但不太像是摔跌在地會有的傷口，那應該會有更明顯的開放性傷口。

還有地上的碎片，雖然不多，但有一些看起來像是塑膠的碎片與一些亮亮的、似乎是鏡子的碎屑。

他也注視著他們的互動：兩人的互動也明顯不對勁，他有擔心、有緊張，可是，他的眼睛似乎沒有那麼專注地放在她的傷口上，雖然他的手輕輕握住了女生的手，但，他看起來意外地過於冷靜，他遇過很多男人在看到心愛的女人受傷時會緊張地咆嘯，甚至生氣，跑來質問警察到底是誰讓女人受了這麼嚴重的傷，又或是持續不斷地溫言安慰，說不管怎樣都會一直愛著她，不會因為她破相就不要她了，諸如此類，當然，那男人可能不是這兩種類型的人，或者他們的關係根本沒有那麼好。

又或是，另有蹊蹺。

「抱歉打擾一下，先生，我可以問您些問題嗎？」

對方的眼睛閃爍了一下。

「我……我想要去醫院，抱歉。」

「不好意思，只會耽擱一下，這也可以幫上你們的。」

「我……」

「您跟受害者的關係是什麼？男女朋友嗎？」
「……對。」
他們看起來一點都不像，但他卻還是如此自承。
「因為我們剛剛還沒有機會替她處理報案程序，能麻煩您告訴我她的名字嗎？」
「玉呤。小玉西瓜的玉，呤是左邊一個白，右邊一個令。」
「原來如此，請問一下，您知道她出門的時候有帶了什麼東西出門嗎？」
「什麼？」
「我們認為她是遇到了飛車搶劫，想要釐清她損失的財物，這對我們案情會有很大的幫助的。」
「……我不知道。」
「她平常慣用的包包長什麼樣子呢？」
「她……每天都會換，所以我也不知道是哪個。」
雖然賴正男明白女人的包包鞋子往往多到男人記不清，他自己也碰過類似窘境，但還是覺得那只是藉口。他的直覺如此。
「原來如此，我瞭解了。那您知道她是否跟誰有過什麼糾紛或是爭執嗎？」
「我……沒聽說過。」
「工作上的同事？或是——」
「——問那些幹嘛？」羅哥不耐煩地打斷：「看起來就是肇事逃逸——」

「——或是飛車搶劫，羅哥。」

「都隨便啦，所以問這些有什麼用？看起來有像是蓄意傷人的毆打事件嗎？看起來就是隨機發生的啊。」

「……是。那，請問一下，能給我她的家人聯絡資訊嗎？」

「我不知道。」

「是這樣子嗎？那——」

「——正哥！差不多點好嗎？他又不是目擊者，問這麼多幹嘛？我們晚點再做筆錄就好了好嗎？」羅哥不悅地打斷，臉上的表情幾乎陰沉得像是要給賴正男一拳了，隨即轉頭向男人說話：「你就趕快去醫院陪她吧。」

賴正男只好點點頭。

「謝謝。」

那男人轉身就走，動作很快，上了車便騎出了巷道。賴正男覺得有些怪，不過，直到幾秒鐘後，他才想到，那男人去的方向，根本就不是醫院所在的方向，甚至完全相反。但他自然沒有說，他可不覺得羅哥有興趣聽他講這些事情，羅哥只會覺得煩。

Ⓢ Ⓢ Ⓢ

好不容易協助交通隊完成了蒐證、簽完該簽的巡邏箱，風塵僕僕回到警察局時，已經是可以吃晚餐的時間了，事實上，這也是他的備勤時間。他其實是可以躲到茶水間裡面滑手機、看電視、打《王者榮耀》或是手機版吃雞的，但他沒有，他一吃完了晚餐便當，便回到自己的座位上開始查起了相關的案子，想要搞清楚究竟是怎麼一回事。

他首先就是調閱該區域的監視器，看看到底有誰進出了那個區域，不過，他早在下午時分便確認過了，那個巷子裡面沒有監視器，附近較大的幾個交叉口雖有，小巷道卻沒有，最後，他拉出的封鎖線，包含了縱向四條與橫向三條街的距離，不管是什麼樣的搶匪，只要不是住在那街區內，肯定便會被拍到進出。

他一個接一個研究著，不過，因為不知道那叫做玉聆的女人到底在那邊躺了多久，是不是真有暈死過去，他從報案時間的前十分鐘開始看，快速拉著時間軸研究。他就這樣看著螢幕看了半小時。他篩人的標準很簡單，歐巴桑的、腳踏車的、Gogoro的，他都直接篩除掉了，雖然是刻板印象辦案，但效率很好，歐巴桑大概是沒有力氣跟膽量去搶的，腳踏車則是沒地方去藏搶到手的東西，至於狗狗肉？能買狗狗肉的大都是頗有些錢的文青，怎麼想都不可能是搶犯。就算搶也是搶父母的錢吧。最後，他才終於在第五台攝影機畫面中找到了他覺得極有可能的目標。

他鎖定的，是一台雙載的黑色機車，雖然畫面模糊，色彩也不夠鮮明，但能看得出來這兩個人的打扮稍微有些幫派分子的感覺，尤其是兩人騎車時都大開雙腿的模樣，非常囂張，很有可能就是潛在目標。

「您好，我是來找所長的。」

他聽到了這句話，原先的專注被打斷，稍稍抬起了頭瞧向值勤台。顧桌子的學長露出禮貌的神情，引著那人往後方所長辦公室去。他聽過這個聲音，甚至見過這個人兩回。雖然隔了好幾個月，但他記憶猶新。那正是某位企業三代在臨檢時被起出毒品的時候，而那件事情，也確實不了了之了，就連案子也都沒成。

他從沒有搞清楚那人的真實身分，就連名字也不知道。他也不敢亂問，就怕被人當作在找碴尋事。他只能推測，這人是跟政府有些關係的人。但那人為什麼會來？是又出了什麼事情嗎？辦公室門關上，透著百葉窗，什麼端倪都瞧不清，於是，他便不再多想，轉頭去看螢幕。他現在只找到了黑色機車二人組進入該街區的紀錄，但還沒有看到離開的，牌照資料還沒有調到。如果能夠從監視螢幕上確認了離開的時候，機車車耳朵有所受損的話，那就能確認是那兩人了。

他繼續翻著監視畫面，一個又一個，但不知道為什麼，他總覺得這兩人一車有些眼熟，但他說不上為什麼。

「欸。」中午取笑他上臉書的林哥學長不知道何時又來到了他身後，手搭在他的肩膀上：「所長找你。」

「什麼？」

「所長找你啦！」

「呃，好。」

他走進去辦公室的時候，那男人已經不在裡面了。他猜，或許是他忙著看螢幕的時候離開的吧？他很好奇自己怎麼會被叫進來，怎麼想，他都不覺得自己會是被叫進去嘉獎稱讚的，肯定與剛剛那個男人有關，難不成是因為臉書照片事件發酵的關係嗎？還是怎樣？但那男人又為什麼在意臉書照片？

「你現在在忙什麼？」

「嗄？」

「嗄什麼嗄？我問你你現在在忙什麼，是聽不懂人話嗎？」

「我在查案。」

「查哪件？你不是應該備勤時間去休息嗎？」

「我想說——」

「——不要你想說！該休息就去休息，懂嗎？你案子交給林哥，讓他去處理就好。」

「我現在——」

「——交給他！然後就去休息，知道嗎？我可不想要你過勞，害得我還要吃申誡。」

「……是。」

平常所長才沒有這麼好，這中間肯定有鬼。雖然他很想要猜測是不是市府開始對警員的過勞體恤了，但，想也知道不可能。當然，有可能所長就只是想要分個業績給林哥，讓他的考績好看一些，之後升他比較方便。可是，他沒有這麼天真，怎麼想都一定是跟那神祕男人有關。

大概，他們又想要把這件事情壓下去吧？之前就有遇過幾次這種事情了，黑道明明火拚得要死要活，所長卻要他們晚一點才出發前去，給他們時間逃跑，這次會不會也是類似的？或許那兩個人是某個黑道老大的兒子之類的。甚或是哪個政治人物的兒子也說不定。

「你還站著幹什麼？」所長對著站在原地發呆思考的賴正男低吼。

「是，我這就出去。」

「立刻轉交給林哥然後去休息，知不知道？」

「是。」

「還有，你最好把你的抽屜整理乾淨。」

賴正男點點頭，走了出去。林哥已經站在他的桌邊等著他了。

「所以，辦案辦到什麼程度啦？」

「我……什麼都還沒有查到。」

「是嗎？那你到底在白忙什麼？」林哥酸了酸：「反正都轉寄給我，你好好去休息吧。」

「是，知道了。」

林哥擺擺手，然後要轉回自己的位置去了，吊兒郎當的態度看在賴正男眼中除了惹人厭外，他想不到其他的形容詞。他坐到自己的辦公桌前，開始移轉自己的資料。不過，他也同時以紙筆抄下了黑色機車發現的時間、地址，提醒自己到底查到了哪個地方。寫完後，他便將紙條塞到了桌墊之下，特意壓在了一張「市民申訴處理流程」的清單之下，跟著，他打開抽屜，看了一眼。

那紅包原先是縱放的，現在是橫放。感覺也更飽滿了一些，不過，那或許也只是預期心態造成的錯覺也說不定，搞不好少了幾張也都有可能。無論如何，他都還是沒碰它的意思。

他將抽屜關上，鎖好，隨後便走進備勤休息室，找了一個角落的位置窩著，滑起手機，好好休息。

第六章

阿誠與阿豪

全聯福利中心裡，阿豪跟阿誠搬上了一整箱的五百毫升台灣金牌啤酒、好幾罐的品客洋芋片、多力多滋的特辣口味莎莎醬，幾乎全是阿豪喜歡吃的零嘴。阿誠看著那些東西，感到有些不自在，上一次他們買這麼多東西，還是他們賣大麻給不懂行情的白痴大學生時削了一筆的那次。能慶祝當然不錯，但當時是慶祝他們的聰明才智，現在慶祝是意外之財，一筆他始終覺得留著不妥的錢。

「這些都是你們的嗎？」

「對，然後我們要買袋子。」阿豪說。

「好。」

「欸，我還要一個黑標威士忌，我從來沒有喝過黑標耶！」阿豪補上一句。

店員照做，返身去開了櫃子，從中掏出一瓶黑標威士忌，叱的一聲刷了條碼。

「買威士忌幹嘛？你明明說很臭的。」阿誠抱怨。

「媽的，那是因為我們之前都喝那種很廉價的東西啊，這種高級貨搞不好就好喝了喔。」

「……也許吧。」

「不是也許，是絕對就是這樣啊，要不然這價差哪來的？要不然這品牌怎麼能夠這麼有名呢？」

阿誠沒說話，只是默默看著那小姐結帳。

「這樣是三千一百二十六塊。」

「我看看，這邊是三千，然後……兩百。」

店員接過錢，快速地檢查了一下鈔票的真偽，確認無誤後便收下，打了一張長長的發票回來。兩人各自拿起了大袋商品與一整箱的啤酒，出了店，將物品裝上機車，隨後便由阿誠騎車載著阿豪往他們居住的套房方向去。

「我說啊，真的不能夠找小咪跟她朋友一起來嗎？」

「不能。」

「這麼開心的事情就應該要大家一起分享啊！她也不會去亂講的啦！她又不是那種不用腦的女人。」

「我沒說她是——」

「——我覺得她乳頭可能是粉紅色的。她那麼白，對不對？要是今天找她來，把她灌醉的話——」

「——那根本就不是重點！重點是我們要低調！低調！」阿誠低吼：「你要是不怕死的話就找她們來好了，看我們最後會不會被丟到絞肉機裡面。」

「你知道那是假的吧？絞肉機是絞不爛骨頭的，而且他們哪會這麼麻煩啊，直接做成消波塊不就好了！」

「真的不好笑。」

「哈哈哈，你不要這麼怕好不好啦!?」阿豪邊說還邊拍了他的肩膀一下：「好好享受一下人生啦！」

阿誠嘆口氣。

回到公寓時，阿豪的動作已經俐落多了，勉強達到正常人的爬梯速度，上了五樓，兩人再度進了阿誠的房間，門才推開，濃濃的披薩香、炸雞香便傳來。他們剛剛叫了知名的拿坡里，不過，直到他們將要大口吃肉時，才發覺兩人的酒都空了，只好出去跑這一趟。他們將好幾罐啤酒送進冰箱，隨後開了電腦，放起他們最近很喜歡看的嘻哈饒舌節目，點開了最新一期放著緩衝載入，跟著，阿豪便迫不急待地打開黑標威士忌，鼻子湊上去聞了聞。

「有香嗎？」阿誠問。

「我覺得好像是有好一些耶。」

「意思是，其實還是很臭？」

「我才沒有這樣說好嗎？拜託喔，一直在那邊潑冷水，幹是不會膩喔？杯子來啦！」

阿誠將大創買來的馬克杯遞過去，阿豪霸氣地倒了半杯滿才停，跟著，他也替自己倒了半杯，隨後舉了起。

「乾杯！」

「我可不要，太多了。」

「說說而已啦當真喔，幹，不管怎麼樣，爽，敬今天。」

「……敬今天。」

兩人撞了杯，叮的一聲，各自啜飲一口。兩人同時皺了眉緊了臉，他們實在是很少喝這種高酒精度數的高檔貨，不習慣那過於濃烈的氣味以及灼燒口舌的感觸，不過，為了不要示弱，他們硬是將它吞下，沒有嗆、沒有吐、沒有咳。

「我覺得還是差不多難喝。」

「看起來喔，這些高檔酒就跟那些潮牌一樣，就只是貼個標籤就可以多收五百塊了啦。」

他們邊抱怨，邊伸手拿起炸雞與披薩，啃咬起來，享受晚上無所事事的悠閒。

「可惜有點冷了啊。」

「還不是你堅持要有酒才——」

「——沒有酒怎麼爽啊!?」

嘻哈節目中，有些人的表演很炸、很夠力，他們便會模仿起來，甚至拍手叫好，表現很差的，他們則是輕蔑不屑，甚至認為自己也可以輕易超越。威士忌雖然臭，可不知不覺就已經喝乾了，甚至還又添了一杯，等到兩人都已經酒酣耳熱，臉紅得像是猴子屁股的時候，他們就玩開了，學著節目中的嘻哈歌手表演起即興饒舌，只是，韻腳亂七八糟，歌詞也沒啥意義，但，他們卻還是以為自己是不世出的超級天才，要是真受邀請上了台，就能夠輕鬆成為冠軍似的。

「你是狗一般的小老弟，沒有人喜歡你嘴巴放的屁，這裡不是你耍猴戲的地，小心我送你去吃屁。」

阿誠喝多了，也玩開了，原先的陰鬱掃去，樂得很。

「好啊！真的很不錯啊！要是台灣也舉辦這樣的比賽，我們搞不好可以包下冠亞軍喔。」

「哈哈，有這麼厲害？」

「當然有啊，我想想喔，你每天都是一張大便臉，搞得人覺得煩躁的……想殺人的臉，快點去洗把臉！」

「欸，不錯耶。」

就在這個時候，阿誠、阿豪的手機卻同時發出訊息通知聲。兩人互看了一眼，隨後便各自伸手撈起手機，那是一封網路訊息，來自一個匿名的聊天群組，裡面所有的使用者都匿名，但會在那群組內，便都是道上兄弟。當他們開始混而且混得勉強還有點聲色，不只是每天打架鬧事的時候，他們便被更上層的藥頭加進了這群組，可以更快地收到一些道上消息。

「致今天下午飛車搶劫者：你搶錯人了，現在就還錢，一筆勾銷。」

阿誠看了好幾次，才確定自己沒有看錯。他的酒意瞬間消了至少一半，渾身開始顫抖，視線則投向阿豪，看他的表情。但不知道阿豪是喝得太醉沒有理解那些字串，還是怎麼了，他竟然沒有任何表情，便將手機放下，隨後又繼續看向電腦螢幕上的表演。

「話說這個人好像很厲害喔，我之前有在網路上看到爆料文，說他內定——」

「——你有沒有看到訊息啊？」阿誠大聲打斷。

「什麼？」

「剛剛的訊息啊！」

「那沒有什麼好擔心的啦！不知道是哪個瘋子在亂吼好嗎？不怕啦！」

「人家在要錢了！這搞不好是很大尾的你知道嗎？我們還錢吧！」

「才不要！」

「為什麼不要？」

「他們又不知道是誰做的，要不然怎麼會在那邊問？我才不要自己送頭哩。」
「你就不怕他們找到我們？」
「現在就是還沒被找到啊！」
「你……就聽我這一次吧！我每次都聽你的，你就聽我一次，相信我，我是為了我們好——」
阿誠說著，人也已經因為激動的關係半站起了身。
「——你是不是忘記我把那個女的打得半死啊？什麼一筆勾銷，你以為真的會一筆勾銷唷？我看沒有被切掉一隻手掌就能夠偷笑了啊!?我們可不可以不要一直鬼打牆？我們不是早就——」
「——但我怕死，真的，我怕。」阿誠打斷。
「我保證，不會有事的，好嗎？我保證啦，要是有事，我一個人擔，可以吧？」
「……你沒有辦法一個人擔的。」
「相信我，我可以，而且我會，這樣可以了吧？我們能不能回去慶祝，享受一下有錢人的感覺啊？算我拜託了可以吧？」
「……你真的蠢到爆了。」
「麥靠夭啦，廢物！唉，多喝點你就不會在那邊雞雞掰掰了，喏，來，乾一杯。」
阿豪搶過阿誠的杯子，倒了一杯，不過因為喝太多的關係，力道控制得不好，用力過猛，一開始竟還倒了不少在杯外，不過，接下來就控制穩了，給阿誠倒了半杯。他將杯子推去，阿誠沒接。他還站著。

「快啦！現在已經沒有回頭路了啦！」

「……」

「快啦！是不是兄弟啦！我會害你喔？」

阿誠嘆了口氣，接過威士忌，一口氣喝乾。

＄＄＄

阿誠醒來的時候，以為自己已經睡了十幾個小時，但沒有，當他撈起手機看一看時間，才發覺現在連半夜十二點鐘都還沒有到，然後，他才終於意識到自己為什麼會醒來，他的膀胱快要爆炸了。

他爬起身，卻沒有想到雙腿有些無力，立刻便向前仆摔，一不小心手便將擺在桌上的啤酒罐打翻，不過，幸好是都已經喝得差不多乾了的，只噴出了幾滴沒氣的液體。他第二次伸手去扶牆壁，這才站穩身子，隨後，他便快步衝向廁所，推門時卻發現門給卡住了，他實在是已經忍不住，猛力地又推了幾下，好不容易推開後才發現原來是阿豪醉倒在裡面，卡住了門，馬桶左側與周遭有不少嘔吐物，臭得很，但他也沒有辦法再要求什麼了，拉下拉鍊便撒起尿。

尿完，他沖了水，出去房間後，他才開始注意到身上的其他感官，他腰痠背痛渾身難受，看了一下凌亂地板上一塊相對乾淨的區塊，他這才搞清楚，自己剛才是在地板上睡覺的。雖然他的腦袋還是昏昏沉沉，可這次，他下定決心一定要躺到床上，於是，雖然腳步蹣跚，甚至還不小心又踢倒了一罐放在地上的洋芋片，最後仍成功走到床邊，放鬆全身摔在床墊上。

儘管很累、儘管希望可以就此失去意識，他還是睡不著。他的精神不好，他的腦袋像是一團糨糊，可是，他卻清楚知道一件事情，那就是「搶錯錢」了。他得要想辦法解決這件事情。所以，出國吧。逃出去就對了。

他拿起手機，打了「出國須知」進行搜尋，然後，他這才發覺要出國，得要準備的東西還真是一拖拉庫的多，還不是什麼買張機票就可以出去的事情，不，他們得要去申辦護照。他們當然是從來都沒有申請過那東西，他們總覺得自己是怎樣都不可能要用到的，而事實上也是如此。

碰！

他的心臟幾乎要跳出來。他掙扎著坐起來，看往門口的方向，人也翻下了床，躡著腳朝著門口靠近，那是有人在敲門的聲音，他很確定，只是——是誰？

碰！

到底是誰？是怎麼了？難不成……他們找上門了嗎？如果是的話，他該要怎麼辦？現在就開窗爬出去？他轉頭去看身後關上的窗，雖然那窗戶很小，方向也不對，根本談不上多少通風換氣的功能，但，人是能夠勉強爬出去的。不過，房間的燈是關上的，他們或許會以為沒人在，就此離開也說不定？

碰碰碰！

「欸，開門啊！」

那是一個女人的聲音，而且，阿誠認得。那是阿豪之前說要約來一起狂歡的女生，小咪。他追她追了好一陣子。但她怎麼會來？不，應該就是阿豪邀請的吧？但如果不是的話——

「我想在跑車裡，想要一輛法拉利……」

阿豪落在地板上的手機大聲叫了起來，更因震動發出惱人的吱吱聲，阿誠真想要衝過去將聲音按掉，但他知道，門外的人肯定已經聽到了。

「阿豪？你在嗎？阿誠，人在嗎？快幫我開門啦！」

小咪邊說，邊拍了門板好幾下。該開？還是不該開？考慮了幾秒鐘後，他實在是忍受不了那惱人的堅持與噪音，他穿過凌亂的房間，將手放上門把，就要解鎖，不過，下一秒鐘他便想到門外就算是小咪沒錯，也很有可能還有其他人。他雙手緊握手把，腿腳也蓄好了力，準備好隨時就要將身體的重量都頂上門，重新鎖上。深呼吸一口後，他小心地開了門，只露出個門縫，看出去，只有小咪一個人，她的黑色唇膏、金髮、白皙皮膚加上露出好身材的小背心，讓她看起來極具魅力。只是，阿誠還是擔心死角處另有他人，所以他沒有鬆懈。小咪露出不耐煩的模樣，伸手就要推門入內。

「小咪。」阿誠仍然頂著門。

「你幹嘛？讓我進去啊！」

小咪露出更不悅的表情。她向來沒有什麼耐性。

「妳一個人嗎？」
「你希望我帶誰來？還有，你是幹嘛，我不能進去喔？」
「沒，就只是……」
小咪翻了個白眼，看起來實在不像是帶了個人要來破門而入砍他一隻手掌的。他或許真的是自己嚇自己嚇過頭了吧。
「……請進吧。」
「謝謝吼。」
阿誠退開來，輕啟半門，小咪便鑽了進來，阿誠張望一下走廊外面，兩側誰都沒有。他覺得心跳似乎立刻就慢了下來。他關上門，重新鎖上，轉過頭時，小咪已經打開廁所門，觀察著阿豪。她捏著鼻子，露出嫌惡的神情。
「好噁心。」她說。
「喔……嗯。」
「你要不要清理一下啊？要不然之後怎麼用廁所？」
「喔……或許晚一點吧。妳怎麼會來？」
「就這個廢物邀請我的啊。」小咪邊說，邊出腳輕輕踢了阿豪一下。
阿豪沒有任何的反應，跟一具屍體幾乎沒有兩樣，不過，阿誠很確定他有呼吸。
「喔，但如果是這樣的話，也許妳今天還是——」
「阿誠，你現在是要趕我走喔？」

「那個……我們的派對——」

「——看得出來，但我都來了，你也拜託吼……」

阿誠眨了眨眼，以為她真的要拜託什麼，好幾秒鐘後才意識到她是要他不要如此沒道義，人才到了就又要趕她走。

「呃……但是……」

「我不想要再騎回去了，有夠遠的好嗎？你知道我剛剛在樓下打了多少通電話都沒人接，等了多久嗎？你好意思喔？我靠，你們的啤酒還真的不少呢。」

小咪打開了冰箱，拿了一罐出來，喀的一聲便開罐。

「是還……可以。」

小咪沒回話，因為她正仰著頭咕嚕嚕地灌了好一大口的啤酒。

「咂～」小咪發出滿足的一聲，隨後才又開口：「所以，你剛剛是希望我帶誰來？要的話我現在幫你打電話問問看，怎樣？」

「啊，不，那個就不必了，謝謝。」

「那你剛剛在那邊問什麼我一個人兩個人？」小咪翻了個白眼。

阿誠沒說話。

「所以你們兄弟今天晚上是慶祝什麼啊？」

「嗯？」

「我說，慶祝什麼？你是不是喝太多腦袋壞了啊？聽不懂人話嗎？」

「喔……嗯，其實也沒什麼，就只是，開心。」

「靠么，真的假的啊？就這樣嗎？不可能的吧！阿豪明明跟我說你們今天運氣超好中大獎的啊！怎樣，怕我想要分一杯羹喔？我有這麼賤喔？」

「沒，不是。」

「那就老實說嘛！到底是怎樣？」

「不，就真的……沒怎樣。」

「算了算了，不說就算了。不知道你在小氣什麼意思的。話說，開個電視……不對，開個電腦放個音樂吧？有夠乾的。」小咪邊說，邊再度舉起了啤酒罐，牛飲了口酒。

「其實我是想要睡覺了……」

「欸，我可是辛辛苦苦跑來的好嗎？」小咪眉頭蹙緊，不爽之意已經藏不住了：「真不知道你們找我來幹嘛的。」

「其實，我不知道妳要來。」

小咪再度翻了白眼，隨後直接坐到了阿誠的床上。兩人大眼瞪小眼。

「現在要……」

「我不知道啊！放個音樂吧！」

「喔，好……」

Ⓢ Ⓢ Ⓢ

大概是早上十一點半的時候，阿誠醒了過來，驚醒的時候，他第一時間伸手摸向旁邊的枕頭，不過，旁邊是空的，誰也不在。阿誠不禁稍微寬了點心，不過，跟著他便想起自己為何會這麼緊張，他坐直身子，張望了房間，大部分都跟昨天晚上失去意識前差不多，至少，他是這樣認為。房間實在是太亂了，所以，他也記不起到底原先是何模樣。他爬下床，走到了廁所，打開門，阿豪還躺在地板上呼呼大睡，不過，似乎已經換了個角度與位置。也或許是小咪進來用廁所的時候把他搬動了一下也說不定。又或是他自己覺得睡得不舒服所以喬了個位置也有可能，他也不知道。他其實也沒有太在意阿豪躺在哪，他只要確定阿豪沒有醒來過就好。

他又放了一泡尿。跟著，他開始幫阿豪進行清理，也順便把廁所用乾淨。

「欸？」

以蓮蓬頭水沖洗阿豪身上汙穢到一分鐘的時候，他也終於跟著醒轉了，慢慢坐起來，接過了阿誠手上的蓮蓬頭，自行沖洗。

「這……這是哪裡？」他邊沖邊咕噥著問。

「我家廁所。」

「喔……是喔。」

「嗯。」

「頭好痛。」

「彼此彼此。」

其實阿誠沒有那麼痛，昨天晚上他沒有再多喝多少酒精，他實在沒那興致攝取更多的酒精，然後，後來他也沒那閒暇。

「幾點啊現在？」

「十一點半多，快十二點了。」

「這麼晚？」

「嗯。」

「我們幾點睡的啊？」

「……我不知道。」

阿誠邊邊說撇開了頭，走出了廁所。

「幹，雖然我他媽全身都痛，可是好爽啊。」

「嗯。」

「今天晚上再來爽一次吧？」

「不要，我們該要做點事情了——」

「——你不會還是要還錢吧？」他嘆口氣。

「不是，但我們該要去辦護照。」

「辦護照？幹嘛？」

「我們真的該要……逃。我覺得這樣比較保險。」

「還來啊？」

「我認真的。」

「但是啊，那裡面的錢不夠我們在國外生活一輩子吧？」

「當然不夠。」

「那出去能幹嘛？」

「至少避避風頭。人家在找我們了。」

「你真的是……」阿豪嘆氣搖頭。

「我很認真的。」

「好啦好啦，媽的聽你的，這樣你滿意了嗎？」

「嗯。」

「我要洗澡了啦，出去吧。」

阿豪脫下了身上的衣服，阿誠則是點了點頭，走出廁所，讓他洗澡，拿了阿豪放在桌上的鑰匙，開門出去走廊，走到阿豪的房門，開了鎖，進去他的房間拿了一套乾淨的換洗衣物與一條毛巾回來。阿豪洗得很快，才不過兩分鐘就開了門，一分鐘後換上全新的衣服，感覺煥然一新。

「換你洗吧。」

阿誠點點頭，進了浴廁，也快速地沖了一個澡，不過，當他洗到胯下的時候，他用了三次沐浴乳，搓得也很用力，將不少的白色髒汙屑給搓下來，令其流入了下水道。他洗完澡之後，開了門通風，跟著便拿起牙刷刷牙。雖然他平時也沒有那麼注重口腔清潔，但想到了昨天晚上的……嗯，他覺得還是好好刷一下比較衛生。

「欸！阿誠？」

「嗯？」

「昨天晚上，小咪有來嗎？」

阿誠一下子不太確定該要說什麼。

「怎麼說？」

「我看了一下手機，看起來她有打給我啊。我看賴的訊息，我昨天晚上好像也邀請她一起玩了的樣子呢。」

「喔……對啊。」

「所以她有來喔？」

「來了又走了。因為那時候你已經昏倒了。」

「幹！不會吧！好不容易耶！那今天晚上我們一定要再玩一次啦。」

「我明明就叫你……」阿誠開口就要抱怨，不過，下一秒他便決定就此打住這個話題：「算了，快點準備出門吧。」

「要準備什麼東西啊？」

「錢跟身分證，呃，好像還要大頭照。」

「喔，麻煩耶。」

阿誠沒有接話，只是打開冰箱，想要找點不是酒精的東西喝，結果，裡面沒有任何汽水或果汁，他伸手去摸冰庫，可裡面的冰塊也都沒了，敢情是昨天配著威士忌喝的時候用光了。他嘆口氣，開始在房間各處晃，想要找找看有沒有之前自己喝到一半的礦泉水，但沒有。

「欸，話說回來啊，小咪有說什麼特別的嗎？」

「什麼意思？」

「就她有沒有說什麼啊，像是不爽我已經死了啊，還是說覺得很可惜我已經醉倒了呀之類的？」

「沒有……什麼吧。」

「是喔？幹，看起來我真的沒有搞頭了耶，虧我之前還請她吃消夜。」

「我們可以出門了嗎？」

「我身分證好像不在錢包裡面。」

「那就去拿。」

阿豪懶懶地點點頭，兩人便出了房，轉往阿豪的房間去。阿豪的房間在走廊最底，其實坪數上比阿誠的要大些，只是他的生活習慣更差，垃圾凌亂、不少食物容器都沒有整理，於是，不但落腳處比阿誠房間還少，更時不時會有蟑螂、螞蟻、蒼蠅等惱人生物出現，空氣中甚至有點公廁才會有的騷臭味，這也是為什麼他們多數時候是在阿誠的房間聚會，女人比較不會嫌，還有，更重要且兩人從未提及的原因——阿豪不想要再整理更多的垃圾，總是在派對後拍拍屁股就走人留阿誠一個人與狼藉杯盤抗戰。

阿豪懶散拉開自己房間的抽屜，如果說阿誠的算得上是所謂「凌亂」，那阿豪的抽屜大概要用垃圾窩或是亂葬崗來形容。說是亂葬崗，是因為裡面還真的有幾隻死螞蟻與蚊子的殘骸。螞蟻應該是爬進去餓死的，蚊子則是阿豪自己打了之後放進去的，保存原因不明。

他開始東翻西找，摸了足足有三分鐘，卻什麼都沒有摸出來。

「找得到嗎？」阿誠不耐煩地說。

「我要是找得到還會在這邊翻嗎？」

房間內因為沒有開冷氣，熱得很，阿誠也已經出汗了，便自行伸手開了風扇吹。風扇發出嘰嘰嘎嘎的聲音，聽來很吵，可風力倒算是足了。阿誠站到風扇前面，跟著翻出手機，開始瀏覽逃去哪會是最好的選擇。香港可以不必台胞證就進去，這是個選擇，雖然那邊講廣東話，他們都不會說，但應該也有很多中國的蝗蟲大媽，也許還好……

碰！

他們聽到門外有人正用力敲著門，雖然不是阿豪的房門，但那聲音仍然讓阿誠的心臟漏跳了一拍，他立刻看向阿豪，同時伸手對著他比了個「噓」的手勢。阿豪露出訝異的神色，可乖乖照做。阿誠聽得出來，聲音是從有點距離的地方傳來的，雖然他沒有什麼順風耳，但他覺得應該是有人在拍自己房間的門。

碰、碰！

兩人看著彼此，愣著，但他們想到的都是同一件事情。這種聲音，他們聽過，只不過通常是他們所製造的。

「真的是嗎？」阿豪終於露出了有些緊張的神情，壓低聲音問：「真的是他們來找我們？

搞不好——」

「——我不知道。」

阿誠邊回，邊跑向了窗戶，小心地透著窗簾的縫隙往外面後巷看。誰都沒有。他拉開了窗，看了一下左右，確認除了窗台跟水管之外還有什麼東西可以抓，答案是沒有，就只有這麼多。

「你幹嘛？」阿豪緊張地說。

「我覺得我們該要逃了。」

「現在？你連是不是來找——」

「——李德誠！開門！」

雖然聲音有些距離，但音色、腔調、口吻怎麼聽都像是道上兄弟。那些痕跡是怎樣都不可能藏得住。

「都你害的！」阿誠以氣音說：「都你害的，媽的！」

「什麼都我——」

「——算了！」

阿誠打斷他，壓住破口大罵、責怪阿豪搞死了他的衝動。現在實在不是爭執的最好時機，所以——

碰！

這次拍的可是阿豪的門了。

「王東豪！在嗎!?」

「李德誠！在不在!?」那是第二個人的聲音。

看起來對方也有兩個人。

「現在怎麼辦？」阿豪以氣音說，害怕地看向門口，似乎是期望門外的人會就此離開。

「──李德誠！快點開門！別再躲了！」一號大喊。

那人大聲喊叫，聲音凶惡，充滿恫嚇之意。阿誠實在很想要道歉還錢，可是，他們實在是不夠和善，怎麼樣也不像是還了錢就能什麼事情都算了的樣子。他們畢竟是完全忽略那封警告訊息了。上次那個人，試著想要逃債，就算之後全數還上還補了一堆「利息」，他的手指頭還是被砍了一截。開門實在不是個能讓人毫無猶疑就選擇的選項。

「逃吧！」阿誠說。

碰！碰！這次敲門聲從較遠處傳來。

「怎麼逃？」阿豪問：「我們要是開門，他們不就──」

「──爬窗戶啊！」

「爬？怎麼爬？」

「水管啊！」

「你認真的？也許我們，道歉的話──」

咖啦碰！

門外傳來某種噁心的碎裂聲，聽起來便像是門被踢開了一般，那讓阿誠阿豪兩人都不禁抖了一下，不過，幾乎是同時間也傳來了一聲悶哼，以及接續不斷的咒罵。

「幹、你娘的，我操，媽的，媽的，幹！」二號大罵。

「欸幹，你還好吧？」一號開口問，聲音是小了許多，但仍然聽得清清楚楚。

「快看裡面！」

「裡面……沒人！」

聽得出那聲音不小，但在阿誠聽來悶悶的，他猜，應該是進去他的房間了。他沒想要再等下去，很可能接下來被踢破的就是阿豪的門了。他拉開玻璃窗戶，看了一眼外面離大概半公尺遠的水管，以及掉下去大概會摔得全身癱瘓的高度。他想要尿尿，甚至打了個哆嗦，但他也探出了手，試著要去抓那水管。

「你真的要——」

「——對啦！」阿誠暴躁地說，跟著，他的身子已經半個在外面了。

他雙腿一跳，雙手一探，人便已經盪在外面了。他的雙手死抱著水管，想起自己還在軍中的時候曾經爬過的鐵桿。他記憶深刻，因為現在的國軍早就不跑什麼五百公尺障礙了，他會爬，還是因為當時他跟同梯沒事做，無聊就爬了。他其實沒有成功爬上去過，但現在，畢竟是往下滑，他不覺得是太大的問題。直至他滑下到四樓，他的雙臂雙腿開始痛得要死時，他才覺得是個大問題。

他往上看，看到阿豪正探出頭，看著他、也緊張兮兮地張望下面的巷道，他張大了嘴，想要說話，但又不敢太大聲。

「你認真？」

「快下來！」阿誠嘶聲說，感覺到自己手臂不斷發抖，似乎快要抓不住。

碰。即便阿誠已經爬到了四樓，他還是可以聽到那響亮的撞門聲，阿豪快速地看了身後一下，跟著也爬出窗外。阿誠盡可能忽視自己刮破皮的手，快速往下滑，阿豪則是跟著動作。

阿誠好不容易下到一樓的時候，他的手臂內側已經開始滲血，身上的衣服髒黑不堪，幾秒鐘後跟著落地的阿豪則看起來好多了，畢竟多數的灰塵都給阿誠擦掉了。

「怎麼辦？」阿豪焦急地說，還同時張望上面。

「去騎車！」

他們快步衝向巷口，還沒出去，就聽到樓上還開著的窗戶傳出碰的一聲。不大聲，但他們還是轉頭看去。他們並沒有愚蠢地停下腳步，出了後巷口，轉右邊，跟著再轉右一次便到了他們公寓的大門口，阿誠從口袋拿出鑰匙，插入了機車發動引擎，跟著坐上去。第一時間，他還沒有搞清楚是怎麼了，只是覺得手感不對，直到他試圖倒退機車的時候，他才搞懂——

車胎已經破了。

「快出來啊！」阿豪還沒注意到，緊張地說。

「我車壞了！」

「壞了？嗄？」

阿誠沒廢話，已經跳下車，衝向阿豪的車子，同時蹲低了檢查車輪，沒有任何的破壞痕跡，應該是可以騎。

「車鑰匙！」

「我……我找不到！我沒帶鑰匙下來！」

阿豪不斷掏著自己的口袋，將內袋都掏出來，零錢跟皺巴巴的發票散了一地，就是沒有鑰匙。

「那就跑！」

阿誠多想要罵他幾句髒話，但也知道現在不是時候，飛奔便朝外跑。他們兩人瘋狂地衝向了巷口外。

「不准跑！」

他們後面傳來了喊聲，但兩人都沒有笨到真的停下來。他們可不是那種人家說什麼就會照做的傢伙，他們只是賣力地朝前衝刺，希望能夠逃得生天。

第七章

玉鈴Ⓑ

「今天我們要來看一段驚險萬分的行車紀錄器……」

電視新聞播著。

玉鈴坐在醫院二樓家屬休息室的沙發長椅上，不過，雖然勉強能夠稱上沙發二字，但那椅背又或是椅墊，都只能用不舒服來形容，就好像不希望任何人逗留其上過久一般。不過，至少比大廳中的塑膠椅好多了，所以她還是留在這。

她的鼻子在打完麻醉針後，只用了大概十五分鐘不到，便重新喬到定位，雖然現今還沒有辦法確定，但動刀的醫師認為她的鼻梁骨應該是能夠重新回正，只是，她鼻子上所受的那些血肉傷，與她如今也已經清理乾淨、包紮好的手腳創口，卻難講多了。很有可能，她之後得要接受更精細的醫美手術，才有辦法將那些難看的疤痕、不平整的凹凸給移除；至於她的牙齒，醫生建議她親自去找熟悉的牙醫處理，但除了一顆已經垂垂欲墜的，其他應該是能保住，只是需要休養。

拿著手機，透過相機的前鏡頭看著狼狽的自己。她不禁皺起了眉頭，可下一秒，感覺到鼻子肌肉的疼痛，她便又舒開了。護士跟她說，一切都會好的，可是，她不覺得如此，一點也不。

「玉鈴。」

那是一個不熟悉的聲音，玉鈴嚇得立刻抬起了頭。一名身材高大的男人站在門邊，雖然長得並不特別凶惡，可是從他的動作，立刻就能夠看出來是道上兄弟。看到玉鈴的動作、確認是她之後，便大跨步走了進來。他身後還有另外一個人，只是守著門，沒有要進來的意思。

休息室內還有一對母子，母親看了過來，隨後將原本正在椅墊上恣意攀爬的兒子給抱住。

「你、你們是誰？」玉羚緊張地問。

玉羚如今的鼻子內塞了固定鼻骨用的填充物，無法透過鼻子呼吸，加上臉部的麻藥還沒有退乾淨，講起話來有些模糊，口水更差點要滴出來。她緊張地抖起，但這一抖，便又讓她覺得各處傷口有些痛。

「不需要緊張，我們是代替黑馬來接妳的。」

「黑、黑馬呢？」

「他有點事情在忙，沒有辦法親自過來。」

玉羚看了一下手機，手術一結束、進休息室後，她便傳了訊息過去，黑馬已讀，也回覆簡單的ＯＫ，但沒有更多的訊息，更沒有提前通知她另外有人前來。這讓她覺得有些不自在，在座位上稍微扭了扭。被抱緊的小孩子也是，他還想要四處亂跑，不懂母親為什麼要束縛住他。

「那個……」

「來吧。」男人沒有大聲，只是擺了擺手，示意她起身出房。

玉羚吞了吞口水。她的口水本來便因為用嘴巴呼吸而變多，現在更多了。她慢慢地站起身，男人沒有先走，而是等她出去，之後才跟上，於是，兩人一前一後夾著她一人走。他們的意圖很明顯，就是怕她拔腿跑走，看著兩人的虎背熊腰，她不禁抖了起來，可她知道，自己怎樣也不可能逃走的。

那LV包裡的錢，她還真還不上。她是有一些存款，而且，以她的年資來說，也不算少了，她平時並不是那種喜歡亂花錢的人，畢竟，未來人老珠黃，她的生活就肯定會陷入拮据，她得要為未來先盤算，但，雖是有積蓄，卻也沒有到那個量。就算他們願意讓她先賒著，能夠慢慢還，她的臉、她的手腳，要多久才能好？之後又要掙多久的錢？

他們到了醫院門口，外面停了一輛鋼琴黑的Toyota，司機正透著搖下來的副駕駛窗向外張望。

「請上吧。」當頭的男人說，替她開了車門。

她點點頭，爬了進去，跟著兩名男人也上車，一個進副駕駛座，另一個則是在後座「陪著」玉呤。車內音響正播著音樂，是台灣嘻哈中頗負盛名的頑童〈幹大事〉。這首歌黑馬也放過。

「別忘了安全帶。」坐在玉呤旁邊的男人提醒，自己也拉了安全帶。

她愣了一下，看到對方再度點頭，這才趕緊拉了安全帶扣上。就這樣，車子開了兩、三分鐘，誰都沒有再開口說話，氣氛沉重得很。那讓玉呤想起小時候坐在車上前往父親喪禮的情景，儘管，她內心的感受大大不同。

「我們要去……？」

兩秒鐘過，沒有半個人出聲，坐在她身畔的男人這才清了清喉嚨，開口。

「我覺得妳不要多問比較好。」

於是玉呤點點頭，沒有再說上半句話，相反地，她看著窗外的車流、注視著那些在繁華商圈行走的人們，也看著路牌。她的方向感不算太差，認得那些路名，知道自己正不斷往北邊的方向去。音樂持續播著，如今變成了兄弟本色的〈迷途羔羊〉。

ⓢⓢⓢ

車子開進了高級住宅林立的湖景區，抵達一幢極為典雅的宅邸。鐵門厚實，並非常見的鐵柵欄，水泥製的牆高高聳立，足足有三公尺高，所以，如果只是在外面，是怎樣也不可能看到內部的。車子停在門前，四面窗戶都搖下，坐立於牆上的兩個監視攝影機正對著他們，玉羚露出一抹尷尬的微笑，猜想著對面的人究竟會是誰，會不會就是先前拿錢給她的萬姊？還是，另有他人？

鐵門快速地滑開，自動車窗也搖了上。在眼前呈現的，是玉羚在電視上看過無數次但從來無法想像自己能親自踏入的豪奢宅邸，前院極大，花園打理得漂亮，花團錦簇綠草茵茵，門一開好，司機便踩下了油門將車子駛入，停在宅邸正前方。

「下車吧。」男人說。

「是。」

他們各自解開安全帶，跟著兩名挾帶玉羚來此的男人便下了車，玉羚也是。當頭的男人敲了敲門，等了大概三秒後，門才咖的一聲發出解鎖聲，男人這才推門入內。雖然玉羚緊張得渾身都抖，可或許也是因為她的緊張使她加倍敏感、警覺，她注意到敲門是有特殊韻律的，兩短一長。

她踏入了宅邸大廳，不禁為之所震懾。

多數的家庭，進入後便是客廳，但這間房子卻非如此，左右的牆壁全被打掉，是一個開放式的空間，有沙發座椅與可能是一百吋但她也分不出來是或不是的特大電視機、有廚房吧檯與一整排乾淨明亮的廚具吊掛空中，至於在一邊靠牆而立的透明冰箱中，裡內放著木架，裝有滿滿的酒瓶。

「坐著等一下。」男人說，指了指廚房吧檯。

玉昤點點頭，快步走去，兩名男人各自分頭行動，一人往更深入的後方去，另外一人則在沙發區坐了下來。沙發上還坐有另外一名男人，立刻便低聲與剛坐下的人交談。玉昤聽不清楚他們說什麼，也不希望給他們她試圖要偷聽什麼機密的印象，於是快步走向吧檯桌邊，坐了上去。她等著，先是瞪著桌面思考那究竟是什麼材質，跟著便又張望了一下酒櫃。她因為沒有喝酒的習慣，自然不懂那些酒是什麼款式，距離也不夠讓她看清，可她用膝蓋想也知道，肯定名貴。

她等著。

她其實不是很喜歡背對客廳格局的感覺，她實在很怕下一秒就有刀子刺入她的背部，又或是，一條繩子竄下來，勒住她的氣管。

「玉昤，對吧？」

玉昤一聽到聲音，立刻站起身來向後看，同時應了聲「是」，來的果然是萬姊，站起來的也不只她，所有的小弟們都站著。萬姊身上穿的衣服沒有換，擺了擺手，小弟們便又坐下，但玉蛉不敢。

「坐吧。」

「是。」

玉蛉這才坐下，跟著，萬姊便走到了她的對面坐下，她的紅唇還是一樣的顏色，可現在看起來，不知道為何好像變成了血紅一般。

「吃過沒？」

「吃、吃過了。」

萬姊不提還好，這麼一說，玉蛉便感覺到了空空如也的胃似乎在翻攪著。當然，也不只是飢餓所造成的。

「是嗎？在哪吃的？」

「我……醫院。」

「是嗎？」

「是。」

「妳身上有錢嗎？」

其實沒有。她的五千塊報酬都放在了ＬＶ包裡面。她身上唯一有的就是後來黑馬交給她的聯絡手機，醫院原本是要收她錢的，只是聽到她什麼都東西都不在身邊，發生了什麼事情也不記得，家人也不願意聯絡之後，便只好讓她先欠著，等她之後有空再去補繳。

她遲疑了。

「我想也是。管家。」

管家無聲無息地出現。

「主人有何吩咐？」

「準備食物給這位客人。有吃什麼或不吃什麼嗎？」

「不、那個，不必麻煩——」

「——來者是客，別客氣。」

「可是……那個——」

「不吃什麼？」

「都吃，都吃。」

萬姊擺擺手，管家便走到身後，跟著開始操作爐台與廚具，並打開冰箱翻出食材。她的動作流暢，而且，沒有發出多少的聲音，專業得令人咋舌。

「所以，一開始為什麼要騙我呢？」

「我……那個……」

玉晗支吾其辭，覺得自己的舌頭似乎真的不聽使喚了，好像麻藥又重新注入了臉頰一般。萬姊抬抬眉，靜靜地看著自己。她的眼睛並不冰冷，可是，也沒有多少暖意在內。

「我只是……不好意思。」

「怕麻煩到我？」

「是。」

「原來如此。」

玉蛉不敢接話，萬姊也只是靜靜地打量著她。

「能夠說說，妳是怎麼掉錢的嗎？」

「那個……」她吞了吞口水。

「也麻煩妳據實以告。」

「是，當然，當然。」

她隨即開始解釋，所有還記得的細節，全都一一吐出。說完之後，玉蛉低下了頭，誠摯地道歉。

「萬姊，真的很抱歉，那個……我沒有抓緊。但我真的努力了。」

萬姊點點頭。

「所以，妳不認識他們。」她問。

玉蛉用力地搖了搖頭。

「妳中間有聯絡過任何人嗎？」

她搖頭。

「黑馬有沒有什麼異狀？」

「沒有。」

「有注意到任何奇怪的事情？」

她搖搖頭。萬姊點了點頭，表示理解。

「口渴嗎？」

「嗯。」

「管家，麻煩給杯水。」

水快速地送上了，萬姊將其推給玉昤，她以雙手捧起乾淨的玻璃杯，以示尊重與禮貌。

「所以，妳只是運氣很差，湊巧遇上了飛車搶劫，對嗎？」

「我、我想是吧？」

「嗯……」

萬姊意味深長地看著她，跟著，她轉開了頭看向身後的廚房。

「管家，晚餐準備好了嗎？」

「是的。」

「那就上菜吧。小雞，把黑馬帶過來吧。」

「是。」一名男子從沙發上起了身，快步走向建築物的後半。

玉昤多想要問黑馬怎麼會在這，但她沒有。她聽說過，跟英國女皇說話，一定要是對方先開口才行，對面的萬姊可是地下社會的女皇，她，可不敢自行開口亂問，她只能自己猜。

在管家將四菜一湯送上了吧檯桌時，她覺得自己猜出了個大概。

炒高麗菜、炒龍鬚、宮保蝦球、麻油里肌、味噌魚湯，豐富得不像話。

幾秒鐘後，乾淨的碗筷也送上，擺了兩副，可都擺在了玉昤的那側。幾秒鐘後，黑馬便到了場，在萬姊的手勢指示下，坐在玉呤的身邊。他們兩人對視了一眼，但誰也沒有開口說話。黑馬看起來健健康康，甚至勉強算乾淨，不過，緊張的部分倒是跟玉呤差不多。

「兩人都吃吧。」

「謝謝萬姊。」黑馬說，玉呤趕緊隨聲附和。

「沒事，謝謝你們特地跑這一趟，回答我的問題。」

「應該的、應該的。」黑馬說。

「喝酒嗎？不必客氣。」

「那個……」

「啤酒？威士忌？伏特加？紅酒？白酒？選一個吧。」

「那……啤酒。」黑馬支吾地說。

「妳喝紅酒，如何？」

「很好、很好，真的謝謝萬姊您。」她忙不迭地說。

管家很快就送上了飲料，啤酒已經開好了瓶，飄著淡淡輕煙，包裝則是黑馬完全認不得的異國文字與圖樣，至於紅酒，倒成了一杯送上。

「吃飽了，小雞會送你們回去。我先失陪了。」

「是、是。」

「那個……萬姊！」

萬姊停下了腳步，轉過頭，露出好奇的神情。坐在玉呤身畔的黑馬則是顯露出不安的神色。她知道不該無禮，可是，她真的想要問清楚。

「請說。」

「我……弄丟的那筆錢，我該要……怎麼還？」

「呵呵，世界上哪有受害者要負責還錢的？說起來，我倒忘了這件事情。來，這是給妳的醫藥費……」萬姊邊說，邊掏出皮夾，一下子就抽了好幾張出來：「紅包。」

一名小弟快步過來，送上了紅包袋，萬姊將錢裝入，這才遞向玉羚。

「如果這邊不夠的話，再跟我說。」

「這不敢……」

「我堅持。」萬姊直接紅包擺在桌上，推前：「吃飯吧。」

萬姊走了，玉羚眨了眨眼，黑馬跟她對視一瞬，兩人便拿起了碗筷，準備要開始用餐。

「要全部吃完嗎？」玉羚低聲問。

「看起來，是。」黑馬也小聲回答。

這是他們第一次的交談。

「妳還好嗎？」黑馬又問。

「嗯，還好。」

「多吃一點。」

$ $ $

黑馬跟玉昤從未吃過名目如此簡單，卻又好吃得難以想像的餐點，不過，儘管可口，吃到最後時，他們只覺得噁心。他們的肚皮已經快要爆炸，打嗝的時候似乎胃中的食物都要逆流而上，可他們還是努力地動著嘴巴，牙齒不斷咀嚼，將那些食物研磨成碎屑嚥下。他們也才兩人，玉昤又是個身材纖細的女人，四菜一湯實在不是他們平時食量能吃完的，只是，想到了「尊重」與「禮貌」，他們還是卯足了勁去吞。玉昤更慘，麻藥逐漸退去，雖然她始終只用另一邊咀嚼，但還是牽動著受傷那側，愈來愈痛。

好不容易將碗盤掃空時，是晚上九點了。

管家開始洗滌作業，小雞則是將他們領去外面，開了一台Toyota，黑馬坐在副駕駛座，玉昤則在後座。

「你們要去哪？」小雞問。

「那個……春風旅社，不知道方不方便？」黑馬說。

小雞點點頭，將車子開出了那宅邸。路途中，小雞只是放著頗富台味的玖壹壹，不時搖頭晃腦跟著哼唱，一句交談也沒有。車子向南駛，外面的車流量已經不如早上那般多了，交通很是順暢，路邊的消夜攤生意也開始了，雞排、滷味、大腸麵線、燒烤，各自開始招攬生意。以前玉昤看了會饞涎大流，現在，只覺得引她作嘔，於是，她不再看向窗外，而是閉上了眼睛歇息。

車子進到了他們熟悉的車站區，車子在春風旅社所在的巷口停了下來。

「到了。」

「謝謝雞哥。」黑馬立刻說。

「是，謝謝雞哥。」玉竗趕緊跟著說。

小雞點點頭，表示沒有什麼，待兩人下車，Toyota立刻便開走了。

「妳能自己騎車嗎？」

「可以。」

「那我就不管妳了？」

「好。」

黑馬將玉竗的錢包、手機還給她，隨即走向了春風旅社，玉玲則往自己的機車去。上了車，小心地安上安全帽，確保自己的傷口不會被擠壓到。回家路上，她盡可能去避開路上的坑坑疤疤，但偏偏，城市的道路就是鋪得不夠好，若不是有隱形的坑洞，就是好幾個水溝蓋全都約好似地一起堵在了機車道上，逼得她去忍受碰撞時的疼痛。

她沒有問黑馬在她接受質詢的時候，究竟是被關在哪，又做了什麼事情、說了什麼，她只是暗自慶幸她的說詞為萬姊所接受。當然，她說的是實話，可是她知道萬姊懷疑是他們串通了人，上演了一齣戲。她多怕萬姊會給她灌水、電擊之類的。

幸好，恐懼沒有成真。

萬姊意外地寬厚溫柔，她忽然覺得，能在她手下做事，或許也是種幸運吧。至少，以餬口飯來說是很幸運了。抱持這樣的想法，她回到了家。

$$$

叩叩叩！

那是一陣急促的敲門聲。

玉羚睜大了眼睛，一時間還沒有搞清楚狀況，直到好幾秒後，她才想起了自己在哪。她在自己的套房中，享受著算是舒服的回籠覺，仍然抽痛著的鼻子，則提醒著她昨天所發生的一切並非夢境。她的睡意已經全然蒸發，取而代之的是恐懼，她快速撈起放在床頭櫃上的手機，瞥了一眼確定時間，十點二十。這真的很早，她是有朋友，但通常不會在這麼早的時候來拜訪，就算要來，也大概都會先給一通電話或是訊息提醒的，但手機上面卻也沒有顯示「通知」，明顯不是這樣。所以，是誰在敲門？又為了什麼？經過昨天的事情，她不禁神經敏感。會不會，是萬姊改變了念頭，還是懷疑他們捲走了自己的錢，要來把她帶去拔指甲？她該要開門嗎？

叩叩叩。

她深呼了一口氣，決定要開門。她小心地站起了身，走到門口。在這時候，她不禁懊悔當初沒有選一個有窺孔、又或是能夠掛上反鎖鍊條的套房。

「請問是誰？」

「抱歉打擾了，我是警員賴正男，我想要找玉羚小姐妳問點問題，請開門。」

警員賴正男？他的聲音有點熟悉，可是她想不起來究竟是誰、又或是在哪聽到的。或

許，是萬姊哪個手下偽裝的嗎？可為什麼要這麼做？好像沒有這種必要。

「小姐，請開門，方便嗎？」門外的人發覺沒有回音後，便再度開口。

「你、你要問什麼？我不懂。」

「我想要問妳昨天被飛車搶劫的事情，要做個筆錄。」

「飛車搶劫嗎？」

「是的，請開門合作。」

玉吟拿起手機，快速地傳送訊息給黑馬，問他究竟該怎麼處理警察在門口問話的問題，不過，黑馬並沒有及時已讀。她猜黑馬也可能還在睡。她想要打個電話過去問，但門外的人耐性可沒那麼多，再度敲門，力氣也大了。

「抱歉，小姐，能請妳開門合作嗎？」對方拉高聲音。

玉吟咬了咬嘴唇，伸手解開鎖，按下門把，乖乖地開了門，不過，她只開了大概三十公分的空隙，能夠看到彼此的臉的程度。門口站了一人，穿的是警服，胸口名牌寫著賴正男，手上也拿著一份附有警徽的警察證件。她這才認出了他，是昨天下午攔住黑馬問問題的那個警察，難怪聲音覺得有些熟悉。

「玉吟小姐，對吧？」

「我……呃，是。」她想不到要怎麼閃躲這問題，只好承認。

「抱歉沒有先給妳一通電話。我打電話去醫院問過了，聽說妳已經離開，不過妳有留聯絡地址，所以就找過來了。」

玉吟吞了吞口水，點點頭表示理解，但沒有接上話。她的戶籍雖然還掛在母親的家，可是，母親已經很久沒有跟她聯絡了，甚至不認她這個女兒，於是，不少帳單都是直接寄到這地址的，賴正男能找到不算奇怪。

「方便我進去嗎？」

「進來……這個……呃，裡面有些亂。」

「考量到妳現在身上有傷，不宜移動，我是覺得在妳家做筆錄就好，但如果不方便的話，我可以開車載妳回警局做。」

「不、不，那不必了。」

「好。我能進去嗎？」

「……嗯。」

「謝謝。」

玉吟將門打開，賴正男卻沒有進入。

「抱歉，那個，妳也許多加一件衣服比較好。」賴正男將視線轉開。

玉吟這才想起自己穿的是沒有胸罩的睡衣，不過，她已經做了那行業幾年有，倒是沒有讓她覺得羞赧。她回了身，穿上睡前放在床畔的內衣。

「請進。」

套房空間並不大，但倒是有一張簡單的摺疊餐桌與三張摺疊椅。那是為了方便打麻將才買的。玉吟與賴正男將桌子攤開，隨即在兩邊坐下。賴正男將紙筆拿出，擺上了桌子，以作紀錄。

「玉羚，我想要問妳一下，關於昨天的事情，妳還記得什麼？」

「我……記不得太多。」

「那麼，妳記得自己出門時帶了什麼嗎？」

「我……不太記得。」

「妳不記得？」賴正男露出不可置信的眼神。

要是主客易位，玉羚也不會相信的。她知道要堅持一致的口徑才是，雖然昨天晚上萬姊沒有特別提，可這是基本的。

「不記得。」

「抱歉，但妳怎麼會不記得？」

「我就是想不起來，可能撞到頭的關係吧。還有止痛藥。我現在都還是有些昏沉。」

「那妳記得自己為什麼會在那條街上嗎？」

「這個也不記得了。」

「那妳記得什麼？」

「我……都不太記得。」

「抱歉，我想要問問，妳是做什麼工作的？」

「我、我目前暫時沒有工作。」

「之前呢？」

「服務業。」

她確實沒有撒謊。雖然她從來都不想要把自己講得有多麼高尚，不過，她也始終認為自己做的是沒什麼好被看輕的勞務服務。出賣勞力、出賣腦力，又或是出賣肉體，她不覺得有多大的差別。雖然她母親從不這樣認為。

「哪間公司的？」

「……為什麼？」

「想要了解一下有沒有可能是職場上的恩怨。」

「應該不是——」

「——抱歉，這就要交由我們警方來判斷。」

「……是。」

「所以，是哪間公司？」

「我……」玉竹腦袋快速地運轉，最後決定要改口：「嗯，我剛剛是騙你的。」

「抱歉，什麼意思？」

「我一直都沒有工作。我是靠男人包養的。」

玉竹看著賴正男，眼睛沒有任何偏移，好讓自己看起來一點都不像是撒了謊，不過，她很確定對方並不相信。

「麻煩一下，在做筆錄的時候不要說謊。」

「我剛剛不是故意的，我只是覺得有些……丟臉，所以我才說自己是服務業的。」

「……好吧。那妳有少什麼東西嗎？錢包？」
「沒有。」
「抱歉，妳是說沒有少任何東西嗎？」
「沒有，什麼都沒有少。」
賴正男抬了抬眉毛，凝視著她。
「妳有說實話嗎？」
「有。」
「那麼，昨天晚上，妳人又在哪裡？」
「昨天晚上？」
「是。」
「我去了醫院。」
「離開醫院之後呢？」
「我就直接回家了。」
賴正男沉默了一下，才又接著說。
「玉昤小姐，我不是要找妳麻煩，不過，其實我都知道，妳應該……是做黑的吧。我對這個沒有什麼意見，我要的，就是抓到那些飛車搶劫的人。」
玉昤保持沉默，她想不到要怎麼回。
「我不太知道為什麼妳想要隱瞞這件事情。這只會讓他們逍遙法外的，難不成這是妳要的嗎？」

玉昤還是沒有說話。

「我只是希望正義得以伸張，如果妳是怕他們對妳不利的話，我保證，我們會保護妳的，上證人席的時候，妳也可以匿名指認、匿名作證的。」

玉昤靜了一陣子，然後，她才張開了嘴，努力裝出困惑的微笑。

「我不知道警察先生你在說什麼。」

她覺得自己的笑十分蹩腳，謊撒得很爛。賴正男明顯也這樣覺得，嘴巴張了，似乎想要說些什麼，最後，他只是深深地嘆口氣，而後緩緩地站起了身。

「之後我會再來拜訪妳的。我希望妳知道，我只是想要幫助妳而已。」

「是，謝謝你，真的謝謝。」

「如果妳想起來了什麼，可以打到我們派出所，找我，好嗎？」

「好的。」

「抱歉打擾了，謝謝，祝妳早日康復。」

「辛苦了，掰掰。」玉昤邊說，邊送賴正男出去。

「掰掰。」

賴正男在門口躊躇了一下，看了玉昤最後一眼，才轉身往樓梯間走去。

玉昤關上門，覺得自己的腳快軟了，但她沒有就此坐倒在地，而是快步竄回了房內，拿起手機打電話給黑馬。

第八章

萬姊Ⓑ

萬姊將紅包推給玉呤後，便離開餐廳。她穿過走廊，到了後面的房間去，那是一間專門用做會客談事的房間，頂上的水晶掛燈，用的是兩黃兩白的LED燈泡配置，亮度很足，卻不至於讓人覺得眼睛不適，牆壁上則掛有一些「朋友們」過往送給她的畫。她其實不是很在意那些畫。她受過的教育理所當然包含了藝術美感，不過，她從沒真心擁抱，只是將其當作一種裝腔作勢的工具。她通常還是以價錢、效率、可見改變的品質來衡量事物的價值。

例如，她就認為那價格只要五十萬的真皮三人座沙發，比起標價要兩百萬的畫作有價值得多。那張真皮沙發上，不久前趕到的李堂主正襟危坐著，一見到萬姊推門入內，便立刻站起了身。

「萬姊，這件事情跟我真的無關。」

萬姊沒有立刻說話，而是冷冷瞅著他，那讓李堂主有些不安，即便他比她高半個頭、重上三十公斤也是。萬姊在他斜對面的單人沙發椅上坐下，放鬆地仰背靠著，這才緩緩地開口。

「可他們都招了。」

「招了？」李堂主還站著：「啥鬼，他們招了什麼？」

「他們都說是你指示的。」

「啥？怎麼可能！他媽的！萬姊你千萬別上他們的當啊！我哪有這樣做的理由!?那錢是不少，但也沒有多多啊！我才不需要為了那一筆小錢——」

萬姊舉起了手，李堂主便閉上嘴，不過，他仍然看起來氣憤。剛才辯駁，他也噴了幾滴口水到名貴的地毯上。

「李堂主，請坐。」

「不，萬姊，這件事情就真的跟老子沒半點操毛關係！你聽我解釋，這——」

「——請坐。」

李堂主依言照做，不過，他並不像是萬姊那般放鬆地向後仰靠，反之，他身子前傾，張大了嘴就要繼續解釋。

「萬姊，你現在就叫那黑馬給我進來，我倒要聽聽到底是他媽的——」

「——沒事了，我只是想要看看你的反應。」

李堂主眨了好幾眼，才終於開口。

「……看看我的反應？」

「對。」

「萬姊，妳這樣試探我，就是信不過我囉!?」

「畢竟，此件事件真的很玄，不是嗎？李堂主，想喝杯什麼？」

李堂主遲疑了一下才回答。

「萬姊喝啥，我就喝啥吧！」他的聲音還是有些粗，怒氣還未全然褪去。

萬姊走到了一邊的矮櫃，櫃上放的並不多，多是毋須保溫的伏特加、威士忌，不過，每一支都是頂級的好貨。萬姊倒了一人一杯的威士忌，自己的那份幾乎只有淺淺一層，遞給李堂主的卻是將近半杯，李堂主雖然沒有起身，但伸出了雙手去接以示尊重。

「你想想，」萬姊邊說邊坐回單人沙發中，沒有立刻就口飲酒，反而是將其舉高對著水晶燈，欣賞酒液琥珀色的色澤：「我總是到最後一刻才選人去送，找來的女人也都是隨機的，從來沒有出過一次錯，偏偏今天就是被搶了，不玄嗎？」

她雖然不煙不酒，但道義上的一杯，她還是需要沾個脣。

「這確實是很怪，但真的與我無關。要我說，大概是那女人搞的鬼吧！畢竟是婊子，搞不好很缺錢還啥的。」

「也不像是。」萬姊淡淡說。

「媽的，那會是誰？難不成就真的只是運氣差就碰上了？」

「所以我才懷疑。李堂主，希望你能不介意我的試探。」

李堂主點了點頭，身子慢慢往後仰，但背脊還是沒有貼到椅背上。

「沒啥。萬姊會這樣做也不是沒有道理。」

「如今看來，應該是運氣不佳。」

「真的？」

「我不覺得那兩人有如此大膽。」

還有，也沒有那樣嫻熟的撒謊技藝。

萬姊微笑，朱脣碰了一下酒，李堂主這才敢舉杯喝酒。那酒溫醇濃香，李堂主是喝過幾回，但因著價格極高，一瓶就要二十萬起跳，總覺得買了肉痛，萬姊請他喝這杯，雖非正面致歉，但意思已到，餘下的憤怒便隨著酒精下肚而消了。

飲下後，他才開口繼續詢問。

「那萬姊，現在是要……」

「這件事就交給你處理，放話出去讓道上的知道搶錯人，給他們一個機會彌補。警局那邊我已經打點過了，會壓著讓我們自行處理，如果有什麼情報，也會通知我們，我之後會讓他們聯絡你，行嗎？」

「可以是可以，可萬姊，警局那邊其實我是可以讓我的人……」

「你也知道那曾議員的脾性，他油還沒有揩夠。我考慮過讓你們直接處理，不過，誰知道那所裡有沒有他的人。我寧願多給一點錢，省下不必要的麻煩。」

「幹，這種小事情他也要管啊？」

「我知道，我也覺得很煩。」

「這傢伙根本就想錢想瘋了吧！搞不好這次是他搞的鬼，嘖。」

「也不無可能。總之，麻煩你放消息先。」

「是，知道了。」

「今天到此為止吧。」

「是。」

李堂主再度舉起了杯，先是伸前向萬姊致意，萬姊也舉杯，兩人便喝乾了各自的杯中物，跟著，李堂主便起身告辭，去處理萬姊交辦的事項了。

$ $ $

第二天萬姊起床時，是早上七點整。與多數沉迷於酒池肉林、日夜顛倒的幫派人士不同，她喜歡早睡早起，通常是晚上十一點會躺平在床上，沉沉入睡，不過，她的生活是少不了應酬的，一週中，可能會有兩回她必須要熬夜度過，可不管前一天究竟多晚入睡，她總是在七點便起床。

她從很久以前就養成了規律的生活作息，自己也喜歡如此，她認為那不但在生理上對她的健康有益無害，也讓她的頭腦清明許多。她翻身下床，將手機從充電線上拔下，邊檢查昨夜送來的種種訊息，邊走到了臥室內典雅的白樺木雙人餐桌邊坐下。

幾乎是她的屁股一碰到了椅子，管家便推開門。她捧著一份餐盤入內，上面擺有韭菜盒、鮮蝦煎餃、酥脆蔥肉燒餅、煎雞腿肉、炒小白菜、炒空心菜、米酒蛋湯、豆米漿，每一樣都還熱燙、蒸騰著白煙，看起來十足可口。萬姊點頭致意，管家則半彎腰鞠躬，感謝萬姊的讚許，倒退離開。

萬姊開了房間內的電視機，放起晨間新聞，不過，那只是個背景音為主的作用，她真正的注意力，還是放在了早餐與她的手機之上。電視上會播出的新聞，幾乎都只是「被允許」、又或是想要爭取民眾注意力的新聞罷了，對這個做地下生意的她來說，幾乎沒有真正用處。

她滑著訊息，結果是，沒有任何一個人膽敢出來承認搶錯了。若非那些傢伙是根本不入流不在情報網內的小咖、一時鬼迷心竅病急亂投醫的毒蟲，要不就是膽大包天，認為自己能夠偷天換日，存心想要私吞她的錢吧。她不知道會是哪個，她也不怎麼著急。

他們總是能找到那兩個蠢蛋。

吃完早餐，她便走進套房浴室，快速地沖洗了一下，刷牙、洗臉、如廁，完成了她晨間慣例的梳洗，隨後換上她的運動裝束，出了房間，走到宅邸後方，進到一間書房，掀開放在第五層高的《曹操大傳》，按下其後的控制鈕，一扇通往地下室的暗門便靜靜滑開，裡內的燈光同時點起。她走進暗門，按了一下內部的控制鈕，門便又關上，接著就走到了最底部的靶場。

是的，她將自家的地下室改建成靶場，雖然只有三道靶，不過，其下所藏的武器卻遠不只如此，光是手槍便有十把不同的，從小口徑的掌心雷到常見的Glock、警用左輪，到霸道的沙漠之鷹都有，至於大槍，則有MP5、Uzi、P50、T91、AK94、RFB……等等，甚至連狙擊槍都有，不過是以精度為主的TPG-1。

她戴上耳罩，開始了射擊訓練。

整整一小時，打了將近五百發的子彈後，萬姊才滿意地取下耳罩，爬梯上樓。上樓後，她便前去運動房。房間足足有四十坪大，擺有諸多運動器材。她先是做了十分鐘的動態暖身運動，將筋骨鬆開，讓自己微微喘氣，隨後便戴上了拳擊手套，開始練習，一開始是再平凡不過的打沙包，再來便是梨型球的韻律練習，跟著，她便開始了人形立靶的練習，這時候，她也不再拘泥於標準的西方拳擊形式了，除了刺拳、側鉤拳、上鉤拳、掌劈、肘擊外，她也用上了大量的腿腳，迴旋踢、刺踢、反身踢、下段掃、膝撞、飛踢。

她如狂風暴雨般摧殘著立靶。

多數的堂主，在攀登上位之後，便會懈怠，將所有的精力都放到了處理帳務與作威作福之上，她不同，她永遠記得鍛鍊自己。正因為她是女人，不是典型的幫派主，所以她更努力保持自己的體態，除了要維持女性撩人的魅力外，更是要確保自己隨時有能力應戰。她曾經被暗殺過數次，儘管有保鑣存在，她仍然不想將自己的性命全然交到他人手上。能夠自己掌握的，她便要盡最大努力維護。

也是因著如此，女子如她得以穩坐幫主位置。

半小時後，她已是揮汗如雨、手腳開始痠麻時，她才停下了如此高強度的訓練，上了跑步機慢跑，速度先是設在每小時十二公里，等到調好呼吸吐納後，便開始加速，上到了每小時十六公里，就這樣跑了又半小時，她才停下機器。

這時候，已經是表定要泡澡的九點半了。

萬姊走向浴室，一打開門，蒸騰的霧氣便撲面而來。管家已經放好一缸四十度的熱水，更調勻了特地從台南關子嶺買來的泥灰，就等萬姊享受。萬姊將防水的手機放在浴池邊，設定好適合放鬆心神的Simon & Garfunkel，正是最著名的那首〈The Sound of Silence〉，隨即褪下了身上那已經浸滿汗水的運動裝，站到了蓮蓬頭下快速地沖洗，一洗淨，便迫不及待爬入浴缸中。每個毛細孔都在瞬間放鬆，暖意滲入其中，鑽進骨髓，讓她方才被逼到了極限的筋骨、肌肉都得到舒緩。

她高歌起來。

十點半，她走出浴室，換上乾淨的套裝，隨後便打了電話給曾議員。

鈴響了三聲，而後被接通，不過，光是一聲「你好——」，還沒有聽到接下來的話，萬姊就已經知道接起電話的是助理小龍了。不得不說，她滿欣賞這傢伙的——聰明、敏銳、機靈，事情總是辦得又快又妥，某種程度上跟她很像。如此優秀的人才，不該被埋沒在那沒了家世背景就很難爬出頭的政治圈內，所以，她曾經問過小龍要不要跟她一起走，不過，小龍最後婉拒了她。她便沒有再問過第二次。

畢竟，好馬不吃回頭草。不過，她還是很欣賞他。

「——是萬姊嗎？」

「小龍。」

「萬姊好，請問有什麼事情嗎？」

「我想要和曾議員一起吃頓飯，談點事情。」

「今天嗎？」

她大可昨天便致電定約，她沒有。她是刻意等到現在才突然開口邀約的。

「如果方便的話。」

「今天中午議員是有空的，如果萬姊不嫌太趕的話——」

「——可以，就今天午膳很好。」

「萬姊想要約在哪？」

嘟嘟，那是插撥聲，萬姊將手機拿離耳邊，看了一下，打來的是李堂主。電話瞬間便掛斷了。

「約在東鼎茶記如何？」萬姊重新將手機湊到耳邊。

「沒問題，十二點整嗎？」
「對。」
「那萬姊，等等見。」
「好。」
她掛了電話，改撥打給李堂主。電話在短短的一聲後便被接起。
「李堂主，有消息了嗎？」
「萬姊，是有消息了，不過，是個有點北爛的事情。」
「說。」
「我剛剛從那個叫黑馬的傢伙那邊聽到，昨天那個被搶的婊子？她剛剛才被警察拜訪，問了不少。那警察叫做賴正男。」
「喔？」
「我是覺得奇怪啦，明明說了不會插手，現在又叫人來查案，實在是不知道啥鬼事，要不就是那臭婊子或是黑馬在鬼扯，要不就是曾議員那邊根本就是收了錢卻沒辦事吧操。」
李堂主的聲音愈來愈大，明顯火氣很大。
「李堂主，我晚點剛好要與曾議員吃午餐，我等等當面處理。然後，你先把那黑馬跟玉昤帶到你那邊，讓他們先待著，避避風頭，懂嗎？」
「懂。」
「提醒你一聲，不必動粗。」

「喔，不會啦！」

$ $ $

中午十一點半，萬姊舒服地坐在賓士車的後座，聽著音樂，看著昨天晚上送來的財務報表，研究著、驗算著，正算到一個特別棘手的問題時，她的手機便響了。她稍稍有些不耐地伸手撈起，來電顯示是李堂主。

「李堂主，如何？」她的眉頭還是皺著。

「萬姊，那兩人我已經送去工廠了，然後，雖然有點奇怪，不過警局那邊倒是另外有人聯絡我們了，他們從監視錄影機找到線索，看起來是一個綽號叫做阿誠的傢伙做的案子，至少機車是他的。這傢伙啊，是有在我們最大圈的賴群組裡面的。」

「可他沒有回應。」

「沒，屁都沒吭。」

「知道他人在哪裡嗎？」

「兄弟們正在圈子內問，應該很快就會有結果。」

「知道了就直接去找他。」

「找到了就帶去工廠嗎？」

「對，到時候給我一通電話。警察問話的事情呢？」

「我探了下，他們是說絕對會吃得乾乾淨淨的，我也沒有多問，我就不知道他媽的到底為什麼臭婊子會說有人去找她了。搞不好就是那婊子鬼扯的。」

萬姊思考了一下這可能性。

「可這對她有什麼好處？」她反問，同時也是問自己。

「大概就是要讓事情看起來跟她無關吧！」

李堂主說，不過，說到後面聲音也小了點。

畢竟，他也覺得這個推論有點牽強。警察登門造訪，真能幫助她擺脫嫌疑嗎？似乎沒有。

「暫時先不管這件事，先將那叫阿誠的傢伙抓到，剩下的再說。」

「好！」

車子於十一點五十分駛達東鼎茶記，那是城市中首屈一指的一間港式餐廳，尤其以軟爛的鳳爪、道地香脆的蘿蔔糕出名，萬姊帶著兩名小弟進去，便有服務生帶位，直接搭乘電梯上到三樓，進了最隱密的一間包廂。朝南側的那面開了窗，不過，萬姊知道，這是一片單面鏡，雖然能從內看出，可從外卻看不進來。在餐桌上，已經擺好香片、烏龍茶各一壺了。

「幫我準備酒杯跟冰塊。」萬姊吩咐。

服務生點頭表示理解，立刻去辦，兩分鐘後回來時，曾議員與小龍也跟著進來了。萬姊立刻起身，大步向前去迎接，同時伸出了右手。

「曾議員，歡迎歡迎，今天麻煩您百忙之中騰出空來，多有抱歉。」

「確實是有點突然，不過沒問題啦。」

「我替您準備了您喜歡的酒，是這支，沒錯吧？」

萬姊邊說，她的小弟邊從手提袋中拿出一支紫色亮面酒瓶，那是Tatra Tea，一款來自斯洛伐克的茶酒，這支是森林水果風味的。

「嗯哼，就是這支沒錯，萬小姐妳的記憶力挺好的啊。」

「不敢當，來，請坐。」

兩人這便各自入了座。桌是圓桌，兩人便各自坐入了一側，小龍在曾議員身邊坐下，兩名小弟則還站在一邊，警戒著。

「曾議員有想要點些什麼嗎？」

「萬小姐妳決定就行了。」

「好的。」

她招招手，讓原先站在一邊等著點單的服務生湊近。

「頂級的，廚房自己配即可。」

服務生點頭，這便出了包廂。小龍將冰塊丟到玻璃杯中，塞個半滿，隨即拿起了萬姊帶來的Tatra Tea，幫曾議員斟了一杯，不過，他倒是替自己倒了杯普通的香片茶而已。

「萬小姐，我聽所長說，你們想要的資料應該都是已經分享給你們了，不知道有沒有收到呢？」

「有的，感激不盡。」

「啊啊，那就好！」

萬姊思考了一下要不要提起警察似乎還在查案的事情，不過，轉念一想，在還沒有釐清到底是不是玉呤信口雌黃的節骨眼上，提了也沒有太大意義，便沒繼續那話題。

「我今天找曾議員，除了要向昨天遲到的事情再做一次鄭重道歉外，也是有其他的事情想與您商討的。」

「妳的誠意我感受到了，請別再放在心上。」

萬姊微笑，很想要回上一句「應該是錢收到了，所以不必在意吧」，可她當然沒有如此點破。

「謝謝曾議員的寬厚。」

「那麼，是有什麼事情想要談呢?」

「首先，我這邊有一位教授朋友，名叫陳易聖，想要競選校長，在第一次的信任投票中，不但超過了門檻，票數更是遙遙領先，理論上應該是不二人選，不過，據悉遴選委員會的市府代表已經向他放話，怎樣也不會讓他當上了……」

萬姊沒有說完，畢竟，意思已經到了。

「陳易聖嗎?這件事情我是有聽說過，不過，萬小姐，妳也知道為什麼我們不想要讓他上位吧?」

「當然，黨內初選的過節，跟你們前進派系的人不是很愉快。」

「這樣的人我們還讓他上位，給人的觀感不好啊。萬小姐處理幫內事務的時候，應該也差不多吧?」

理論上，資源總是有限的，瓜要分，本來就該有出錢出力的人吃大塊的才是。背後捅刀的，哪能分羹？

「確實雷同。」

「那還有什麼特地幫他一把的理由嗎？」

「沒有一定要辦成的理由，單純覺得陳先生做人誠摯，得票不少，研究看起來也是有聲有色，未來也有機會走得更遠，若是為了過去的嫌隙就一定要搓掉他，未免可惜。或許，現在正是吸收人才的最好時候。」

「嗯哼。」曾議員只是不置可否地應了一聲，隨後看向了小龍一眼，才又開口：「我想，這件事情恐怕我還得要帶回去慢慢討論。」

「曾議員，相信您也知道我的個性，若非看他有理，也為了大家好，我不會隨意強出頭。」

「我相信。」

「我要的，就只是一個見面的機會，看能否冰釋前嫌，我也願意帶著他登門向市府的人道歉。」

「我會再回去問問。」

「謝謝，這樣便很好了。」

「妳剛剛說這只是第一件事情，是吧？」

「是的。」

「還有什麼事情？」

「想要跟您談談上繳的數字。」

曾議員拿起酒杯，啜飲了一口，然後才開口。

「如何？」

「我認為，隨著經濟景氣好壞而多收少收，是很合理的。」

「嗯哼。」

「不過，我也希望議員能不要說調就調，我認為，這些事情都可以討論，合作關係最重要的，就是互相。」

「說這麼多，意思是妳覺得這次調漲不合理了？」

萬姊微笑。

「如果曾議員想要開門見山談的話……」萬姊優雅地說：「是。」

「哈哈哈哈，萬小姐還真的是挺直接的啊。」曾議員大笑著說：「真難想像妳剛剛才請我幫忙拉線呢。」

「畢竟，一碼歸一碼。」

「哈哈，也是、也是。」

包廂門被敲響，服務生推著餐車入內，開始上菜，兩人便也都沉默沒有說話，曾議員舉起了酒杯，萬姊也舉起了茶，兩人對飲一杯。至於小龍，他只是安靜地坐在一邊，一如站在包廂角落的兩名小弟。

$$$

午餐宴會一結束，曾議員與小龍便先行告辭，離開了包廂，他們前腳才出去，一名小弟便湊了近，低聲向她報告。

「萬姊，李堂主那邊來訊息，說人已經抓到了，在工廠等妳。」

「備車去工廠。」

「是。」

幾分鐘後，萬姊便已經搭上了車，司機則是以比速限稍稍高一點的速度駛向西方，約莫二十分鐘後，一行人抵達了屬於他們的私人碼頭，萬姊下了車，踏上碼頭，隨後在兩名小弟的護衛下走向底端最大的一艘遊艇去。遊艇是英國產的追日者，足足有一百五十五英呎長，有四層高外加底層機房，跟附近其他艘相比，豪奢程度不可相提並論。萬姊輕巧地走過連接棧板，躍上了船，李堂主已經站在那迎接了。

「萬姊好。」

「人呢？」

「在最底層甲板，有兩個，他們是一對搭檔，一起做的案子，所以我們就兩個一起帶回來了。」

「那黑馬跟玉昑呢？有帶來嗎？」

「有，正在第三層等著。」

船身抖動了一下，跟著便開始朝外海的方向駛去，速度並不快，但很穩，一來是船身夠重，二來是今天的海象平穩，沒有太多的波濤，不至於讓人覺得不舒服。

工廠從來就不是一個真正有地基、有廠房、有機械器具又或是壓鑄模具的工廠，而是這艘遊艇的代稱，不過，之所以用工廠兩字來代稱，也不是沒來由的。這艘船過往有一陣子用做大麻栽種的基地，以規避當時長達一年、雷厲風行的掃蕩。不過，等到風頭過了後，為求穩定、高品質的貨源，他們還是將大麻栽種工廠搬回了能做溫度、濕度控制的陸地上去。

當時，為了怕被海警追查，船底還有特殊設計過，有雷同於太空艙般的雙閥門，能在必要的時候將所有的貨物從船底直接投入大海。灌滿了水泥的鐵桶也可以於此投入。

「有找到錢嗎？」

「有的，放在底層跟他們一起。」

「數字呢？」

「大致上是差不多，我們還沒問，不過，他們房間有很多的酒罐跟食物，大概是拿去吃喝了吧，智障。」

「這世界上最不缺的人種。」

「哈哈哈哈，對。」

他們一前一後地走到了船上樓梯口，可上可下，李堂主便轉頭詢問。

「萬姊，妳想要先去找誰？」

萬姊思考了一下。

如今，錢已經找回來，人也抓到了，處分，她也已經想好了，不覺得需要多費心思。相反來說，玉妗那邊卻是可大可小，大的話，很可能是曾議員玩了兩面手法，一邊收錢，另邊卻繼續讓警察辦事，要追蹤他們的罪行，好當作未來可用的箝制手段也不無可能；又或者，知道那兩名愚蠢的搶匪已經被抓到後，他們倆也會動搖，只要稍稍丟點恫嚇之詞，便能動搖他們，讓他們承認是精心策畫的一樁搶案，而非所謂的「運氣不佳」。

雖然她對自己先前的判斷有極大信心，可她也不認為世界上有所謂的絕對。或許，她犯了錯也說不定。

「先去樓上吧。」

「妳要找那婊子跟馬伕？」

「對，先找他們，反正今天沒什麼事情，我想要親自聽他們說一遍。」

李堂主點了點頭，表示理解。

他們爬上樓梯，還沒抵達第三層的船艙，站在樓梯邊迎接她的小雞便大聲問好。

「萬姊好。」

萬姊擺擺手，示意不必多禮，便進了第三層，那是一個很寬敞的空間，六張或大或小的雪白沙發、七十吋的四K大電視、可以坐滿十二人的長方餐桌、完整的一套廚具與電熱爐、掛在頂上的典雅吊燈、裝滿了知名品牌酒精的小型酒架與高腳吧檯。雖然比不上她的宅邸寬闊，舒適的程度卻沒有任何減損，甚至，因為格局利用得完美的關係，看起來也別具一種「麻雀雖小，五臟俱全」的美感。

坐在其中一張沙發上的，便是玉昤與黑馬，一旁看管兩人的，則是兩名小弟，腰間佩了槍。四人看到萬姊進來都站起了身，其中一名小弟的動作稍微慢了點，因為，他的腳踝包了一大包的白色繃帶，還透著些許藥膏味。黑馬跟玉昤稍帶緊張地向她、向李堂主打了招呼，兩人看起來都有些憔悴，不過，明顯沒有昨天晚上那般不安了。

「大家都坐吧。」萬姊淡淡說：「這位兄弟，你的腳怎麼了？」

那小弟看了一下李堂主，李堂主則是點點頭，示意直說無妨。

「我今天去追人的時候，不小心傷到腳了。」

「那兩個傢伙傷到你的？」

「這個……不是。」他聲音轉小，表情困窘：「我、我出腳去踢門。」

「呵，沒想到門這麼硬，是嗎？」

她知道，他們看多了好萊塢電影。

「……是。」

「不管如何，辛苦你們去追了。好好休息。」

「是，謝謝萬姊關心。」

萬姊這才將注意力轉到了黑馬與玉昤身上。

「玉昤，傷口還好嗎？」

「沒、沒事，謝謝萬姊。」

「所以，警察去找妳。」

「對，但我什麼都沒有講，然後——」

「別急，從頭講，慢慢來。」

玉羚深呼吸一口，開始說起。

「我早上大概快十點半左右的時候，門被敲響了，我就很緊張，因為我跟誰都沒有約……」

第九章

小龍

Ⓑ

小龍出了警局後，立刻便招了計程車前往市黨部，十五分鐘的車程，他戴上耳機閉目養神，下車後，他便快步走進黨部大門，守門的警衛便湊了上來，手上拿著一金屬探測器，晃著跟他打招呼。

「龍哥！」警衛招呼。

其實他的年紀大小龍不少，應該是一輪快要兩輪，可小龍是曾議員的貼身助理，與他這個只是拿個一個月三萬二負責守門的警衛差上很多，所以，他總是尊稱小龍為哥。

「張大哥，今天還好嗎？」

「沒事、沒事，都過得很好。」

警衛邊說邊開始拿起金屬探測器掃小龍的身體。小龍配合著舉起雙臂、雙腿打開。

「還是沒有抓到炸彈客或是殺手？」

「哈哈哈，沒有，一如往常地無聊。我還希望真能來一個殺手呢，炸彈客就算了，我可不想要一起被炸飛。」

「哈，我也不想。」

小龍邊說，邊踏進了走廊，牆壁上掛有不少紀念——或說是炫耀——過往政績的相片，最新的幾張例如剪綵、動土，又或是某一場造勢大會的照片中，都有曾議員的存在。他當然沒有駐足欣賞，不過，他總是會多看幾眼，想像或許哪天自己也可以被掛在牆壁上，不只是黨部門衛來獻殷勤，還要被全國人民看見、讚許。不過，或許還得要再熬個五年、十年也說不定？

他嘆口氣，進了走廊最底的那間會議室。

進去時，裡內的人正在脣槍舌戰，一個不久前才搞過學運社運的少壯派議員，正與黨內向來以保守著稱的市府幕僚爭執。

「我是真的不懂啦！我們現在還算是順風，一直去戳那些保守的基督徒有什麼意義？嫌我們優勢太多、想要刺激一點喔？」幕僚罵：「學會閉上你的大嘴巴好嗎？」

「反正那是我的選區，我選不上你有差嗎？」議員回嘴。

「講得好像不會影響到我們一樣！」

「哼，搞不好是幫你們拉抬聲勢好嗎？」

「陳大哥都出來說話了，你現在是不把他放在眼裡囉？」

「我當然有啊，但他說的就是錯的。」

小龍聽這幾句，就知道又是為了《全家法案》在吵了，那些保守的宗教分子非但難得地捐棄前嫌聚在一起搞出了這法案，不久前，他們更揚言要是市府乃至於黨內議員繼續無視他們，便要向在野黨推出的禿頭候選人靠攏，而就在昨天，那些跟他們有五十幾年交情的宗教大老接待了禿頭，甚至稱道「這是本市的新希望」。小龍悄無聲息地走到了曾議員的後面，輕輕點了點他的肩膀，向曾議員打招呼，表示人已經來到。

「都辦妥了嗎？」曾議員低聲問。

「是。」

曾議員點點頭，顯露滿意神色，隨即擺擺手要他退下。小龍退回到後面，拿了張沒有椅背的摺疊板凳，隨即貼著會議室牆壁坐下，一如其他人帶上的幕僚。

「年輕人，有衝勁是不錯啦，但沒有顧全大局的觀念在心中喔，你是走不遠的啦！」

「你知道為什麼走不遠嗎？因為我們的進步價值每踏出一步，你們這些老人就把我們拉回半步。我們要跟那禿頭做出差別，現在就是最好的機會好嗎？」

「放肆！也不想想是誰把你拉上來的！市長！妳評評理吧！」

市長嘆了口氣，身子向後仰著，看了一下天花板思考，那不但讓她那張椅子發出似乎隨時要斷裂的噁心呀呀聲，更讓她那慘不忍睹的雙下巴更為明顯。小龍很想要笑，可他當然沒有這麼不識相。她或許其貌不揚，可是絕對容不得人對她進行外貌羞辱。就這點來看，能夠把禿頭當笑話自嘲的對手，倒是寬容了點。

「我們是前進派系，我們應該要追求進步價值的。」

市長說，她的嗓門很大，中氣十足，也是這種精神與氣魄，讓她在各場合演講時很能帶動情緒。議員一聽到她的支持便露出得意的神色，嘴巴張開就想要反脣相譏。

「聽到——」

「——不過，小張，」市長出言打斷：「你該聽聽同大哥的意見，要綜觀全局。不要每天發些狗屁倒灶的聲明，激化對立。」

「什麼？但他們都已經表態——」

「——我知道，但他們可能只是說說，只是想要給我們施壓，還有四個月，這中間可以發生很多事情，不要把他們逼到下不了台的位置，不要把我們逼到很難收手的位置，這很難懂嗎？」

議員露出氣憤的神情，但沒有回話。

「我再說一次，謹言慎行，不要動不動就在網路上發表意見，就算是對的，也不代表是好的。」市長冷冷地警告：「這次要是贏得難看，我要怎麼進入中央？我又怎麼拉你們上去？」

話一說完，看清了風向的幾名騎牆派便點頭附和，更有人出言表示「戒急用忍」才是正確的政治之道。

「接下來，只要談到這個議題，我們就不要發表意見就對了，懂嗎？有什麼想法，就留到選舉結束後再說。」

會議持續了將近兩小時才告終。多數人一聽到散會，便迫不及待地起身離席，魚貫出了會議室，他們或許三三兩兩約了要一起去喝酒，放鬆一下，也或者神色有些凝重地交換手頭上的情報，看看有沒有人知道敵對政黨的最新動向，又或是能給出什麼樣更好的競選意見。

曾議員是少數還坐在位置上沒有動的，因為他知道市長找他還有事情要談。

「曾議員。」

果不其然，市長很快就打發了與她交談的一名幕僚，隨即便轉頭呼喊了曾議員。曾議員起身走去，小龍則跟在他身後，會議室裡面也就只剩下他們三人加上市長特助了。

「世侄，今天是收數的日子。」市長簡潔地說。

沒有太多人在的時候，她總是這樣稱呼曾議員。她跟曾議員的父親，還真的是一起走過了不少風風雨雨，也是看在他父親的輩份與地位，對他關照不少。

「已經拿到了。」
「額外的呢？」
「沒問題。」
「沒碰上麻煩？」
「沒有，我一說，立刻就給上了。」
「她知道乖就好。我的份呢？」
小龍立刻湊前一步，將一個已經裝好的信封袋遞了上去，市長接過，伸手按壓了一下，透過手感確認數字多寡。她當然沒有辦法感受得出來到底有幾張鈔票在內，又或者裡面是小朋友還是國父，不過，她感覺得出來飽滿，這就足夠了。她也不認為曾議員又或是小龍有膽少裝。事實上，小龍也特地讓機器點過兩次，自己又手點了一次。
「最近有什麼特別的嗎？或是，任何需要我幫忙的？」
「都還好。」
「明天早上有空嗎？」
曾議員立刻轉頭看向了小龍。小龍點點頭。
「有空。」
「代替我去拜訪一下你陳伯伯，讓他少說點話。」
「瞭解了。」
「那就去吧。」

曾議員點點頭，轉身便往會議室外走，小龍尾隨其後。一確定走廊上沒有人能偷聽到他講話後，曾議員立刻便低聲咒罵。

「天殺的要人命，又要去找他！」

小龍自然是一聲也沒有吭。他沒那資格接話。

「幫我打電話安排吧！」

「是。」

「幹。」

$$$

小龍回到家時，已經是晚上九點半了，進房間時，他手上提了一袋麻辣臭豆腐鴨血加王子麵加青菜，他當然知道消夜對他的身體沒有太大的好處，尤其是明天早上還得要特別早起，可是，他已經養成了這個習慣，這是少數屬於他的時間、少數他可以放鬆一下的時間，所以，他還是買了。他打開電腦，開始翻起網路影片，看起《比爾博脫口秀》、《康納秀》等影片，邊看，邊笑。

笑的時候，他覺得很是舒坦。

他大口大口吃著臭豆腐，他一直覺得臭豆腐就應該要是煮湯的，而不該是炸的，那簡直是暴殄天物。臭豆腐就是要這樣吸了一堆麻辣的湯汁，塞到口中，咬下去的時候噴出汁才是

真的好吃。

他沒有剩下任何一口的廚餘，就連湯汁也沒有。他將所有的垃圾不管是可回收的還是不行的，全都包在了黑色的垃圾袋中。他從來不做資源回收，除了很麻煩以外，也是因為其實有不少的垃圾根本就沒有真被送去回收，還是一樣被送進了焚化爐中好確保裡面的火不會熄，所以，他才不要把他寶貴的時間浪費在一件根本不會有結果的事情上。整理完垃圾，他便走到了自己的書桌邊，拉開抽屜，翻出一罐他託人從美國帶回來的褪黑激素，就著礦泉水吞下。

他快速地沖個澡、刷牙，這便躺到了床上，跟著，他拿起手機，設定早上五點的鬧鐘，將其接上了充電線，隨即躺下。他沒有將手機轉為靜音，也沒有把網路關掉。他是政治工作者，隨傳隨到是基本的。

他在短短的五分鐘之內，便沉沉入睡了。

直到他的手機在十分鐘之後響起。他起床的動作之大，幾乎是彈起來一般，手也已經抓到了手機，按停鈴聲，而後將其湊到了鼻子前，這才看清來電顯示，打來的人既不是曾議員，也不是政黨中任何有名有姓的傢伙，不，打來的竟然是他的一個高中朋友，老爹。他接起了電話。

「喂？」

「欸，龍屁嗎？你現在有空嗎？」

「不算有空，為什麼？」

「唉唷那可真不好意思了，我們幾個朋友見面，忽然想到你應該也在城裡，就想說找你一起來喝酒？晚一點過來也都可以啊？我們應該會待到十二點喔。」
「我明天還要早起上班，可能沒辦法了。」
「哇操，是這樣子嗎？幾點啊？」
「五點半起床。」
「蛤？五點半？你這什麼工作，也太誇張了吧？」
「嗯。」
「不管怎麼樣，我們在那間日式燒烤店，你等等至少可以順路來露個臉嘛，我請你吃一串雞翅如何？」
顯然對方誤會了，以為他說不算有空是還在工作。
「實在沒辦法啊。」
「好吧好吧，那也許下次吧。」
「那——」
「——你還單身狗嗎？」
「……對。」
「慘耶，要的話我可以幫你介紹啦。啊你還在幫那個曾議員工作嗎？」
「對。」
「真是辛苦啊。你之後什麼時候有空啊？」

「我不太清楚。」

「這週末呢?」

「抱歉,我週末最忙。」

「什麼?你真不是普通難搞耶……好啦,我們之後再討論好了。或是你再跟我聯絡嘛,否則你簡直就是人間蒸發了嘛。」

「電話還找得到啊。」

「喂喂喂,你好像就只會接電話吧,這樣跟人間蒸發差不多吧。」

「哈,我知道了。」小龍不禁苦笑了一下:「我有空一定會聯絡你。」

「那就先這樣子吧,掰掰掰掰餔。」

他朋友掛了。

小龍嘆口氣,將手機重新插回了充電線上,深呼吸三口,隨即又躺平在床上。他得要爭取時間睡覺。

$ $ $

陳伯伯總是喜歡邊吃早餐邊談事情,所以,早上七點的時候,小龍便開了曾議員的豐田轎車來到。若是拜訪別人,曾議員可能會覺得搭個計程車就好,偏偏陳伯伯是個特重派頭的人,搭計程車這件事情大概看在他眼裡會留下不怎麼好的印象,於是,小龍便擔當了司機職司。陳伯伯住在以蒼鬱公園與人文藝術商店大量聚集而聞名的高級社區透天墅中。他們抵達門口時，一名明顯是家傭的男人已經站在門口，招招手引導他們駛入透天墅前院，讓他們停在其中，隨即便幫曾議員開了門。

「議員，裡面請。」

「謝謝。」

別墅很大，不過，也不算上是有多了不起。陳伯伯其實肥得流油，這棟別墅只是為了讓他看起來沒有那麼「貪」才買小的。明明是個黑心大老，他卻意外地在意自己的名聲是否清廉，也是這份強迫症，讓他成了全政治界的傳奇人物，明明知道他捲走了數十億的錢，卻沒有一個人能抓到他的把柄。

他坐在餐桌邊，雖然手腳稍稍顫抖著，臉色卻很紅潤。他並沒有特地起身迎接，曾議員走到他的身邊，輕輕張開雙手，禮貌性地給對方一個擁抱，瞬間便又放開了。

「陳伯伯，久疏問候，身體可好？」

「還行，你也知道，這病就是這樣子，只能撐著。坐吧。」

曾議員這才自行拉了他旁邊的椅子坐下，小龍則是默默地退到一邊。

「陳伯伯的意志力，向來便是家父最為欣賞的，他常常說，如果他能向您多學一點就好了。」

「令尊可好？」

「身體更差了，最近這兩、三個月頻繁進出醫院。」

「他啊，當年就是太拚了，拚壞了身子。」

「是。」

家傭走了近，雙手交握身後，輕輕向前半彎著腰報告。

「陳先生，早膳備妥了，要上嗎？」

「美式早餐可以吧？我都這把年紀了，實在不想要再忌口了。」陳伯伯轉頭問曾議員。

「當然好。」

「小龍，一起坐下來吃吧？」陳伯伯轉頭向靠在牆壁、幾步之遙外站著的小龍搭話。

「如果陳伯伯不介意的話……」小龍禮貌地說。

「哈，介意什麼，我也算是看你長大的吧？」他邊說，邊揮手示意要家傭上膳。

這句話算是真的。他初入政壇、還只是個學步孩提之時，曾議員的父親便帶他來見過好幾次陳伯伯了，小龍也曾經受他點撥過幾回，雖然每次見面的時間都不長，可畢竟是見了十年，還是有一定的交情在的。

「那就不跟陳伯伯客氣了。」

小龍恭謹地走近，可卻也選了張離他兩人至少有一張椅間距的位置坐下。早膳送上，是很豐富的脆薯、煎牛排、歐姆蛋、洋蔥沙拉、柳橙汁，餐具也都是刀叉。小龍很想要用自己的綠魔鬼辣椒醬汁來配，但基於禮貌，他沒有。

「所以，今天來找我是為了什麼？」

「陳伯伯，我是代表市長來的。」

「喔……如果是這樣的話，我想我知道了。」

陳伯伯說，可在說完那句之後，他便以叉子刺起了一塊牛小排，送入口中咀嚼，更露出滿足的表情。曾議員跟小龍都保持了沉默。

「是希望我少說點話，是吧？」

他或許手抖，可他的眼睛還是雪亮的，思緒也是清楚的。

「是。」

「我是真心希望你們不要走這一步的。」

「市長是知道你的態度的，不過——」

「——希望我不要拖你們後腿？」

曾議員與小龍都尷尬地笑了笑。

「差不多是這樣沒錯。」曾議員承認。

「我之前就跟她說過，現在已經不是前進派系或是進步價值這麼簡單了，在我看來，完全就是一味地激進。他們是我們一直以來的盟友，如果雙方各退一步，在中間點相碰，事情會是好辦的。某些程度上，他們的力量，比我們又或是你負責管的那些人都要強上許多啊。」

兩人都沒有接話。

「也許這就是世代差異吧。」他笑了笑：「但我不懂，選擇哪一種修法，到底有多大的差異。彼此都是將就的，不是嗎？」

「是。」

「當然，前進派系的你們，應該只會覺得我該要被淘汰。」陳伯伯說。

「千萬別這樣說，只是想法不同而已。」曾議員忙不迭地否認：「我從來沒有這樣想過。」

「市長可能就不一定了。她搞不好還希望我搬到別的城市也說不定。」

「這絕對沒有。」

「不管如何，我堅守我的立場。如果市長不滿意，她可以親自來找我，也可以切割我。」

「陳伯伯，你不怕我們選輸？」

「一點也不，我們很穩，只是會贏得很難看而已。」

然後就斷了市長進軍中央的夢想。

「趕快吃吧，一直談都快放冷了。」

「是。」

他們拿起了刀叉，吃起早餐。後面，他們只是談著些閒雲野鶴般的話題，諸如最近的天氣是否真的反常地熱、陳伯伯最近又想要搭郵輪去哪幾個國家閒逛。他們沒有再提到任何一件與政治有關的事情，也是這時候，小龍才勉強能加入話題，儘管他出國的經驗屈指可數，只去過幾次國外考察的旅途，而當曾議員四處花天酒地品嚐各國姑娘的時候，他則是忙著寫議員的考察報告。他當然也想寫個「夭壽讚」混過去，可他心底清楚，那就算不是通往政治生涯墳墓的特快車，也差不多了。

他沒打算讓曾議員翻車，畢竟，他也在車上。

「中午要跟萬恬吃飯？」

「對。」

「有說為什麼嗎？」

「沒有。」

「那你有問嗎？」

「沒有。她是故意不說的，問了是自討沒趣。」

「Right。還有別的事情嗎？」

「沒有了。」

「Then fuck off.」

曾議員沒好氣地說，小龍照做，快步出了曾議員的辦公室。他早就習慣了曾議員的情緒話，不怪他，不久前他才跟市長通電話，大概是被市長責怪辦事不力吧。

小龍走出服務處，打算要去買一杯飲料，結果，人才到門口，電話就又響了。他開始有點懷疑是不是命運要他少喝一點含糖飲料，好保持身體健康之類的，不過，想也知道不是如此。他平均一天可以接到三十通電話，多的時候甚至破百，不過是機率問題罷了。

那是派出所所長打來的。

「所長，你好。」

「啊，龍先生，是這樣子的，昨天你委託我們幫忙辦的事情，那個，我們查到了車牌，應該是可以確定是誰了，是一個叫做——」

「——停！」

「嗯？」

「不必跟我講，這件事情我完全不知道，也不想要知道，懂嗎？」

「喔喔喔，是，是。」

「你可以直接跟需要知道的人講就好。」

「是，是，我還以為你會想要親自……」

「所長，我是希望你彙報進度沒錯，不過，還是麻煩你聯絡了，可以嗎？」

「當然、當然。」

他掛了電話。

說真的，他有很多很多不想要知道的事情。曾經，光是知道「不想要知道的事情」就讓他的肚腹內增加了許多重量，甚至讓他從六十公斤衝到了七十五公斤，可最近，雖然他一點也沒有瘦下，也仍然暴飲暴食，不過，那忽然吞了鉛塊的感覺也已顯著減少。但現在，他又感覺到了。他知道，世界上某處，可能又會有一個人無聲無息地被消失，而海岸線的侵蝕，或許會稍稍改善一些。也不一定是無聲無息。在他們死掉之前，或許會嚎啕大哭，又或者是力聲尖叫，不過，就像是沒有人看到倒下的樹，沒有被聽到的求救，應該要算是不存在的。他只能這樣告訴自己。

「哈囉，今天要點什麼呢？」

他喜歡的那名店員露出了甜美微笑。

「給我來一杯……」他看了一下菜單，遲疑了，最後才又開口：「給我一杯檸檬愛玉好了。要酸一點。」

「喔？今天不喝波霸啦？」

「嗯，對？換個花樣。」

「也好啊，換個花樣換個心情，就跟女孩子的頭髮一樣。」

「是啊。」

是啊個頭。他多希望自己可以想到一些更有趣的回答，又或是反問一點什麼，可他沒有。但他真的需要換個心情沒錯。然後，他才醒悟到一件事情，對方的髮型不再是前陣子看到的黑長直，反而是綁成所謂的法國辮了。他不知道為什麼是叫法國辮，或許是因為長得像法國麵包，又或者這髮型真的是法國人發明的，他也不在意。

「啊，妳也換髮型了。這是法國辮吧。」

「是喔，覺得如何？」

「很好看，很好看。」

「謝謝啦，我也這樣覺得，嘻嘻。」

然後他就想不到要說什麼才好。他甚至覺得自己有點臉紅也說不定，幸好，後面又來了一名客人，於是他向後退，讓出了櫃檯的空間，到一邊等待，也省去了想話題的尷尬。

「好啦，這是你的飲料！」

店員甜甜笑著，將飲料遞了過來。他不禁分泌了些口水，不過，他覺得是因為想到了檸檬的酸吧。

服務生走出了餐廳包廂，曾議員便不客氣地拿起了筷子，叨了一支鳳爪起來，送入口中，萬姊便也照做，伸筷子取了眼前的一塊烤鴨肉。曾議員沒有太多的咀嚼動作，從十幾秒後便吐出了一堆細小的骨頭來看，那鳳爪應該是非常軟爛，只要簌一簌就全都掉下來了吧。

小龍也出筷拿了一化皮豬肉來吃。

「說真的，每次吃都覺得真厲害啊，竟然可以這麼入味、軟爛。」

「同意。」

「萬小姐，敬妳一杯。」曾議員說，邊拿起了手邊的酒杯。

萬姊也拿起茶杯，一如既往地以茶代酒，受了這一杯禮貌。兩人各自啜飲一口後，曾議員才繼續了先前中斷的話題。

「一碼歸一碼，倒也是個好習慣。」

「多謝稱讚。」

「Well，說起來我也是有幾件需要萬小姐幫忙的事情呢。」

「請說。」

「例如跟都更有關的。不過，在討論那個之前……萬小姐認為我們要求加錢不合理的地方是？」

「議員要求加碼的數字很大，給的時間卻短，我認為，我們雙方是合作關係，即便只是簡單的一通電話商討，親自解釋一番，不但能讓我覺得備受尊重，更能讓我們幫中那群大老吐錢時痛快許多的。」

「萬小姐，妳們能夠賺錢，不都是因為我們沒有掃蕩的關係嗎？所以，怎麼想，這合作關係中……我方出的力比較多吧？」

「確實。」

「我是這樣想的，最近景氣已經連續攀升半年有了，今年度的平均薪資已經快要六萬，中位數也逼近五萬，你們那邊的生意想必也是成長的。最近這個月還有世足，各種爆冷，你們肯定又大賺了一票囉？」

萬姊點點頭，表示同意。

「這些應該要分紅的部分，我認為是你們應該要主動提的。」曾議員說，伸筷子將蘿蔔糕夾斷一半，取回自己的盤中：「但你們從沒有主動，所以，我只好親自提出了。」

「呵呵，曾議員的意思是，失禮的其實並非先生，而是我？」

「萬小姐喜歡坦誠，這，就是我曾某人的坦誠。」

「原來如此。」

曾議員將蘿蔔糕吞下，伸手又拿起酒杯，喝了較大的一口。小龍觀察著兩人之間的張力，萬姊自始至終便是掛著一冰冷而禮貌的微笑，曾議員則是露出有些囂張的笑。小龍覺得氣氛有些沉重，他也多次建議曾議員姿態不要拉太高，不過，他從未聽進去。

「萬小姐，希望我沒有得罪妳啊。」

「哪裡哪裡，曾先生的直率，讓事情好辦許多。所以，曾先生您認為，我們應該要依照經濟的趨勢來計算上繳的數字，是嗎？」

「Perfectly correct.」

「不如如此，往後，政府主計處的數字出來，我們就調整一次，依照當年的平均薪資成長多少進行調整，而且，我們不用計入通膨物價指數的修正版本，只看初始的數字，如何？」

「世足這種賭盤盛事呢？」

「我們會主動補上一份，我相信，一定能讓大家都滿意的。」

「聽起來還行。」

「相對地，如果該年的經濟是倒退的，我相信各位也能理解我們得要相對應地減少。當然，這種情況你我都知道，是少之又少的。」

曾議員點點頭。

「那，我們便達成協議了？」萬姊詢問。

「嗯哼。」

萬姊站起身，伸出手示意要握，曾議員照做。兩人交握後，曾議員要放手，萬姊卻沒有。

「曾議員，希望我們這互相尊重的合作關係可以長久穩固。」
「Yap, sure.」
萬姊放了手，回到自己的位置上坐下來，隨後招了招手，一名小弟立刻就從口袋內襯拿了一張大概六乘四大小的傳統相片出來，放到了桌上轉盤。萬姊隨即伸手轉，但轉的方向卻是從小龍那側繞了遠路去。小龍注視著，萬姊轉得也不快，於是，他沒有看漏那張照片。他嘴巴沒有掉下來，也沒有倒抽一口氣，他只是認真思考起：他或許要趕快跳船才是。
照片在曾議員面前停下時，曾議員也很難再保持鎮定了，他甚至放下了筷子，伸手將照片拿起。
「我有備份。」
那是廢話。
「妳想要怎樣？」
「我只是希望我們的合作關係可以有更多的互相尊重。原先，我是沒有想要壞了議員用餐的興致，可既然先生直率，指出我的無禮……」
「妳・想・要・怎・樣？」
「尊重。」萬姊簡短地復述一次，隨後微笑著夾了一塊皮烤得酥脆可口的雞肉送入嘴中：「一碼歸一碼，你之前說有都更的事情要幫忙，介意說得更細節一點嗎？」
曾議員說不出話。
「我們還是可以繼續和氣生財的。」她淡淡說。

第十章

正哥

Ⓑ

賴正男推開家門的時候，家門內正傳來響亮的電視聲，果然，一進去就看到老爸老媽坐在沙發裡面看著電視劇。他們最近很迷大陸劇，什麼《瑯琊榜》，他們就叨叨絮絮說了好幾個月，最近則是迷上了《軍師聯盟》，現在，正是司馬懿在畫面上插科打諢。他尤其討厭這種把嚴肅題材弄成笑話一般的改編。

「欸！兒子，回來啦！」聽到門被推開的聲音，離得近一些的老媽轉過頭看了他一下。

「爸、媽。」

「要不要吃點東西啊？」

老媽指了一下客廳桌上散布著的食物，分別是老媽親自炒過的花生、市場買來的菱角、還有新年喜慶特殊包裝的瓜子。那瓜子放到明年新年用大概都沒問題吧。

「先不用，謝謝。」

「今天上班都還好嗎？辛苦嗎？」

「還行。」

「要不要一起看啊？」

「不必了，《三國演義》我都已經可以背出來了。」賴正男回：「我先去洗澡。」

「去吧、去吧。」

賴正男進到房間，拿了乾淨的換洗衣物便走進廁所。他洗澡洗得很快，短短幾分鐘就結束了。他的頭髮因為很短的關係，甚至不需要吹，撥一撥就乾了。他換上舒服的運動短褲與白色內衣開了門，便看到坐在餐桌邊吃著冰淇淋滑手機的妹妹。她的背包放在旁邊椅子上，明顯是剛回來，還沒有整理。

「喔，哥，出來啦。」她打招呼。

「妳今天滿早回來的啊。沒有在圖書館讀書？」

「哈，沒有。今天沒興趣。今天又去開人家罰單了嗎？」

「沒，今天沒有執交通，不過有拖吊了一台違停的車。」

「哈哈哈，不錯啊，多虧了你，我們市民的安全與順暢交通才得以維護呢！簡直就像飛天小女警一樣呢！」

賴正男翻了翻白眼。

「要不要吃一口啊？」妹妹挖了一大杓的冰淇淋起來，顏色是鮮豔的橘，看起來應該是芒果口味的：「這間很有名的呢。」

「一口就好。」

他接過了冰淇淋，咬了一口。酸酸甜甜，雖然沒有情人果那麼明顯的戀愛滋味，不過也算是接近了。

「齁，你還牽絲耶，好噁心喔！」妹妹在旁邊尖叫。

「沒有吧！」

「我剛剛就有看到。真是的……」

妹妹邊說，邊搶回了湯匙。雖然說了很噁心，她倒是繼續用起來。

「妳最近學校還好嗎？有沒有不會的功課啊？」

「你能教我嗎？工程數學？」

「……不能。」

「那就是啦，問這麼多幹嘛？」

「就是關心一下嘛。真難溝通耶妳。」

「問點別的嘛！我就是不想要讀書才早早跑回來的。」

「那……最近有什麼特別的學校活動嗎？」

「沒有，這時間哪有？」

「搞不好可以準備明年的迎新。」

「太早啦！大家根本還沒有動起來的意思好嗎？」

「喔。」

「不過啊，我們要辦聯誼喔。」

「聯誼？妳們需要嗎？班上不是一堆男生，需要嗎？」

「齁～沒聽過兔子不吃窩邊草齁？」

「那跟誰？」

「跟法文系的男生。感覺他們就很浪漫，不像我們班，一堆死臭宅。」

「妳出去的時候要小心點——」

「——好好好，謝謝哥，我知道你要說什麼了，不要喝太醉、不要亂碰不該碰的藥物、遇到危險立刻求救，對吧？」

「……對。」

「謝謝你的關心齁，被害妄想哥。」

賴正男轉身就要進房間去，結果，妹妹倒是又喊了他一下。

「欸哥。」

「幹嘛？」

「我生日快到了喔。」

「我知道啊。」

「我最近很想要一支新手機。」

「妳想得美喔。」

賴正男微笑著走回房間。他將電腦開機，隨後便開了瀏覽器，開始查起當今旗艦手機的價位以及評比。

$ $ $

正哥抵達警局的時候，所長不在辦公室內，大多數學長也都處於精神渙散的狀態，沒有人理會他，於是，他便在自己的辦公桌前繼續昨天未完的調查——那理論上已經不歸他管的案子。他猜，學長跟所長的目標應該是要把這案子吃掉吧？那個傢伙或許是權貴子弟。愈是如此，他就愈不想要讓那人逃掉一劫。他生平最恨的事情，便是讓這些人以為「肯花錢，就真的可以消災」。

傷害了一個無辜的人，卻想要全身而退，這種事情他無法容許。

他手上雖然沒有資料，腦袋卻還記得清清楚楚，知道要調哪幾部監視器，於是，他便繼續了昨天的進度。他的運氣非常好，才不過十五分鐘的時間，就找到了做案者的機車，那後照鏡斷了的機車，儘管監視器並不是太清楚，可車牌的部分，他還是成功辨識出——XOX-8745。這串號碼他覺得十分熟眼，快速地鍵入了資料庫搜尋欄，沒有多久後，車主的資料便跳了出來。

他認出了那車主，那個昨天在藍語網咖違停的傢伙，後面出來、褲子溼了一大灘的那個。難怪他一直覺得這兩人有些眼熟。他細細讀著資料，將其默背在腦海裡。

李德誠，未成年時期有過偷竊的案底，不過成年後並沒有惹出任何顯眼的麻煩過。他查到了戶籍地址以及電話。不過，他並不打算打電話過去，那很有可能打草驚蛇，他決定要親自去拜訪一趟，堵他。只是，這案子畢竟不是他的管轄範圍了，他誰也不能找，只能夠獨自出門。

「學長，我去處理交通事故，等等我就直接去簽巡邏箱了。」

他跟一名還勉強清醒、正坐在位置上玩手機的學長說。

「喔，掰。」

就這麼簡單，他便溜出了辦公室。

他騎上警用機車，快速地往戶籍地址去，大概二十五分鐘後，便到了住家樓下。那是個看起來不怎麼樣的公寓，只有四層樓高，牆面還是斑駁的黃色小型格磚，簡言之，一點都不像是達官貴人住的地方。他拿出手機上了Google地圖，查看街景，看看自己是不是找錯了地方，又或者，是不是在別區有類似名字的地方。可看起來不是。

他將機車停好，走到了地址顯示的那棟住宅前，找到了那門牌號碼。看起來，就是這裡沒錯。他伸手按了牆壁上對講機的通話鈕。可機器沒有發出聲音，整個面板上面也沒有任何可以確認機器是否還能作用、甚或通電的燈泡。他又用力地按了好幾次，甚至按了其他住戶的通話鈕，仍然是什麼反應都沒有。要不是整棟住戶的人都外出工作了，便是這機器根本不能用。

「混帳。」他低聲咒罵。

他剛剛有將聯絡電話輸入手機，他是可以打給那戶人家，不過，他不確定這棟建築物有沒有後門，又或是對方有沒有可能經由窗戶逃脫，他不想要打草驚蛇。他決定要等在樓下，等到有住戶開門的時候再趁機進入，直接到對方的門口，讓對方沒有逃竄的機會。

他的如意算盤打得不錯，可是實際操作起來卻遠沒有那麼簡單。他一開始是興奮緊張，滿蓄精力，只要門一開就快步衝上去，甚至，他也想好了敲門的時候要說什麼樣的台詞，不過，十分鐘過去，他便發覺在這個時間點上，很可能誰也不會出來。這棟公寓可能有十戶，最多二十戶，現在已經過了上班尖峰時間，出門的人幾乎不會有多少個。他重新按過了一遍機器、敲了敲鐵門、跟著又開始研究那個面板，不過，除了看出是壞了的以外，沒有其他的重大發現。

他足足等了三十分鐘，才終於等到第一個人下樓開門。

「欸？幹什麼？」歐巴桑一開門就看到等在外面的賴正男，嚇得倒退一步，手上的三色菜袋也跟著晃。

「進去找個人而已。」

「沒、沒事吧？沒有危險吧？」

「沒有的，請不必擔心。」

「真的？」

「真的。」

歐巴桑不太放心地又看了一眼，然後才緩緩走出來，賴正男這才終於得以進入。他沿著樓梯爬上了地址所寫的三樓，每一層只有兩戶住家，所以其實也就十戶而已。他不禁覺得自己能夠等到有人開門，運氣真的算是很不錯了。他伸手按了門鈴，等著。他也研究著門的設計，兩層，外面是鐵門，裡面是木門，雖是滿古早的設計，可是也很有效，如果對方真要逃，他是不太可能破門而入的。他從前接受警察訓練的時候就學過，現實世界的門跟電影裡面的不可相提並論，是不太容易踹開的。兩道就難上加難了。

「幹什麼？」

一名男人粗厚的聲音傳來，聽起來年紀並不輕。內裡木門被打開，開門的是一個半禿了的男人。他立刻露出不怎麼痛快的表情。

「您好，抱歉打擾了，我是賴正男警員，這是我的證件。我要找李德誠。」

「他不住在這裡了。」男人冷淡地回，跟著便作勢要關門。

「抱歉，但請稍等！您是李正峰先生嗎？他的父親？」

「……是。」他停下了關門的動作。

「您兒子是一件重要案件的目擊者，我們需要他來幫忙做筆錄。您有辦法聯絡得上他嗎？」

「沒辦法。」

「您夫人呢？有辦法聯絡得上他嗎？」

「我老婆不在，你晚點來吧。」

「您夫人是去工作了嗎？如果是的話，有工作上的電話可以給我，方便我聯絡嗎？」

「……他肯定又闖了禍了，對吧？」

男人臉上皺紋擠在了一起，失望與不滿堆積在其中。

「抱歉，相關案情我們無法向民眾任意透漏。」

「嘖。」

「方便給我您夫人的聯絡方式嗎？」

男人凝視了賴正男半晌，跟著才嘆了一口氣。

「我打電話叫她回來吧。她才剛出門。你進來吧。」

他開了鐵門，讓賴正男進去。

「謝謝。」賴正男說，男人卻只是擺擺手，示意要他坐下，跟著便走向屋內了。

賴正男趁著男人不在的時候環視了一下這個家。男人不像是有錢人，那也不算是什麼太大的事情，畢竟這世界上有的是不修邊幅的人，可這個家，就真的不像是顯赫之人的家了。老舊的平面映像管電視上面放了DVD、VCD、CD三用播放機，電視櫃裡擺了一些亂七八糟的裝飾與大概十數片的電影收藏，全是港片；沙發看起來是已經用了十年以上，正中央的部分若非龜裂，便是直接裂開露出其下的海綿，放眼所及的餐廳與廚房看起來也都非常不起眼。這裡，一點也不像是想要花錢消災、有能力花錢消災的人會住的地方。

賴正男豎耳傾聽著，如果李德誠翻出窗戶逃跑的話，他覺得能聽到，不過，他只聽見男人打電話的聲音。

「對，警察來找他的，對，嗯，快點吧。」男人拿著手機走回了客廳，隨後向他搭話：「很快就回來了。」

「謝謝。」

「水？」

「喔，如果不介意的話……」

男人悶哼一聲，走進廚房，倒了一杯水回來，放在他的面前。賴正男很想吐槽說，如果不想給的話，大可不必問。杯子看起來不算特別的乾淨，有點霧霧的感覺，不過，他猜應該只是使用很久起了磨痕。

「所以他搞了什麼鬼？」

「真的很抱歉，我無法跟您討論案情。」

「哼。」

賴正男覺得有些尷尬，可他也真不知道該接什麼話好。於是，他便拿起水杯，喝了口水。

他們沉默好一陣子，男人玩著自己的手機，賴正男則是為了保持專業，發著呆。幸好沒有多久，門外便傳來敲門聲，男人起身開了門，進來的正是剛剛與賴正男擦肩而過的歐巴桑。

「您好，您是羅小美嗎？」

「是。我兒子……他做了什麼了？」

「他——」

「——我問過了，不能跟我們講啦！」禿頂男人粗魯打斷。

「真的很抱歉。」賴正男說：「您知道您兒子的聯絡方式，又或是住址嗎？」

「……我……這個……」

「不要幫他啦！」男人大聲說：「他做錯事就要負責！關一關他才知道什麼叫做責任啦！」

歐巴桑開始吸鼻子了，看起來，是懸在了眼淚狂奔的邊緣，他覺得那氣氛真不是普通的尷尬。歐巴桑伸手摀住了嘴巴，臉上的肌肉又抽動了幾下。

「為什麼呢……」她低聲嗚咽。

這樣的詢問，他聽過好幾次。他們總是很想要知道，自己努力拉拔長大的孩子，是為什麼會成了警察追捕的對象。總是。

$$$

騎車前往李德誠租屋處的路上，他不斷思考著為什麼那男人會想要壓下這件案子，畢竟，怎麼樣也不像是父母花錢請政客幫忙處理的模樣，直到離李德誠的住所剩兩個街區、停等一個特別長的紅燈時，他才想起了昨天那女性受害者的奇怪模樣，以及，那個其實不像是她男朋友、沒有正當職業的男人。

「啊。」

他不禁發出了理解的聲音，那讓隔壁停等的一名年輕人扭過了頭，瞧了他一眼。他覺得有些不好意思，於是眼睛直視前方，假裝什麼都沒有發生。不過，他仍然能感覺到對方的眼睛盯著他。綠燈一亮，他便加速衝了過去。他也笑了出來，一來是笑方才的尷尬，二來是笑他自己竟然沒有想通整件事情。昨天他明明就覺得事情不對勁了，結果卻沒有連結在一起。

他們吃了這案子，可能是單純想要私下了結，也可能是因為背後有更大的事情，不想要被注意到。也可能兩者都是。他決定了，下一個要找的，便是那女人。她叫什麼名字呢？玉什麼的？玉玲？

他趁著停等紅燈的時候翻出手機，輸入了資料進行搜尋，不過，那三個人都不住在高雄，點進去了資料庫後，資料也明顯不是同一個人。他記得那名字有點奇怪，可是他卻想不起來，偏偏，他的資料卻已經被學長拿走了，沒辦法再查，實在是麻煩。好吧，之後跑一趟去醫院問吧，雖然是多了一套手續要跑，但他能怪誰？錯也是錯在自己記不清楚。

現在，他要先找到李德誠為是。

他抵達了李德誠所住的公寓，他在公寓前面轉了一趟，這便找到了那台機車。牌照號碼一模一樣，不過，斷掉的機車後照鏡已經換上一個新的了。光看髒汙的程度就能看出那是全新的。他猜他人在。他倚著門外的牆壁等著，重複了又一次的等待。今天一整個早上都很安靜，他實在很怕不要多久無線電就會響起，逼得他得要立刻閃人，不過，無線電沒有響起，更是超級幸運地在五分鐘之內便有一名打扮時髦、不過看起來脾氣不太好的女住戶幫他開門，她只是多瞟了他一眼，便與他錯身過了。

他猜測，或許該棟也有警察租屋也說不定。他爬上了五樓，才剛上去便能感覺到頂樓吸熱程度果然不同，只是走廊便能感覺到悶熱。他找到了那間房門，開始敲門。

沒有反應。

他加大了力道，再加，他甚至用拳頭捶了兩下，不過，五分鐘後，他不得不承認，或許對方根本就不在家吧，他的車在，不代表他人就一定在。他肯定也知道自己惹出了麻煩，警察會找他，可能是搭了計程車去朋友那避風頭也說不定。或是在某個汽車旅館頭痛宿醉也說不定。他手頭上也沒有搜索令，更沒有破門槌，他也不知道怎麼聯絡房東幫忙開門，看起來，只能功虧一簣了。

他嘆口氣，看了下手錶，他的巡邏箱簽到時間正逐漸逼近，沒剩多少閒暇時間，實在要好好利用才是。他快步下樓，在附近快速地轉悠一圈，研究下環境，卻有些失望地發覺這個巷子裡面沒有監視攝影機，外面大馬路雖然有，卻離了將近一百公尺，實在不太可能拍到什麼好東西。

先辦別的吧。

他騎上了機車，快速地往醫院去，這一段路程短上許多，只有十分鐘而已。他到了櫃檯，說明來意，護理長便親自出來接待，帶他進了辦公室。

「要不要喝點飲料？」

「喔，不必不必，我要的話可以直接去投……」

「沒事，我這邊有病人不要多出來的一瓶果汁。喏。」她邊說，邊指了指桌上的一瓶利樂包。

「呃，好，謝謝妳的好意，我這就收下了。」

「哈哈哈哈，那有什麼，不過是順水人情而已啦。」她邊說邊拉開了椅子坐下，開始以稍微有些笨拙的手法輸入資訊，嘴巴還同時唸出來：「昨天的急診×××號……」

賴正男將吸管封膜撕開，吸管都還沒有插進去，護理長便歡欣鼓舞地開口宣布捷報了。

「好的，查到了，名字……唉唷，原來是她！」

「什麼意思？」

「就是昨天沒錢給我們，說之後會補繳，然後又被人帶走的那個啊！」

「帶走？抱歉，能請妳說得清楚一點嗎？」

「喔，就是……昨天啊，我剛好看到她被兩個彪形大漢帶走，你知道，他們穿得就很像是那種，嗯，大概就只是這樣啦。」

「帶去哪？」

「抱歉，我那時候在三樓，就看到她被帶下樓而已……」

「是嗎？原來如此。」

賴正男湊近電腦螢幕，將資料記下，名字是玉蛉，果然是玉蛉沒錯，只是他搞錯了第二個字的寫法，真是的。年紀是二十五歲，戶籍住址跟聯絡地址也都有。

「謝謝，這很夠了。」

他拿出了他的智慧型手機，進入資料庫進行搜尋，不過，玉蛉的身家卻是清清白白，沒有案底，也沒有註記什麼特殊資料。

「辦案加油啊。」護理長說。

「謝謝，我先走了。」

賴正男邊往醫院停車場走，邊思考著。不得不說，她的名字還真是奇特，雖然《臥虎藏龍》裡面是有個人叫做玉嬌龍，早上也查到還有三個人姓玉，可這還真是他第一次在現實生活中遇到姓玉的人。他之前聽過最奇怪的，就是姓冷的人了。話又說回來，玉蛉所住的區域，雖然與李德誠的老爸老媽所住的公寓、又或是李德誠本人所住的套房不在同一區塊，不過，同樣也不是什麼高檔的住宅區。

他又一次思考著昨天看到的畫面。

她的打扮、她的談吐，還有那個不像是男朋友的男人。他覺得自己對她身分的判斷沒錯，但就是沒有證據。她應該是一名「伴遊」。

不過，被彪形大漢帶走，那又是為什麼？是馬伕特地派人來接她嗎？他們有這麼善良到會派人來接一個普通的「伴遊」嗎？為什麼要接走她？一定有蹊蹺。不過，要下手，先從那來看她的男人下手吧。

他努力回溯著記憶，隨即便鍵入了那男人的機車車牌號碼，機車擁有人的資料便跳出，然後，點入那人的檔案後，其前科便跳出，其中一個即是「仲介性交易」，不過，那也已經是好幾年前了。

「早知道……」他翻翻白眼，對自己的遲鈍嘆氣。

$ $ $

問完了玉竽話，時間不早，他便乖乖去走他的巡邏執勤了。

他當然知道她撒了謊，她說她離開醫院後便立刻回家了，可照醫院護理長的證詞，事實並非如此。但他沒有急著戳破，他覺得時機還沒有到，他不想要讓玉竽知道他對整起事件已經有了不少瞭解，那件事情還可以再放一陣子。等他手頭上的情報更多的時候，再一次與她對質，效果應該會好上很多，現在的首要任務還是要找到李德誠，那才是重點。

不過，前半段的早上安靜無聲，簽巡邏箱時卻否，被人叫去處理了兩起違停事件與一起車禍。車禍雖然沒有太嚴重，但因為有歇斯底里的闖紅燈歐巴桑抱著完全沒有受傷的手說自己骨頭碎掉、加上開著高級豪車為了汽車被刮花而抓狂到不斷罵人的公子哥，處理時間拖了很久很久，所以，當他好不容易忙完的時候，中午午餐時間又已經被吃掉了一半了。他隨便選了一家沒有什麼人在的便當店，包了一看起來完全不可口的便當回到派出所。

大多數的學長們，看起來都還是昏昏欲睡，要死不活的。甚至，他看了一眼便知道，早上該要去執交通勤務與該要去超商ATM站點巡邏防堵車手的兩位學長，應該是沒有出去過，原因無他，他們根本都還沒有進辦公室，卡雖然有打了，但那明顯是別人幫忙打的，至於值勤表上的簽名，雖然神似，可明顯都是代簽的而已。

他不知道為什麼，他也不管那麼多。他知道自己該要學會忽視某些瀆職行為，甚且在今天，他倒是慶幸大家都進入了殭屍模式，他才可以要做什麼就做什麼。

不過，在他猛扒白飯的時候，他耳朵還是豎直了偷聽學長們來回的幹話與奚落。看起來，大家會累成這狗樣，是因為昨天晚上所長帶著大家出去吃喝了一輪熱炒的關係，小氣如他，更出眾人意外地請了客，還不是那種小氣巴拉一人只能喝一輪免費啤酒的掃興版，不，是真正讓他們喝到掛喝到爽的版本。那間店的酒促小姐甚至為了賺錢撐到清晨四點才走人。而如果沒有搞錯的話，好像還是跟了其中一位學長走的樣子。

午餐吃完時，學長們要不窩在備勤室裡面仰躺在沙發上發懶，就是趴在座位上繼續熟睡，不想要浪費任何時間的賴正男，便再度拿上自己的裝備，悄無聲息地又溜出了去。

早上沒有找到李德誠，他決定再去一趟。

只是，他才到公寓樓下，就察覺到事情不太對勁了。他一下子說不出來是哪裡不對，不過，過了幾秒鐘之後，他便找到啟他疑竇的細節，李德誠的機車，他的機車不對勁，他快步走過去，這才看出來他的車胎被放氣了，是被刀刺穿。

「媽的。」他不禁咒罵。

他想要上樓，可他運氣沒有這麼好，這是一棟出租公寓，不是隨時都有門衛可以幫他開門的大樓或是旅館，他只能等。他焦躁地等了大概一分鐘，實在忍不住，便快步繞到了大樓後方，不去還好，去了便發覺有些奇怪的痕跡。最主要的，便是水管上面沾了一些血跡，雖然他之前沒有繞到後面來檢查，不過那看起來不太像是放十幾年的陳年汙垢，然後，不少雜物是翻倒在兩邊的，看起來像是有人闖過去一樣。

他不太確定是否真是如此。

他沿著水管向上看，看到了五樓有一扇窗戶是開著的。或許是有人從那邊爬下來？不過，他空間感不錯，他看得出來那並不是李德誠房間所在的位置。可他也不覺得這件事情無關緊要。警校的一個老師總是重複叨唸著一件事情——

「世界上有很多種意外，可是在犯罪世界中，那是少數。太多的線索看起來無足輕重、互不相關，可最後，卻證明他們其實都只是一個事件中各個不同的面相。」

他又繞回了正面。他只能沉住性子，透過不斷地原地踏步、將手指關節壓得喀啦作響，來壓抑住他的焦躁。十幾分鐘後，門被人用力推開，一名年紀大概三十左右的女人面帶驚恐地看向了就在門外的他。

「警察先生！你、你來得真快！快點，就在樓上！」女人緊張地說：「在五樓。」

李德誠沒有浪費任何時間與她交談，只是飛奔上樓，直至他爬到三樓的時候，他才意識到對方那句話究竟是什麼意思。

她肯定是報警了，而且，她以為他是來這邊處理案子的。可這地方畢竟不在他們的轄區之內，大概不久後便會有其他警員來到吧？雖然跨轄區辦案是常見的事情，不過，通常也該要給對方派出所打聲招呼才是，他可不認為對方會樂意見到他。況且，這案子明顯是要被搓掉的，要是他在這邊繼續追查的事情給傳回去了他的派出所……可就真的麻煩了。

他上了五樓，便看見讓女子報警的理由。

李德誠的房門大開，可以直接看到裡頭的凌亂空間，另外一扇門則是虛掩半開，只能看到個邊角。兩扇門的門把、門鎖都有遭到破壞的痕跡。賴正男小心地張望了一下，將那半開的門輕輕推開，便看到房間底部的窗戶是大開的。他沒敢踏進去，就怕留下微量證據反而讓人以為他是共犯又或是什麼，可是，透過窗外的景色，他能確定，那，便是方才他在房屋後面看到唯一一扇打開的窗戶。這房間更加地髒亂，比起李德誠的都還要髒，甚至還瀰漫了一股不是很好聞的氣味，有點像是食物殘渣酸掉了。

為什麼有兩間房被破壞？李德誠租了兩間房嗎？不過，從屋內擺設與乾淨程度來比，似乎是兩個不同的人，而且，他也想不出來為什麼沒事要租兩個房間？所以，這是另外一個人的房間？但為什麼又會被撬開呢？所以，是有人真的沿著水管爬出去，逃到後巷嗎？

他內心迸發了無數的疑問，可是，他不敢再花上更多時間觀察了。他轉身快步向樓下跑，一次跑兩級，最後四級甚至是用跳的，十幾秒後便衝回到了一樓，跑出大門。女人站在公寓前面，一臉緊張，手上正拿著手機，似乎在跟誰講電話。看到賴正男衝出來，她放低了手機湊近。

「警察先生！都——」

「我要去追犯人，妳在這邊等著，等等會有人來處理。」賴正男胡謅敷衍。

女子愣了一下，點點頭，賴正男則是快速地掏出鑰匙，發動機車，轟地一下便衝出了那巷弄，回到車水馬龍的大馬路上。他還喘著，腦袋倒是沒有任何停下地急速運轉，回憶方才看到的畫面。房間門雖然被撬開了，可是，沒有打鬥的痕跡，所以，或許李德誠沒有被帶走？可能沒有，畢竟早上來的時候，李德誠似乎不在……也只是似乎不在。難不成他真的選擇躲在裡面死不出來？而他，賴正男，就這樣被騙過了嗎？不，不如說這樣的做法實在很笨，不太可能，或許就只是別人來敲開他家的門，撲了空這樣，會不會是昨天飛車搶案後去看玉呤的那男人做的。不過，後巷那看起來不太正常的痕跡，又怎麼說呢？他們是經由那條路逃了嗎？有人在追他們嗎？如果事涉江湖恩怨，他再追下去，明智嗎？

可是，賴正男想起了李德誠的母親。

李德誠或許是個搶匪，活該要坐牢，可是，他絕對是罪不致死的，他的母親還是如此愛他的，他值得重新改過的機會。正哥想起了李德誠的父親所說的話：責任。他是警察，他的責任是要維護正義，讓人們接受應有的制裁，他要讓真相浮出水面。如果他們真的被誰追殺了，又被誰帶走了，他得想盡一切可能救出李德誠。

否則，他當警察還有什麼意義？

他拿起了手機，撥打了李德誠母親給他的那支電話，李德誠的手機號碼，這時候已經不是能考量會不會「打草驚蛇」的時候了——

「您撥的電話將轉接到語音信箱，如不留言請掛斷……」

第十一章

阿誠與阿豪

在他們就要衝出巷口、抵達大馬路，進而得以混入人群之時，一台廂型車卻忽然轉進巷口，差點就將跑在前面的阿誠給撞倒，嚇得趕緊急停向側邊跳了一步，這才沒有被直接撞倒，他情緒正高昂，不禁怒吼出聲。

「閃邊！閃邊！」他罵，同時還用手狠狠拍了對方的引擎蓋一下。

他原本以為對方會露出驚恐的眼神，趕快倒車，又或者是嚇得不知所以然，可是，對方的反應卻完全不同，只見兩側的門滑了開，又是兩個人衝下車子，手上都拿著鋁製球棒。他這才醒悟，廂型車根本不是不小心衝進來的，車子差點撞到他也絕對不是什麼「意外」，而是真心想要置他於死地——或至少讓他一陣子爬不起來。

他轉身就跑，跑在他身後的阿豪也還算機靈，早就轉身跑了，他們重新往後巷跑去，那邊雖然障礙物不少兼且狹窄，可他們也沒有別的地方可以跑了。

「不准逃！以為能去哪!?」從車上跳下來的人也狂奔在後，同時吆喝著。

阿誠跟阿豪都沒有慢下來的意思，可是，阿豪的速度卻不快，在進入後巷之前就被阿誠超越了。

「我的腳……」阿豪低聲哀號著。

「快跑！」阿誠回頭看了一眼，喊聲鼓勵他，腳下卻沒有緩。

他們跑進的地方算有些窄了，不過，再往更內去，巷道就更窄，幾乎有些像是所謂摸乳巷的概念了。地上垃圾灰塵不少，跑起來不怎麼方便，偶爾還得要低頭、側身閃過一樓的冷氣機。他們從未進過這地方，因為從來沒有必要，他們完全不知道這裡會通向何方，只能祈禱後面不會是死路。追逐者也已經跟進巷子中，但因為手上拿了鋁棒，追起來倒是不太方便，時不時能聽到鋁棒卡到牆壁或是冷氣機，拖慢他們的動作，氣得他們發出咒罵聲。

「這裡！」

阿誠看見側邊還有一條小巷，雖然也一樣窄，可至少還是條路，能看到底端有明顯的光，應該是能夠回到大馬路上。他迅速地轉進，快速奔向自由。

「啊！」

身後，阿豪發出驚呼，阿誠轉過了頭，只見他不明所以地已經摔跌在地上了。阿誠立刻停下，轉身要去攙扶他，可後面的追逐者也見獵心喜地歡呼出聲。

「快起來！」阿誠猛力拉他。

「我的腳又扭到了！」阿豪哭喪著臉，平時自以為是的神氣已經一掃而空，現在，只有純粹的害怕。

「快走啊！」

「背、背我……」

阿誠看了一眼，追逐的人已經離他們不到十公尺了。他要是再不跑，很可能便會被追上。他也當然不可能背著他逃，這裡狹窄得要死，怎麼可能背著他跑？他只有兩個選擇：在這等死，或是跑。

他跑了。

「阿、阿誠!?你、你怎麼可以!?」

他沒有回頭，儘管那聲音中充滿了控訴。他覺得自己胸口中升起了一股惡氣，氣得他渾身顫抖，無法忍受。

「我早就叫你還錢了！」他忽然轉頭大吼一聲。

阿豪似乎還想要罵上些什麼，但卻轉成了淒厲哀嚎，因為當頭的追逐者拿鋁棒掃了他的腿一下，這才又繼續追向阿誠。阿誠覺得自己的肺好像快要燒起來了，他實在是缺乏運動訓練，雙腳也開始失去力氣了，幾乎每踏一步都想要放棄一般，他忽然想起了自己很小很小的時候還會跟同學玩鬼抓人。那時候他還很能跑，可現在，他似乎再也沒有那麼多的力氣與精力。

就要衝出巷子了。

他卻忽然向前仆倒，重擊地面的時候，他才意識到他的小腿傳來了劇痛，耳朵中則是迴盪著響亮的金屬撞擊聲。他慌亂地翻正面，看到了落在地上的球棒，以及同樣氣喘吁吁、滿身是汗的追逐者。

「媽的，還想跑？」

他掙扎著，想要站起身來，但追逐者已經又撿起了球棒，碰的一下打在了他的後腿。

$ $ $

他們坐上了廂型車，跟著，車子便往明顯是西方的方向開去。

阿豪坐在中排正中央、阿誠則是在後排正中央，他們的手腳都被童軍繩綁得死緊，吃了好幾棒骨頭都裂開甚至斷掉的他們，怎樣都不可能掙脫了，可這群人並沒有因此放鬆警戒。在他們二人左右，都坐了負責看管的傢伙，他們手上拿著小刀，雖然沒有抵著他們的脖子，可威嚇的意思也已經到了。

他們沒有被蒙起眼睛，光是這點，就足夠讓阿豪、阿誠明瞭自己的下場究竟會有多慘。要不就是直接被解決掉，要不就是讓他們嚇得什麼話都不敢說。像是，一頓毒打、拔掉牙齒、剪掉舌頭，又或是……天知道會是什麼。他們甚至不知道是誰下令抓他們的。阿誠有問過，但沒有得到回應，他也就乖乖閉上嘴了。

「拜託、拜託，饒了我們吧，我們不是故意的……我們真的不……是……故意的……我們知道錯了……」

阿豪卻沒有要閉嘴的意思，不斷啜泣哀求。阿誠聽在耳裡，同時覺得煩躁、憤怒與害怕。煩躁是因為不斷重複、憤怒是因為阿豪害慘了他、害怕，則是因為對方一點反應都沒有。他們不只是沉默而已，他們甚至連看都沒有看他們一眼，連揮拳要他住嘴都沒有。他們也沒有出言恫嚇或是嘲弄。

車子靜靜地開著。

副駕駛座的男子正檢查著他們的手機。手機的 Sim 卡已經被拆掉，甚至開了飛航模式，如此一來，就沒有任何儀器可以定位他們了。阿誠很想要知道他們到底在查什麼資料，但他當然不敢開口詢問。他也不覺得對方會回答。他只是在腦袋裡面走起了人生跑馬燈。或許太早了點，可是，他還能做什麼？

「我……我們真的不知道，不知者、不罪，不是嗎？拜託……」

阿豪還不肯消停。

車子繼續朝西方開去，窗外，可以看到一台又一台駛過的機車。廂型車貼上了全黑的反光隔熱紙，從外面，是怎樣都不可能看得入內的，所以，就算他們將臉貼上了玻璃，大聲呼救，恐怕也不會有人注意到。坐在他們身旁的傢伙，也肯定不會讓他們把臉貼上玻璃的。

阿誠甚至不再思考要怎麼活下去了，他只是在想，要怎麼樣才不會遭到刑求與折磨。

「幹你娘的！」

坐在阿豪旁邊的人忽然怒罵，跟著便是一拳狠狠揍了阿豪，讓他發出一聲哀叫。一時間阿誠還以為阿豪嘗試奮力一搏，像是咬人又或是踢人之類的行為，不過，不是——

「他媽的嚇尿了這廢物！」

阿豪身邊的兩個人都將屁股抬了起來，離開坐墊，就怕被阿豪的尿弄髒。

「什麼？真的假的？我三天前才做過全套的洗車啊！」司機轉過頭來看，怒吼一聲，這才將視線放回前方。

「去你的俗辣！」坐旁邊的人又揍了他一拳。

「對不起、對不起，我不是故意的！」

「你是不會說一聲嗎!?我們又不是沒有寶特瓶！」

「我……我不知道……」

「幹你娘的！」

又是一拳。阿誠鼻中也已經可以聞到那尿騷味了。

「欸，你！你有要放尿嗎？」阿誠右手邊的男人問，同時用力地以手肘撞他的肋骨。

「沒有。」

「你他媽最好不要給我亂撒尿，知道嗎!?你要是敢尿到我身上，我就揍死你。」

「是。」

「廢物。」那人咕噥一聲，罵的卻是阿豪。

「你知道那全套洗車有多貴嗎？幹！幹！幹！」司機還大聲怒罵著。

「對不起、對不起，我真的很對不起，拜託，饒我一命吧，我會賠的！我會賠的！我有錢！我有——」

「——閉上你的鳥嘴！」

$ $ $

車子開到了海港旁邊。

天空清澈，只有幾抹白雲如棉花般妝點，而大海，則是蔚藍得不可思議，怎麼看，這都是一個適合出去戲水的歡樂日子。阿豪阿誠理所當然開心不起來。車子駛過一段道路，隨後轉入一偏僻小路，沿著走大約一公里後，便碰上了一座鐵柵門，柵門看來堅固牢靠，上邊還掛了牌子，寫著「私人財產請勿進入」，兩邊柵上更安有攝影機，監視著。車子暫停，副駕駛座的人跳下車跑過去，伸手拿了一串鑰匙，迅速解開將鐵柵門鎖起的粗重大鎖，跟著便將門推了開，揮揮手，示意他們開入，那人則是留在鐵柵門邊守著。

車子向內駛，兩分鐘後便到達一小型碼頭，碼頭邊停了幾艘船，有大有小，大的奢華得像是海上宮殿一般，小得則是流線型的快艇。阿豪阿誠唯一搭過的船，便是旗津的通勤船，若在平常，看到這幅畫面應該會產生羨慕嫉妒恨的破壞衝動，就像他們曾經拿鑰匙去刮過別人的跑車，還有一次，他們喝醉了酒，便故意對著豪車噴尿。

可現在，他們只覺得恐懼。他們想起了賭神系列電影，想起了被帶到公海後會發生的種種事情，他們聽說過，有些人會被割出好幾個傷口後再丟入海中，把那些人活生生地餵給鯊魚，如此一來，甚至可以省下拌水泥的支出，娛樂效果也好上許多。

「走啊！」

「拜託、拜託……」才一下車，阿豪的腿已經軟了，直接跪在地上不敢動。

負責押送的兩人嘆了口氣，一左一右將他挾起，拖著他往碼頭走去。阿誠跟著下車，他渾身都在發抖，可他的腿還能動，他默默地跟在後面，一聲也沒吭；看管阿誠的兩人中，有一人是跛著腳的，動作不那麼俐落，時不時還會發出一聲悶哼；至於方才開車的司機，手上提著他們當初搶來、還沒有處理掉的LV包，裡面則裝滿了那些錢，跟在了最後面。

他們上了碼頭最末端的那艘大船，隨後爬樓梯前往最底層的機房室去，抵達底層，機房室內除了有許多看不懂究竟什麼是什麼的機器之外，牆角更放了好幾張摺疊鐵椅，以及數張防水布，看起來，這邊用做綁架人的地方，已經是行之有年了。

兩名男人將防水布攤開鋪在地上，隨即便將鐵椅擺到正中央。

「坐上去。」一名男人指示。

阿誠照做，阿豪則是癱軟著身子，沒動，嘴巴繼續動，求情著。

「拜託，放我走吧！你們也不想要、不想要傷害人吧！我們、我們罪不至死吧！拜託，讓我們走吧！」

負責押管他的兩人嘆了口氣，只好幫他拿好一張椅子，把他放上去。四人訓練有素地將他們綁上，阿誠沒有任何反抗。司機則把LV包丟到了角落地上。

「你回去洗車吧，至於你們兩個，留下來負責看守。」看起來最為資深的說：「凹豆，跟我上去，你那個腳最好處理一下。」

「是。」

於是，被指定的兩個人便各自拉了張摺疊椅坐下，不過，他們雖然坐在能看到阿豪阿誠的地方，距離倒是儘可能拉到最遠，明顯就是不想要聽阿豪無聊、不斷鬼打牆的求饒。他們從懷裡掏出了耳機，塞入耳朵，跟著便把手機水平持握在手心，裝上了遊戲控制用的小型手把，開始打起了遊戲。

「兩位大哥！兩位大哥！我們真的知道錯了！你們大人有大量！饒我們一命吧。」

阿豪大喊，只是，因為喊了太久，口乾舌燥，他的喉嚨已經沙啞了。那兩人頭都沒有抬，只是專注盯著他們的螢幕。

「拜託!?求你們了?你、你這混帳，你就不會幫忙一下嘛！」阿豪忽然轉過了頭，對阿誠怒吼：「你就不能做點事嗎？」

「求他們哪有用？」阿誠原先內斂的情緒瞬間爆炸了：「你對我凶什麼凶，是怎樣?你以為我們現在會被綁在這邊，是誰的錯?蛤?」

阿豪完全沒有預料到阿誠會忽然發火，一時間還真反應不過來，傻了，好幾秒之後才出言反駁。

「不、不要講得好像你沒有責任一樣!你、你還不是也喝得很開心!?」

「開心你個屁，你哪時候看我露出開心的模樣?」

「是怎樣!你現在要說都是我的問題嗎？」

「對!就都是你的問題!我就叫你不要搶!我就叫你還錢!你他媽不聽，是誰的問題?」

「你、你他媽的……你也不想想，以前、以前有多少事情你不敢做?不就是我帶著你去做的?現在、現在出錯了，就要怪我囉?也不想想，要不是以前我帶你闖出頭，你現在又在哪裡?」

「聽你在屁，好像我們混得有多好——」

「——幹你娘的垃圾，也不想想當初你賣K、賣麻是誰——」

「——那你也想想看我幫你擦過多少屁股啊!搞丟貨的時候是誰幫你找回來的?」

「那種事情也就一次是能比喔?你——」

「——閉嘴啦!告訴你啦!昨天晚上我幹過小咪了啦!在你吐得亂七八糟的時候我就把

她玩得亂七八糟了啦！射在裡面了啦！」

阿豪露出不可置信的眼神，愚蠢的眼睛眨了眨，嘴巴像是離水的金魚蠢動了好幾下，卻沒有發出任何的聲音，那給阿誠帶來一股野蠻的滿足感。

「我聽你……放屁！」

「告訴你啦，她的乳頭不是粉紅色的，是深棕色的！」

「我才不相信！少在那邊鬼扯，小咪怎麼可能……跟你這種低能傢伙……」

阿誠只是露出輕蔑的笑容，一句也不回，阿豪的謾罵聲則慢慢消停，轉成了哭聲，然後是求情聲，負責看守的兩人，則是頭抬都沒有抬，繼續玩著他們的遊戲。

$$$

船抖動了一下，跟著他們便聽見船的引擎動了起來，在機房中的聲音自然是加倍清晰，兩名正在玩手機的小弟也停下了動作，把手機、耳機都收回到口袋裡面。左邊的傢伙站直身，伸了個懶腰舒展一下筋骨，右邊的則是打了個呵欠。原先停靠在碼頭邊，船身雖然偶爾會有一丁點的起伏，可那幾乎是感覺不到的，現在，晃動就明顯多了，無疑地，船正向外海駛去。

「嗚嗚……」阿豪再次哭了起來。

也許他終於認清了現實，開始走人生跑馬燈了吧？阿誠心想。他在車上的時候就已經走

完跑馬燈了，所以，他的腦袋空到不行，他只是在想，什麼時候他才會遇到那個有權定奪事情的人。畢竟，船已開動，那個人一定上船了。他忽然意識到，他真的很想要上廁所，雖然強作鎮定已久，但現在，他冷汗直流，膀胱似乎隨時都要噴尿，他被綁住因而發麻的雙手也不斷顫抖著。他還是會怕的。他終究不是什麼大無畏的人，從來就不希望在這二十出頭的年紀就成了深海鯊魚的餌食。

阿誠希望抓他的人，是個明理的人，知道他不慌不鬧，甚至是乖乖就範的話，或許就會輕饒他一命。雖然他也不算是真的乖乖就範，當那些弟兄找上的時候，還是拔腿就跑，但至少他跟阿豪不一樣，沒有尿褲子、沒有裝可憐，他覺得這副模樣比較能討得對方的好感。他等著，告訴自己耐心等著，試著壓抑住恐懼地等著。而這段期間，阿豪只是不間斷哭鬧。

十幾分鐘後，主事者下來了。

兩名守衛立刻從椅子上站起，而走進了機房的，是一位看來高貴端莊、姿容典雅的女性，跟在他身後的，則是一名姓李的堂主，雖然不是他們那一派系的大頭，可他也曾經聽人講過他的事蹟、看過他的照片，聽說，他曾經因為手下開錯了笑話，直接開槍打穿他腳趾頭，所以大多數人都叫他「炸藥」又或是「狂哥」，當然，沒哪個人敢當面這樣稱呼他就是。

那女人，想來就是大姊大萬姊吧？

事件看起來真的是——嚴重了。

「兩位是阿誠跟阿豪吧？」她開口詢問，聲音意外地溫柔：「我是萬姊，我相信——」

「——萬姊！我對不起妳！我對不起妳！我真心抱歉，我們不是故意要碰妳的錢的！我們是真的不知道那是妳的……」

阿豪一把鼻涕一把眼淚地開始道歉，要不是因為手腳都被綑在椅子上的關係，立刻就會跪下來用舌頭舔她鞋子進行最鄭重的道歉了吧。

「你就是阿豪？」

「是、是，我是阿豪，我們知道錯了，求求妳，給我們一個改過的機會吧！求求妳了！我們願意還錢！我們願意還！我們會還的！拜託妳了萬姊，就給我們一個機會吧！我們都是好人，我們真的不是故意的。」

「道歉要是有用的話，這世界上就不會有公平了。」

「我們會補償的！我們保證會補償的！我一輩子都會給妳當奴隸的，拜託妳，就饒了我一條命吧！一輩子、一輩子、一輩子……」

「你一輩子能夠賺多少錢，我是不清楚，不過，我總覺得，將你們處理掉，對我未來的生意會有不少的好處。例如，下次我好聲好氣在群組內請人還錢的時候，他們就沒有膽量已讀不回、更別說拔腿逃跑了。最——」

「——我——」阿豪正想辯解，才發現不小心插嘴了，趕緊閉嘴。

「——最好的情況，就是發覺自己搶錯人之後，主動就問問看要怎麼補救，而不需要別人提醒。」

萬姊語畢，特地點了點頭，示意她已經講完了。

「我們、我們不知道是妳的錢，我們沒有看到訊息，我們不知道。」

「拜託，請別把我當成笨蛋，還是你覺得這麼簡單的謊話我都看不破？」

「我、我沒有、這個、意思，我是說……」阿豪震懾於她的氣勢，牙關不斷打戰，話都說不清楚了。

「感覺上就是。」

「我、我……」

「阿豪，聽說你也在我們這圈子裡面混了有兩、三年，我手下的小偷都知道，千萬不能對賣彩券的下手，你卻去搶手無縛雞之力的女人，不覺得丟臉？搶劫也就算了，你們卻還讓那女人毀容了，你知道那對她未來生活有多大的影響嗎？對我們旅社的生意又有多傷嗎？」

她的口氣，極盡鄙夷，就好像在對一隻蛞蝓又或是蟑螂說話一般。

「我……」

「你是阿誠，騎機車的那個。」

萬姊轉過了頭，朝阿誠說話。

「嗯。」那不是問句，所以阿誠只是點了點頭。

「聽他們說你冷靜得不像話，看起來，還是真的不怕我。」

「……我很怕。」

「然後？」

她抬著眉毛，眼神也不那麼藐視。

「我……我們真的不是故意的。我們有想過要還的。我一直跟他說要——」

「——但是你們沒有。」

「他不願意，我……我也就想說……我鬼迷心竅。」阿誠嘆氣說。

他其實也是貪那筆錢的。他其實也冀望著誰都不會發覺，就此輕輕鬆鬆過上一陣子逍遙日子的。

「那麼，你們有看到我們提醒回頭是岸的訊息嗎？」萬姊露出一抹微笑。

「……有。」阿誠承認。

「我、我沒看到！我真的不知道。」阿豪大聲說：「萬姊，我對這件事情完全不知情——」

「——讓他住嘴好嗎？」

碰的一下，李堂主已經一拳揮過去，立刻就讓阿豪的喊聲轉為痛苦的呻吟，跟著便將他的嘴巴撬開，從口袋掏了一團抹布出來，塞了進去。阿誠看在眼裡，不禁覺得李堂主會隨身帶著抹布實在是件奇怪的事情。他竟然會覺得這種枝微末節的事情奇怪，讓他覺得自己的腦袋運作方式奇怪得難以理解。

「看到了，為什麼不還？」

「我們怕……還了也會完蛋。因為我們傷了人，而且，那筆錢很多，可能會被……砍掉手指頭。」

「然後，你們覺得自己可以逃得了，對嗎？」

「我、我……我們確實是……這樣想的。」

「還想要逃去國外？」

阿誠不禁瞪大了眼睛。他不曉得萬姊怎麼會知道這件事情。

「你的手機歷史紀錄。」

「……喔。」

「知道解答以後，謎題總是變得很簡單。」

「……是。」

「錢少了一些，去哪了？」

「我們買了一些酒跟披薩。」

「還有嗎？」

「沒了。」

「沒想要拿去買別的？」

「我們……還沒有想到要買什麼。」

「那麼，你們為什麼會搶她？」

「什麼？」

「為什麼會搶那個女人？」

「呃，因為阿豪說那邊沒有監視器，所以，不會被抓到。」

「就這樣？」

「他還說，那包包是LV的，可能是有錢人，我自己是懷疑，可是因為他叫我騎過去，我們又真的……手頭緊，所以就……」

「只是這樣？沒有計畫？沒有思考？你們不知道裡面裝滿了我的錢？」

阿誠搖了搖頭，另一邊的阿豪也猛跟著搖頭。不過，他搖頭其實是想要否認自己曾經說過任何煽動阿誠犯罪的話。

「就只是隨機挑中她的？」

「嗯。」

「原來如此，好吧。」

「我們很抱歉。」阿誠低聲說。

「有什麼遺言嗎？」

「妳就不能……饒我們一命嗎？拜託？」他輕聲求饒。

「答案是不行，是你們自己放棄了活命的機會。」

「如果，我說的是如果，如果萬姊妳希望人們下次搶錯人的時候，他們會願意還錢的話，我覺得，寬容比較好，就是……告訴他們妳……人很好。」

「不，我想讓大家知道，不要心存僥倖。」

阿誠吞了吞口水。他知道自己說什麼都沒有用了。他裝了那麼久的冷靜，終究是沒有用的。但他也真的冷靜了，他的眼淚沒有泛出，他手腳的顫抖很微弱。

「現在，告訴我，兩位有什麼遺願嗎？李堂主，可以讓那傢伙說話了。」

「我們可以……要求什麼？」阿誠問。

「你說呢？」萬姊微笑。

「我能打通電話嗎?」

「當然不可能，不過，信件倒是可以，我們會從海外寄回來。」

「我想要寫信。」

「可以。」

「我、我……我想要……萬姊，拜託，一個，補救的機會，我什麼都做……」

「我就當作是沒有了，李堂主，幫忙一下。」

李堂主又是一拳，狠狠送入了阿豪的肚腹，疼得他噴出一坨口水，嘴巴大張著喘氣，抹布便又被塞進他嘴內。

「我能夠……親自寫嗎?」

「當然。」萬姊點點頭。

「謝謝。」

第十二章

玉皊©

她一向黑馬匯報完情況，她就接到了更上一層打來的電話，讓她又復述了一遍相關情況。結束後，她便噓了口氣，走進廚房中，開始煮起綠豆粥。睡了一晚上，她的牙齒多多少少好轉了，可她還是沒有想要折磨它們。昨天晚上牙齦流血，早上口臭濃烈，她實在是非常受不了，便裝了杯溫水，含在口中，輕輕漱著。她將綠豆與白米放在電鍋內，按下了開關，便走到客廳坐下。她的租屋處是有一台電視，當初房東當作噱頭的一台，不過，她後來要用的時候才發覺房東沒有提供第四台，那台電視有等同是沒有。

她在床上躺坐著，一邊滑著手機，可是隔了一陣子之後，她實在看不進去，便把手機放到了一邊，拿出自己的帳本與存摺，開始計算起接下來的支出，看看她在沒有收入的情況下，存款能夠撐得了多久，她又該要如何節儉才是。不過，她才算了大概五分鐘，她的手機便又響了，門號是沒有儲存的，可是她認得，那是之前跟他聯絡的大老的。

「你好？」

「玉呤，五分鐘後下樓，我們接妳。」

「……是。」

她覺得莫名其妙，但她知道什麼都不要問就是了。反正，一定是跟警察有關的事情。她默默地走回電鍋旁邊，把插頭拔掉，將開關推回原處，跟著便打開衣櫥，找一套乾淨的衣服換上，拿了鑰匙就要出門。不過，在出門前她猶疑了一下，停下腳步細細看了牆壁上的日曆。日曆還停在二十幾天前。當初這日曆是「垃圾交換禮物」換來的，她掛在牆上只是用來當作墊便當、放魚刺、擺骨頭的廢紙而已。她伸手掀到了昨天跟今天。

昨天不宜外出，今天也還是。她希望那只是巧合而已，可她真心覺得自己真的很衰。她下樓，等著，不過對方倒是沒有如他們所說的五分鐘後準時抵達，她只好繼續等，摸了口袋翻出很久沒抽的涼煙，點燃，輕輕吸著。

「喵~」

一隻黑色的貓咪走了過來，那是街區常見到的一隻浪貓，橄欖綠的眼睛眨了眨，隨後便靠在了玉蛉腿身摩擦婆娑。玉蛉蹲低身子，摸了貓咪的頭兩下，隨後便伸手到牠下巴，稍微用點力地抓撓。她知道黑貓特別喜歡有人摸牠的下巴。貓咪露出舒服的表情，發出舒服的呼嚕聲。

「這幾天過得還好嗎?」

貓咪閉著眼睛，繼續摩擦玉蛉的腿腳。

「看起來是比我好，是嗎?」

貓咪躺下，露出了肚子，玉蛉邊便伸手也幫牠撓撓，甚至摸了摸牠的肉球。貓咪只是慵懶地打個哈欠，沒有掙扎。

「嘿!」

玉蛉抬起頭看向聲源，馬路邊停著昨天搭過的那台車，搖下窗戶坐在副駕駛座的則是昨天唯一知道名字的小雞。

「上車。」

玉蛉趕緊站起，快步走向了車，拉開車門便看到熟悉的面孔，黑馬。

「嗨。」黑馬尷尬地說。

「嘿。」

她坐入，車子開動，音樂播起了玖壹壹的歌，這次是〈歪國人〉。他們又一次沉默地坐著車前往不知名的目的地。三十分鐘後，他們行經奇怪的鐵柵欄，走過了碼頭，踏上那艘巨大的遊艇。

玉的從來沒有見過這樣的船，若不是她沒有被蒙著眼走上船，沒有感受到腳下偶爾晃動的韻律，她真的不敢相信自己是在一艘船上。不管怎麼看，那都像是一間高級旅館的總統套房——儘管就連總統套房她也只在電視或網路上看過。那艘船所帶給她的衝擊與訝異，比昨天晚上的豪奢宅邸又還要多上數倍。畢竟，那腳踏實地的建築只是典雅氣派，卻沒有做出不同於「豪宅」格局的設計，可現在，在海上，卻能把一艘船設計得不像是一艘船，才是各種意義上的誇張與厲害。

小雞讓他們在沙發上坐下，伸手拿起了一遙控器，吣的一聲便開了空調。

「這沙發……」玉的屁股一坐下，便露出訝異的神色，同時伸手去摸了摸上面的皮。

「怎麼了？」在她身旁坐下的黑馬問。

「我終於知道為什麼那些高檔沙發可以賣這麼貴了。」玉的低聲說：「感覺真的就是不一樣。」

「都還沒吃過吧？」小雞問，沒有坐下來。

玉的跟黑馬都搖了搖頭。

「要吃什麼？煎牛排？蒸龍蝦？炸雞？還是要炒豬肉？想要什麼就說，不必客氣。」他邊說邊走向了廚房。

廚房的設計風格跟昨天的類似，不少鍋碗瓢盆都垂掛著，不過，冰箱與爐台倒都是小了一些。畢竟是在船上，寸土寸金，一絲空間都不能浪費。

「我……給我炸雞可以嗎？」黑馬反射性地選了最簡單的一種。

「確定？不想要牛排嗎？很高級的美牛喔？」

「不必、不必。」

「真客氣。那要不要一些薯條？反正一起炸不浪費。」小雞邊回答，邊走到了廚房那側，開始拿出廚具。

雖然他長得一點都不像是懂廚藝的模樣，可看起來，他就是今天中午的廚子了。只見他打開冰箱，動手拿出裡面的各種食材，跟著便準備了油炸機，拿出沙拉油倒入，整體動作算是頗為俐落。

「也好，也好。」

「妳呢？」小雞轉頭問玉昤。

「那個，我想問一下，有沒有比較好吞嚥的東西？我的牙齒現在有點……」

「喔，好，知道了，我給你用個涼麵……不，我給你用碗冷粥吧，行嗎？」

「可以，非常好，謝謝。」

小雞點點頭，打開櫥櫃，翻出了一包米以及一台電鍋。

「那個，我們其實可以自己——」

「——你們是客人，由我處理就可以了，你們坐著休息。」

「但你一個人的話，不方便吧？我們也都——」

「——坐著吧！要的話可以看看電視。有連上衛星網路，第四台或是Netflix都有，想看什麼都行。遙控器在那，上面有貼標籤，自己摸一下操作。」

他用下巴指了指一個矮櫃，上面擺滿五花八門各色不同的控制器，而那電視，足足有七十吋左右大，還是最知名的品牌新力。

「啊，這個，我平常沒有看電視的習慣，謝謝。」玉蛉開口說。

「我也沒有。」黑馬立刻接話。

玉蛉瞟了他一眼，她知道黑馬在說謊。他不時會講說自己家裡面的電視有多好多好，昨天又看了一次周星馳之類的，怎麼可能會沒有看電視的習慣？不過，她也沒有要戳破謊言的意思。沒那必要。

「隨便你們吧，WiFi密碼需要嗎？」

「我有吃到飽，沒事。」黑馬接話說。

小雞聳聳肩，繼續手上的食物處理。

約莫二十分鐘後，黑馬與玉蛉的食物便雙雙送上來了，玉蛉的粥因為是高壓鍋蒸的，分量又不多，所以雖然時間不長，米粒卻還是軟爛得很，他甚至還加了些紅糖調味，讓整碗粥吃起來不那麼單調，當然，冷卻的部分是透過冰塊，所以粥就顯得有些湯湯水水了；另一邊，黑馬的炸雞跟炸薯條倒是香得很，雖然都是現成的冷凍食品下去炸，可是聽那咬起來的聲音咖滋咖滋的，香脆十足，感覺就很享受。

「我們到底來做什麼的？」

趁著小雞在清理水槽與油鍋、鏘鏘作響的時候，玉昤低聲問了黑馬一句。

「我不知道。」

「等等船會出航嗎？」

「我說了我不知道。」

他們剛吃完午餐的時候，便提議要親自洗滌餐具，小雞卻沒有讓，命令他們坐在沙發上休息，自己便拿了碗盤在水槽那刷洗，同時還拋了兩瓶氣泡礦泉水給他們。玉昤以前沒有什麼喝過氣泡水，第一口喝的時候不禁覺得有些微妙，說不上是好喝，但也不算難喝。也許是因為平常有氣的都是含糖飲料，總覺得不習慣，黑馬則是露出了不怎麼喜歡的表情。

小雞還洗著碗盤，便聽到樓梯方向有腳步聲傳來，他們立刻站起了身，以示禮貌，結果，上來的既不是萬姊，更不是曾經跟他們打過照面的人。那是兩名男人，前面的比較高壯，後面的卻是跛著腳。兩名男人先是向他們點了點頭，隨後便跟還在廚房整理的小雞打招呼。

「雞哥。」

「喔，你們到啦。」小雞懶散地應聲，繼續洗東西。

「是。」

跛腳的傢伙就近找了張靠船尾的沙發坐下，高壯的男人則是快步朝小雞走去，伸出手要幫忙。小雞讓他幫了。

「你負責刷，我沖。」

「是。」

半分鐘後，水龍頭關了，盤子也都放上了瀝乾架。

「那個，雞哥，船上有藥嗎？」男人問。

「有。是怎麼了？」

「凹豆傷到腳了。」

「見紅？」

「沒，扭到而已。」

「怎麼會？」

「踢門。」

小雞翻了翻白眼。

「都給你們球棒了，到底是有什麼毛病？膏藥跟繃帶在那邊靠牆沙發的下層櫃子。」小雞指了指。

男人跑了過去，繞到沙發的側邊，找到夾層，手一拉，便看到裡面放滿了各式各樣的藥品。男人取了藥物，便走去船尾，開始幫那名跛腳的傢伙進行處理。至於小雞，他則是走到黑馬與玉羚身邊的單人沙發坐了下來，開了電視開始看。

「有想要看什麼嗎？六十五、六十一？」他問。

「沒有。」

「那就看這個好了。」

小雞轉台轉到了旅遊頻道，播的是什麼九十天共同生活找伴侶的節目。於是，玉羚跟黑馬便默默跟著一起看了。因為不知道要說什麼的關係，氣氛很是尷尬，不過小雞似乎不怎麼介意，反而看電視看得津津有味，時不時還會發笑；另外一邊，那兩人上完藥後，也找了一座方便看到電視的沙發，船艙內瀰漫了一股濃濃的膏藥味。

玉羚覺得這是最詭異的組合了。

$ $ $

船身震動了一下，隨即感受到一股加速度與較為強烈的波動，明顯是開動了、往港口外去了，玉羚坐的位置雖能看到窗外，卻只能看到藍天白雲，她很想要走到窗邊，看著逐漸遠離的海岸線，甚至走出陽台，感受一下濕鹹的海風，可她當然沒膽亂站起身，事實上，自從上船、小雞要他們坐下後，兩人都沒膽再起身，就怕被當成沒事亂晃打探情報的傢伙。

她看了黑馬一眼，黑馬也回看，跟著便極富默契地看向小雞，小雞將電視關掉，站到了樓梯口待命。船靜靜開著，引擎的聲音極其微弱，大多被浪花聲所掩蓋，而因為開了冷氣門窗關閉的關係，就連水聲也都小得很。不過，也許是因為船還不夠大的關係，雖然已經比旗津又或是小琉球的輪船穩了，卻還是不算舒服。她原本還在想說要是能夠開著這艘船去環遊世界，肯定是個很爽的休閒娛樂，現在，她覺得還好了。

半分鐘後，他們聽到了腳步聲，小雞隨即大聲問好。

「萬姊好。」

船艙內的四人也趕緊站起了身，只見萬姊從樓梯走出，背後還跟著一看起來凶神惡煞的男人。萬姊打扮與昨天的差異並不大，仍然是襯衫搭配合身剪裁的長褲，腳下踩著方便行走的短靴，襯衫是深紫色，褲子墨黑，唯一較為顯眼的差異是她胸口上別了一金色、簡潔的圖騰。看起來有些像是火。

「萬姊好！」玉昤跟黑馬齊聲說，黑馬隨即向後面的男人問好，放慢了語速，好確保玉昤能夠跟上：「堂主好。」

萬姊與堂主各自點了點頭，萬姊露出微笑，堂主則是木然。她先是跟兩位小弟簡單地對話，關心了跛腳弟兄的傷勢，隨即便向玉昤問話，讓她重新敘述了一遍今天早上的情境。這已經是短短幾小時中的第三次了。中間，萬姊沒有打斷，直到玉昤說完，她才提出疑問。

「所以，他說他只是想要抓到那兩個飛車搶劫的人？」

「是。」

「他說，想要伸張正義？」

「是。」

「嗯，原來如此。黑馬，你說這個人當初有把你攔下來多問幾句？」

「對。」

「瞭解。」萬姊緩緩地說：「玉呤，如果他還有再找妳的話，就通知我們一聲，瞭解嗎？」

玉呤趕忙點頭。說話期間，她也偷偷觀察了一下萬姊胸口的金色別章，有火的外型，其中卻也有鳥翅鳥喙，那原來是個鳳凰的圖案。她覺得很美。

「謝謝妳，解了我不少疑惑。」

「不會、不會，這是應該的。」

「我們會讓傷害妳的人付出代價的。」萬姊溫柔地說。

玉呤知道萬姊的意思，她也很感激，可是，她其實沒有那麼想要那些人付出代價，至少，不是透過萬姊的手，那不是她真正想要的，她只是希望自己能有錢、過得舒適而已。可她也知道這時候她該要說些什麼。

「謝謝萬姊。」

「我們的航程還有一陣子才會結束，我也得要先去忙，如果不介意的話，請就先在上層區域休息、放鬆一下吧。」

「沒問題、沒問題。」玉呤與黑馬趕緊說。

「想要喝什麼、吃什麼，就跟小雞說一聲，他都能夠準備；有興趣的話，也可以去甲板上散散步，吹吹風，看一下風景，雖然，我們在台灣海峽，應該是看不到什麼鯨魚或是海豚，不過有時候也是能看到別種魚的。」萬姊微笑說。

「嗯，好，知道了。」

「對了，玉昤，妳喜歡泡溫泉嗎？」

「溫泉？」

「後面有一個很不錯的方形浴缸，也有溫泉粉，如果妳喜歡泡澡的話，我推薦妳去泡一下，放鬆一下筋骨。」

「這個……不必，我有點怕熱。」

「是嗎？那就看個電視吧。」

「好，謝謝。」

「我先去忙了。」萬姊說，隨即便帶了那位看來神色不善的李堂主走向樓梯，下樓去了。

玉昤於是坐了下來，繼續跟小雞、黑馬還有那兩名男人一起看電視。不過，剛才的共同生活找伴侶的節目已經結束了，所以在小雞確認過大家都沒有特別想看的節目後，便找了部電影《非誠勿擾》來看。

玉昤坐在那邊，不禁開始覺得有些無聊，畢竟，無論是戀愛又或婚姻，她在踏入這行的時候，便已經不抱期望了，那些人的演技又大多誇張，實在不覺得有趣。她想起萬姊說可以起來走走，便站起了身，黑馬看了她一眼，可沒有說什麼話，也沒有做什麼動作。玉昤試探性地走了幾步，確定沒有人要阻止她後，便走到窗邊，看了一下外面的景色。蔚藍的海洋一望無際，看來極為壯觀，她稍稍遲疑之後，便推開門走了出去，上到甲板區塊，走到船頭的地方。海天交界的地方在無窮遠處，海也是深藍色的，高掛的太陽映得海面多處閃閃發光，亮得有些刺眼，卻也令大海看起來像是夜空，但點點星彩明亮許多。

雖然她曾去到西子灣與旗津，看過海景，可是，她從來沒有置身於大海中央看過，當時，她能看到的海，充其量也就是一百二十度、一百五十度，左轉右轉，便會被山稜、樹木又或是水泥建築物給破壞；現在，她能看到兩百度、兩百五十度左右的大海，感覺完全不同。她快速地跑到船尾，看了一下，台灣本島雖然還能見到，卻也離得老遠，城市已經徹底模糊，只有地勢起伏的稜線以及橫亙向遠方的海岸線能夠看出個大概。

海風鹹鹹的，甚至也有點黏黏的，船身的搖晃仍然讓她說不上舒服兩字，可是，她還是在外面站了好一陣子。如果每天起床，都能悠悠閒閒地看著這幅美麗畫面，那可有多好。她改變想法了，果然，搭著遊艇環遊世界還是很美好的體驗，難怪那些有錢人會買遊艇。

雖然這大概會是她唯一一次搭乘吧。

「雞哥，有紙跟筆嗎？」

玉19聽到內裡傳來的聲音，便轉過頭去看。一名剛剛沒有看過的男人正在裡面走動，雞哥則是坐在沙發上，眼睛雖還死瞪著電視節目，嘴巴卻是給出了清晰的指示。

「左邊那個靠牆的抽屜，裡面有紙筆。」

「謝了。」

「要紙筆幹什麼？」

「給那兩個傢伙寫信，然後，萬姊說要你準備一餐豪華的。」

「喔喔，懂了。」

那名男人拿了紙筆便下去，雞哥則是從沙發上站起，再度走到廚房的區域，打開了冰箱取出食材，開始下廚。

「玉昤、黑馬，你們剛剛有吃飽嗎？要不要我再多弄一份給你們？」

「喔，不必，我很夠了。」黑馬立刻回答。

「我也不必了，謝謝。」玉昤也趕緊走到門邊，回答小雞的問題。

「你只吃了一碗粥，哪裡會飽？我可以順便用的，不必客氣。」

「真的不必。」

「給妳一份煎剝皮魚吧。妳吃過嗎？」

「沒有，那是什麼？」

「北部這種魚比較多，肉質軟而韌，同時有大魚小魚的優點，還不必去鱗。病人要多吃點魚啦。」

「好，那就……謝謝了。」

「不會。」

玉昤再度走到外面，看著遠方的風景。如今，船已經停下來了，停在大海的正中，玉昤饒富興味地繞著船走。船大概有三十幾到四十幾公尺長，散起步來其實頗為愜意，而且，她也經過了其他的兩個樓梯，分別是直立式的鐵梯，以及船尾的一個普通樓梯。不過，她沒敢張望下方光景，只是繼續繞著船散步。二十分鐘後，小雞便吆喝著要她進去吃飯。

她走了進去，在餐桌邊坐下，小雞便送上了煎得剛剛好、表皮稍帶金黃的剝皮魚，不過，她也注意到小雞還弄了好幾尾大蝦、兩塊魚排、酥炸小卷圈、煎牛排與一些炸薯條，小雞將其分成了兩盤裝好。之前上來拿紙筆的那個男人也在，他將餐具插在了口袋中，便接過了兩個盤子朝樓梯走去，下了樓，顯然，下面有重要的人在。或許，正有一筆大樁生意正在進行也說不定？

隨後，她想起了不久前的一段對話，萬姊關心小弟受傷的腳。還有萬姊的承諾。

她匆忙拿起了筷子，將剝皮魚夾下一塊，隨即送入口中，那滋味確實很不錯，口感也跟平常吃到的魚肉不太相同，不柴，但也不會軟到像是鱈魚那樣毫無口感，更重要的是，這條魚身上沒有多少的刺，吃起來很是容易，而小雞灑上的檸檬椒鹽，更是畫龍點睛，讓風味好上加好。原本該要是如此的，可是，她卻覺得有些食而無味。

「好吃嗎？」小雞問。

「嗯，很好吃，謝謝你。」

她悶著頭吃，視線始終放在了餐盤上。電視的聲音很大。

$ $ $

船在一小時後靠岸，跟著便有一台專車將黑馬與玉玲送回各自的地方。玉玲進屋之後，做的第一件事情便是脫下了身上的外衣外褲，只剩下內衣內褲，隨即便躺到了床上。昨天被黑馬載去大舞廳的時候，她沒有想到接下來的二十四小時會是如此漫長，簡直像是過了整整一週一般。她也沒有想到短短二十四小時，她可以碰上她以為一輩子都不會碰上的一堆事情：被飛車搶劫、被警察訊問、被大姊大訊問、搭乘豪華遊艇，以及……

實在是有些超現實。她捏了捏自己的臉頰，會痛，所以顯然她不是在做夢。她多希望一切是場夢。

她拿起手機，放了自己最近很喜歡聽的韓團「Blackpink」的歌，放空著，感受堆積在全身上下每一根神經與肌肉纖維的疲勞，她曾經一個晚上接了二十個客人，賣力撅起屁股、努力搖晃腰身，更假裝高潮了十幾次，那時候，她以為自己永遠不可能再更累了，可現在，儘管只是不斷地搭車、搭船，回答一些問題，疲勞程度卻更勝一籌。

她沒有想過自己會這麼累。累得她後悔。

她閉上眼睛，想要稍稍歇息一下，可是，窗簾沒有拉、燈光刺眼，曬在身上更有幾分燥熱。她覺得該要起身去拉起窗簾的，可是她沒有動，她實在沒有那力氣，於是她舉起了手臂遮擋住自己的眼睛。因為太累了，她甚至不想要爬起身來，她只想要攤在那邊當一坨爛泥巴，享受一時的……

叩叩叩

她的門被敲響了。她閉上眼睛想要確定是否是自己神經敏感過頭了，才會出現幻聽。叩叩。看起來不是，她沒有聽錯，她實在沒有辦法再壓抑住情緒，她已經夠累了，她只是想要好好休息一下，但他們就是不想要讓她休息一般。到底他媽是誰？

「誰啊!?」她沒好氣地嘶聲吼道。

「抱歉打擾……」對方的聲音有些緊張、遲疑：「我是今天早上有來過的賴警員，有點事情想要問妳。」

她的怒氣稍稍減弱，轉為警覺。她前腳才進房，警察便找了上門，那代表什麼?他是不是都看到了?

「還有什麼事情?我不是都說我不知道了嗎?」她說。

「不，這個……可以麻煩妳先開門嗎?」

玉呤的火氣再度向上沖，下了床箭步便將門打開，開的時候十分用力，撞在牆上發出響亮的一聲「碰」，讓賴正男嚇得倒退半步。

「你想要怎樣?」玉呤擺出了她最臭的一張臉。

「抱歉，那個，我不是故意要打擾妳，只是……」

「要・怎・樣?」

「我想要問問看，妳……對不起，我應該要換個說法。如果妳知道跟李德誠有關的事情的話，我希望妳能夠據實以告。」

他的神情變了。剛開門時，他還有些畏縮的，可現在，他的眼神認真，在她身上上下遊走，試圖要看穿她。

「什麼意思?」

「妳剛剛去了哪?」

「我去哪裡跟你有關嗎?」

「那麼,玉昤小姐,我換個問題,妳知道李德誠失蹤了嗎?」

「那誰?」

「飛車搶劫的嫌疑犯。」

「……喔。不認識、不知道。」

「我今天下午去他套房的時候,便發覺他家被人破壞、入侵,人也不見蹤影了。」

「然後呢?跟我有什麼關係。」

「然後我就來找妳,結果妳不在,我調了監視錄影機,發覺妳被一台黑車載走之後,我就在這邊等妳回來。」

「……找我幹嘛?」

「妳是不是知道些什麼?」

「我什麼都不知道,我就只是被搶了,我怎麼可能知道什麼?」

「妳知道,如果妳不幫忙的話,他很有可能會死的,妳希望這樣嗎?而且,死的可能不只一個人。有可能還有別人,你知道嗎?搶妳的兩個人,可能另外一個人也會死,這……不是妳想要的吧?」

「我不知道——」

「——我不知道到底發生了什麼事,可是,我看得出來,妳不是關鍵人物,妳只是個小角色,對吧?」

玉眕沒有說話，賴正男則是端詳著她。

「妳當初掉的東西，是什麼？毒品嗎？妳那時候是不是在幫忙運毒？」

玉眕想要關門，可是賴正男卻立刻伸出手，按住了房門，不讓玉眕關上。

「昨天晚上呢？有人看到妳被兩名大漢帶走，妳到底去了哪裡？離開醫院之後，妳真的是直接回來嗎？妳說了謊，為什麼要說謊？妳到底知道多少？」

「我不知道你在說什麼。」

「妳已經決定要當共犯嗎？」

「賴警員，我已經跟你說過好幾遍了，我不知道你在說什麼，請你不要再擾民了！謝謝！」

「玉眕，妳能夠救他們一命的！妳想清楚，好嗎!?他們或許是傷到了妳，可他們應該要接受的是法律制裁，不是私刑，我不知道你們打算要怎麼對付他們，可是，那是錯的！」

「……請離開，拜託，請離開吧。」

「妳……我瞭解妳可能是因為……還在替他們工作，妳怕他們對妳不利，可是，我們有辦法保護妳的，妳知道嗎？這我們能夠做到的，我們有證人保護計畫。」

「……我不需要。」

「妳想清楚，好嗎？這也是為了妳好，妳……妳不會想要繼續過這樣子的生活吧？我是說，那種工作、那樣的生活方式——」

「——我・不・需・要！」她用力地、一個字一個字地說。

賴正男的手不自覺地鬆了開，玉呤轟的一聲便把門摔上。她站著，瞪著門板，過了許久之後，她的憤怒才漸漸消退。她走到床邊，緩緩坐下，氣還喘著。她知道他沒有惡意，甚至不一定是那個意思，然而，她還是控制不了自己的怒氣。直到過了好幾分鐘之後，她才想起先前萬姊交代的事情，趕忙拿起手機，找出號碼，可她沒有立刻按下。

她第一次知道那人叫李德誠。她不知道那人怎麼了，也不知道另外一人怎麼了。

她真的不知道。

真的……

只是，她好怕自己這通電話撥出，賴正男會怎麼樣。

可是，如果她不撥，會怎麼了的，或許便是她。

「玉呤，怎麼了？」黑馬的聲音響起。

第十三章

萬姊©

「工廠」第一層的格局與第三層類似，不過，因為低了兩層的關係，空間更大一些，設計也不同，廁所設在了靠近船尾位置，除此之外的空間一體成形，船頭處設計有一個小型的舞台，上面擺有音箱與現成的樂器，吉他有兩把、貝斯也有兩把，爵士鼓則是為了省空間而用電子的，就連較少出現的鍵盤也都有，隨時都可以插電表演，在最側邊，還放有完整的音控與DJ刮盤。也因為這裡是設計成一個小型的表演場地，並沒有特地設計沙發或椅子，只在兩側的牆壁上設有摺疊桌、摺疊椅，在需要的時候便可以拉放下來，而在船尾處，還擺了一個半露天的咖啡座。

如今，萬姊便坐在那咖啡座，喝著冷泡茶，吃著簡單而不怎麼甜膩的茶點，讀著今天份的財報。

她是可以上到第三層，進到後面的獨立寢室閱讀，不過，一來是愈高層晃動愈強烈，她其實不是很能承受暈船的感受；二來是她不想要跟小弟們待在太近的空間，那樣會給他們不少壓力，她不大喜歡；最後，她喜歡海風跟自然光，平時總是吹著冷氣、坐在僵硬的辦公桌前，現在，她想換個環境換個心情。

咄咄咄咄。

她聽到了腳步聲，便看向了樓梯，一名小弟從底層爬了上來，手上拿著好幾張紙。

「萬姊，那個叫阿誠的寫完了，李堂主說請妳也過目一下。」

「這麼多張？」萬姊微笑，伸手接過。

「是啊。」

「那個叫阿豪的呢？」

「還在寫，不過沒寫多少。」

「提醒他一下有時間限制的，知道嗎？」

「是。」

小弟退下，萬姊便將信紙攤平在桌上。阿誠本來的字跡便不怎麼好看，加上情緒激動的關係，更顯潦草，上面有不少刪刪改改的痕跡，也有些許字他寫不出來，便用注音代替的情況。萬姊細細讀起，將那足足有五張十面的信從頭至尾看完，確保裡面都沒有提到任何與他們犯罪行為相關的事情，甚至，她也花了點時間查看其中是否有藏頭、藏尾的密碼，不過，沒有，至少她看不出來。

阿誠的信從道歉開始，向父母抱歉，抱歉惹了很多麻煩，讓他們擔心擔憂，為曾經對他們口出惡言、多年不聯絡說聲對不起。後面的，則大都是講些瑣碎的回憶，例如小時候父親帶他去遊樂園然後一起坐雲霄飛車的刺激回憶、又或是母親在他國中的時候帶他一起去逛市場的日子。他文筆想當然耳不怎麼樣，可是他講的事情，卻很真實，感覺得出他道歉的誠摯，以及，雖然沒有寫在紙上，卻能明顯感到的愛。

那甚至，讓即將處理掉他的萬姊感到丁點的罪惡感，不過，也就只有丁點。因為將死，而有所感悟的人太多了，那並不足以說服萬姊留下他的命。

她將信紙放下。

「萬姊，餐點準備好了。」

一名小弟從上層走下，雙手各端著一個盤子，上邊盛滿了看起來可圈可點的菜色。小雞跟了萬姊滿多年，在其命令下被迫跟管家學了不少，所以出門在外需要自行烹煮的時候，便大都交由他處理。

「送給他們吧，還有，提醒他們一聲，只有半小時。」

「是。」

她再度低下了頭，閱讀起財報。

$ $ $

萬姊踏下了底層船艙，腳才下去，甚至連人都還沒有見著，阿豪的哀求聲便又響起。

「萬姊！萬姊！告訴我，妳要我做什麼！我都能做！拜託了！拜託了！」他的聲音徹底嘶啞了，可迴盪在封閉空間中，絕望也更明顯。

「媽的，給你嘴巴是讓你吃飯的，別在那邊靠腰！」

看守的傢伙說，又狠狠揮了一拳去，阿豪吃痛，卻沒有閉嘴，還在懇求著。萬姊看了一下，他的餐盤幾乎沒有怎麼動，只少了一點點的牛排跟蝦子，倒是配餐的酒喝乾了；反過來說，阿誠就不同了，盤子上只剩下蝦殼與沾有油水的濕紙巾，配餐酒倒也喝了個乾。

他的神色勉強鎮定，雖然，他的手腳也在顫抖著。

「既然他沒有要吃，就把他嘴封住吧。」萬姊看著阿豪說。

看守的小弟立刻照做，拿了塊抹布便塞進他嘴巴，於是，連篇長串的求情便成了難以理解的嗚嗚聲。

「可惜了這盤食物。吃得還好嗎？」

萬姊招招手，差小弟讓出胯下的摺疊椅，拉了在阿誠的對面坐下來。

「很好、謝謝，吃得很飽。」

「你的信我看過了，之後會幫你寄出去，不過，會是影印的版本。」

「影印的？」

「科技進步，信紙上面是可以留下很多證據的。」

不只是指紋，現在的科技已經進步到能夠分辨出原子筆是哪個品牌、信紙可能曾暴露在海風中之類的情報，甚至，如果他曾經滴了口水又或是淚水在上面，其DNA也都能夠分析得出。她沒有打算要冒那險。

「嗯……」

「還有想要什麼嗎？最後一根煙？還是最後一杯酒？」

阿誠搖搖頭。

「那就——」

「——抱歉！那個……」阿誠欲言又止，萬姊卻是點點頭，讓他說下去：「有K嗎？或是，任何毒品都好。」

「這樣也太舒服了吧？」她微笑反問：「答案是不行，只不過，那是因為我們沒有人會用

K的。」

「……知道了。」

萬姊點點頭，站起了身。

「槍。」她輕聲說。

小弟立刻將槍掏出來，交給了萬姊。那是把普通的Glock，前面已經裝上了消音管。在地上的阿豪發出更猛烈的嗚嗚叫聲，抬著頭，眼淚不斷流，然後，只聽得噁心的噗噗聲響，濃厚的臭味便傳出，顯然，他拉在褲子上了。這種事情總是會發生，這也是為什麼他們總是會鋪上防水布，就是要方便清理。萬姊皺了皺鼻子，將槍口對準了阿豪的眼睛，隨後便扣下扳機，嗖的一聲，哀鳴聲戛然而止。除非是要讓新來的小弟宣示忠誠、踏上不得回頭的那一步，她總是親自動手。

唯有這樣，她才能一再提醒幫眾，她不只是什麼只會算數學、看資料、搞些奇怪改革還把髒事情交給下面人去辦的傢伙，她或許寬厚，或許願意溝通，可到需要動手的時候，絕對心狠手辣，不怕弄髒自己，這，是她要的形象。比男人更狠的女人，比男人更有肩膀的女人。

在旁邊待命的小弟拿好了早前備妥的鐵鍊，開始替阿豪纏上，之後沉水的時候，便不必擔心會浮起來了。

「阿誠，準備好了嗎？」

「我、我還以為會活餵鯊魚的。」

「我們在台灣海峽，沒有很多鯊魚，搞不好放一小時都沒有。」

「喔……」

「而且，沒必要的時候，我沒有那麼喜歡浪費時間去折磨一個人，只要大家留下這印象就好。」

「……是。」

「相信我，一瞬間就結束了。」

「真的……不能夠……」

「不行。」

「可是，可是我已經盡可能配合了！我一直都好好表現的……」阿誠說。

「我瞭解，可是，我也說了，我不需要被抓到後才學會配合的人。」

滴滴答答，椅子開始滴水，原來，阿誠也嚇到漏尿了，尿很黃、很騷，他皺著一張臉，眼淚不斷流，頭也轉向側邊，不敢看向槍口。

「我知道錯了……我真的知道……」

「所以讓你輕鬆愉快地結束。」萬姊淡淡說。

嗖的一聲，阿誠的嘴巴張了開，頭向後仰，尿水仍然滴滴答答地滴下，只是，染了點紅。

「記得檢查一下有沒有塑膠吸管或是垃圾，別一起丟下去了。」

「是。」

萬姊將槍交回給小弟，隨即爬向上層，小弟們則是訓練有素地將阿誠也打包。他們拖著防水布，將兩具屍體連同鐵椅拉到了船的正中央，那個專門用來投放屍體的閘門處。

萬姊坐在車上，電話響了，打來的是小龍。她伸手接起，微笑已經在嘴角掛起了，雖然還沒有聽到，她直覺便知道會是好事情。

「小龍，請說。」

「那個……市長答應今天晚上吃飯的事情了。」

果然是好事，她的微笑更深了。

「餐廳需要換嗎？」

「不必，他們都覺得萬姊選的點很好。」

「那太好了，謝謝你們居中牽線。」

「應該的。」

兩人都沉默了一下。

「小龍，都更的事情，你還沒有告訴我需要幫什麼忙。」

「喔，其實那件事情是昨天才知道的，因為忙的關係，我還沒有去瞭解，所以……」

「要的話，我可以現在派人去幫你瞭解一下。」

「謝謝萬姊的關心，不過，行的話我們便自行解決，不勞煩您比較好。」

「小龍你倒是客氣了。是哪個區的？」

「……在衛文營那一區。」

「我會幫你留意一下，如果有什麼特別的，會讓你提前知道的。」

「是，那就先行謝過了。」

「好說。」

「那……我沒事了，不打擾萬姊了。」小龍說。

「一點都不打擾，晚上見。」

「是，晚上見。」

小龍語畢，便掛上電話。

他的聲音聽起來比往常低迷得多了，不過，那也是當然的，畢竟，在看了她握有的把柄、發覺自己所搭的船一直都是航行在滿是冰山隨時可能會撞沉的海域後，他當然不可能開心得起來。她很滿意這個效果。她想起了曾議員在午宴時所露出的僵硬假笑，以及離開時滿懷恐懼的禮貌，感到加倍的愉悅。

她換了一首節奏性強烈的歌，是Nikki Yanofsky的〈Necessary Evil〉，她學不來那唱腔，也跟不上她那有些特別的韻律，可是，她還是跟著哼，享受著每一個音符的清澈、每一個小節的清脆。

$ $ $

萬姊回到家之後，便走向了大宅的後院去，在那邊，管家已經備好了一個簡單的鐵桶，以及一整桌的供品：乖乖桶、旺旺仙貝、科學麵、品客洋芋片披薩口味、元本山海苔、盛香珍小魚干花生、多力多滋起司口味配莎莎醬、樂事原味、波的多蚵仔煎、卡迪那、星巴克蛋捲、Godiva巧克力各啪數、德國製Goldenberg小熊軟糖、綠標威士忌、絕對伏特加、貝禮詩奶酒、金牌啤酒、金門家配五十八度高粱酒、琴酒、紅酒、利樂包奶茶、罐裝紅茶、保久乳、礦泉水、運動飲料、柳丁、鳳梨、香蕉、蘋果、芒果、火龍果、西瓜……簡單說，豐富得是應有盡有。

雖然沒有牌位，可這些供品是要給誰的，大家都清楚明白。

萬姊點了擺在桌上的香，握在手中，默禱幾句阿彌陀佛，祝其在天之靈得以安息，若是輪迴轉世也能投胎到富貴之家，隨後，她雙膝一跪，便對著供桌行了鄭重的三跪九叩。她每一次的叩頭，都用上了力，撞得她額頭生疼，力道之大，甚至令其發紅，而她撐在地板上的雙手，更是因為用力的關係而發抖。結束了三跪九叩，她站直了腰桿，雙手握著香，口誦佛號，而後朗聲唸了一遍大悲咒，這才將香插上香爐。

萬姊結束之後，幾名也曾登船的小弟們這才上前，在小雞的號令下，他們接過了香一字排開，開始重複萬姊曾經做過的一切。

而萬姊，則是走到那早就準備好的鐵桶邊，拿起擺在一旁的金紙。她先抽出了兩張，以打火機點燃丟入桶中，做為引子，跟著，她將手上的金紙一張張地抽起、捏皺，使其能夠輕易接觸空氣，助於燃燒；每拋一張金紙入火爐，她便唸一次「南無大慈大悲救苦救難觀世音菩薩」。

其實她並不是個迷信的人，只是，俗話有云，寧可信其有，不可信其無，她手下幫眾信奉民間信仰的人數不少，更有一些是會跳八家將，或是去參加媽祖抬轎儀式的，她沒想要標新立異，於是手下會做的事情，她便也做足了全套。

半小時後，她才燒完了手上的所有金紙。

結束了宗教儀式，她便逕直上樓，管家已經事先放好熱水，也調好草本精華的泡澡香精在水中，她脫下身上被線香與金紙熏臭了的衣服，丟在角落，隨後拿起蓮蓬頭，沖掉了海風、燒金紙時出汗所帶來的黏膩，以帶有微微乳香的沐浴乳洗去身上的檀香味後，便要坐入浴缸中，可是，她連腳趾頭都還沒有碰到熱水，她的電話便又響了。

「怎麼了？」她接起來，口氣冰冷。

「萬姊，是我，抱歉打擾到妳，只是那個叫玉呤的婊子又打電話過來啦！」說話的是李堂主。

「怎麼了？」

「她說，那叫做賴正男的臭條子又去找了她一次，而且，警察有看到她是被我們送回去的，然後，聽那婊子說，他似乎是懷疑阿誠阿豪被我們處理掉了。」

「該死的，瞭解。」萬姊咕噥：「我——」

「——萬姊，要我打給所長還是——」

「——不，沒關係，我親自處理就好。」

「……是，知道了。」

萬姊掛了電話，伸手快速地撥給小龍。她沒有打給曾議員，是因為知道這件事情其實是小龍一手主導的。

「萬姊，請問有什麼事情？」

「小龍，記得昨天我們送錢給你們，請你們把事情壓下來嗎？」

「記得。稍等我一下，我換個地方談。」

萬姊沉住氣，等著，十幾秒後，小龍才又開口說話。

「萬姊，可以了。」

「請問一下，你們現在是在玩兩面手法？」

「……我不太懂萬姊您的意思？」

「有一位警察還在追我們，四處打聽跟飛車搶劫有關的事情，甚至還問了今天中午的事情，我想問問，這事情，是你們授意的嗎？」

「絕對不是，我完全不清楚。」

萬姊思考了一下，感覺起來，小龍並沒有撒謊，尤其是在中午過後，她不覺得他還有膽量撒謊，甚至，如果真是他們授意的，恐怕中午之後他們也會自行叫停才是。

「我們真的很抱歉，我現在就著手去處理，我們也願意補償，歸還——」

「——不必。小龍，有可能是你們內部衍生的問題嗎？」

她臆測，或許是前進派系與其他的黨內同志起了衝突，波及到她。目前，她仍然被多數人視為前進派系的支持者，自然是對方想要拔掉的一個人，會這樣四處打探、尋她軟肋，並非全無可能。

「我……不清楚，但我保證，我會查清楚，給您一個交代的。如果是我們內部的問題，曾議員也一定會儘可能解決的。」

「名字是賴正男。」

「賴正男，好。」

「需要我出手的話，也說一聲。」

「是。」

「我希望晚餐的時候就能得到結果。」

「我會儘快的。」

「瞭解，等你消息了。」

萬姊掛了電話，看著蒸騰的水氣思考了半分鐘有，這才放起音樂，泡入熱水之中。

「啊……」

她發出一聲舒服、放鬆的輕嘆。

$ $ $

萬姊所搭乘的車子在六點三十分的時候，停靠在一棟大樓門前，站在路邊等待的，正是昨天請她吃飯的教授兼校長候選人陳易聖。副駕駛座的小弟搖下了窗，伸手招招示意上車，陳教授這才敢伸手拉開車門。

「萬姊，您好。」門一開，他便問好。

他沒敢直接坐進來，而是站在車外半彎著腰抱拳致禮。

「陳先生，請坐吧。」

「是，謝謝。」他點點頭，這便彎了腰，鑽進後座，隨後伸手關上了門。

賓士小心地切回車道，平穩駛向目的地。

「那個，其實我是真的可以自己開車——」陳教授說。

「——這樣方便很多，給他們的印象也好。」

「喔，是。不管如何，那個，真的是謝謝萬姊您願意幫忙。」

「我只是幫忙牽線，不過，能否冰釋前嫌，就看你自己了。」

「是、是，可光是您促成這次機會，我就是千恩萬謝了。」

「言重了。」

「不，我是真的很感激的。」

萬姊微笑一下，沒有回話，於是陳教授也就沒有再說話，安安靜靜地聽著賓士車上所放的音樂。

「陳先生，我聽說你們學校最近有打算要成立醫學院，最近還成立醫學科技所，是嗎？」

「萬姊你知道的真多，確實是有成立啊，現在已經第三年了，招生算是還行，不過，醫學院這件事情是都有在討論，但一直沒有進度，畢竟這是一筆很大的資金，我們城市又已經有一間醫學院了，所以到底要不要做，校方與教育局那邊沒有共識……」

「我覺得成立醫學院不錯，對我們都市發展、減緩人才出走會有好處的，尤其是掛上你們招牌的國立醫學院，應該會是很好的。」

「喔……喔。」陳教授思考了一下，這才意會過來：「是，我同意，我自己也是這樣覺得的，這件事情是真的應該要推動。」

「說起來，我也聽說最近你們要翻新宿舍，是嗎？」

「這個好像也是有的。」

「我能夠推薦你幾個很不錯的廠商。」

「那、那就真的太感激了！」

「這也不算什麼，正好你們有需要，我又有熟識的門路，剛剛好湊合在一起，何樂而不為呢？」

「是啊。」

「對了，陳先生，我從來沒有聽你說過家裡的事情呢。」

「家裡的事情？」

陳教授露出有些不自在的神情。

「呵呵，陳先生可別想太多了，我就只是想要與你認識一下，沒有任何惡意的。」

「是、是。」

「陳先生應該已經結婚了？」

「是的，還有兩個女兒。」

「女兒啊，那挺好的，應該比較體貼吧。」

「還……算是吧。」

「各幾歲了呢？」

「大的已經在工作了，小的才剛要上大學。」

「喔？兩個女兒歲數差很多嗎？」

「啊，是，差了八歲。」

「原來如此。」

「是、是。」

「小女兒現在是讀什麼學校什麼校系呢？」

「啊，在台大，讀的是外文系。」

「真是優秀。」

「不敢當、真不敢當，算是有些小聰明這樣子。」

「陳先生真是過謙了。」

「不、不，真的……普通啦。」

「大女兒呢？」

「她現在在一間婚友社公司上班。」

「喔，聽起來不錯。」

「還算不錯，我一開始是不太懂，也一直覺得她應該要去晶圓工業比較好，不過，現在看起來，還真的是個很有自己市場的產業。」陳教授說。

萬姊微笑點頭，可沒再接話，陳教授感覺到有些尷尬，也就住嘴。音樂播的是Meghan Trainor的〈Like I'm gonna lose you〉，萬姊輕輕跟著律動搖晃。

「陳先生聽過這首歌嗎？」

「嗯？」陳教授凝神細聽了一下：「可能沒有。」

「陳先生不太喜歡聽歌嗎？」

「會聽，可是……可能老歌我比較熟，怎麼說，很久沒有認真去聽這些新的流行歌了。」

「瞭解。」

「不過滿好聽的。」

「我也覺得。陳教授喜歡什麼樣的樂團？Eagles？」

「那是一定的，還有Simon and Garfunkel，不過，不知道萬姊您——」

「——當然知道。」她笑笑，拿起了手機。

十秒鐘後，音樂便換了，是最經典的那首〈The Sound of Silence〉。陳教授笑了笑，轉過頭想要再講些跟音樂有關的話題，萬姊卻沒有看著他的方向，反而是張望窗戶外面的交通車流，於是他便收起了笑意，正色瞪向前方，聽著音樂放空。

「這首歌，確實是很經典的一首，直到現在都還有不少人翻唱呢。」萬姊在歌曲結束的時候淡淡說。

「是。」

「還有喜歡什麼別的樂團嗎？」

「披頭四。」

「喔，他們，呵呵，雖然這樣說有些無禮，可這不是理所當然的嗎？」

「哈哈，是。」

「陳先生最喜歡哪一首？」

「應該……是〈Come together〉吧。」

「原來如此，那一首確實是很不錯。」

「是啊。」

「說起來，陳先生對於市長怎麼想？」

「市長？」

「是的，市長，我很好奇你的意見。」

「我……我現在知道當初錯了。」

「真的？」

「真的。」

「錯在哪裡？」萬姊問，他的眉頭抬得老高。

「我們不該……撕破臉到那種程度的。」

「那，確實是。」

陳教授看著萬姊，萬姊也回看他。她沒有繼續說下去，似乎還等著他說話，只是陳教授不太確定萬姊想要聽到的是什麼。他這一路上，明明跟萬姊說了不算少的話，可堆積起來的，卻不是認識，而是更多的困惑。大概也是因為，他沒有膽問她任何問題的緣故吧。

「陳先生，現狀，當然是不可能現在就改變，可未來，你有興趣跟我一起改革嗎？」

「改革……」陳教授緩緩重複。

陳教授不是笨蛋，他知道，現在已經不是普通地在搏感情了，她是認真的。改革這兩個字背後的意義，他知道。

「對，改革。」

「我……我當然願意。」

「那麼，我會期待的。」

陳教授點了點頭。

「今天晚上，我們吃的是日式餐廳，你吃生魚片嗎？」

「……不太吃。」

「這是好事，我聽說，就算是海魚，也是有可能有寄生蟲的，如果真的中標的話，對身體會是很大的負擔。」

「是。」

「我會請他們多準備一些你能吃的料理的。」

「這……也不需要這麼麻煩。」

「一點也不麻煩，畢竟，吃得愉快最重要，不是嗎？如果只有少數人在吃，飯怎麼能吃得香呢？」

「……嗯。」

第十四章

小龍

「That fucking bitch, how the fuck and where can she...」

一坐入副駕駛座，曾議員便忿忿不平地咒罵，只是，他沒說完那句話。小龍也不知道該要接什麼好，於是便只剩尷尬的沉默懸在空氣中。平常曾議員會坐在後面發懶的，可今天他沒有，這代表他是認真有事情想要與小龍討論。小龍發動了引擎，將車子倒出停車位，開到了停車場的收費處。收費員看到是小龍後，立刻便將擋柵升起，猜測，是萬姊已經付了錢。離開陰暗的停車場，車子便開上了川流不息的大馬路，雖然太陽還高掛，不至於有太多的陽光曬進來，冷氣也正常運作，涼快得很，可兩人的心情卻不是一般地浮躁，體溫高得沒有辦法忍受。

「小龍。」

「是？」

「你覺得她到底怎麼拿到的？」

「我真的不知道，但……我們裡面一定安插了她的人。」

「可是，能夠接觸到那些機密的，也不就只有你了嗎？」

「議員，你懷疑我嗎？」

小龍靜靜地問，視線還是放在了眼前的車況。

「我當然懷疑。只是，想也知道，這就是他們要的效果，That dick-sucking whore!」他又咒罵了一聲。

小龍沒接話。看到萬姊手上握有如此證據，能夠一擊將他與曾議員給扳倒，他怎麼可能沒有怨言？只是，他心底也明白，會走到這個程度，恐怕曾議員要承擔的責任更大一些。他實在無法怪罪萬姊為了保護自己的利益而出齷齪手段，畢竟，那便是他們這些政治人物一直以來的作為。只是她到底怎麼做到的？

「媽的，到底是誰？」

小龍還是沉默著。

「你覺得她有沒有其他人的把柄？」

「恐怕有。」

「Fucking A.」他咒罵一聲：「我們該怎麼辦？」

「議員，誠實的答案是我不知道。」

平常，若是小龍膽敢回答不知道這三個字，曾議員只會不爽地罵上幾句，要他立刻去做功課，在半小時之後回答他，可這次，他沒有。他只是咬了咬自己的大拇指指甲。

「God damn it.」曾議員又一次罵：「Fuck that bitch.」

小龍開著車，然後，緩緩開了口。

「議員？」他試探地喊聲。

「怎？」

「我剛剛說了我不知道，不過……」

「說就是了。」

「我想萬恬是沒打算要趕盡殺絕的，否則，她大可直接出手。如果我們好好跟她配合的話——」

「——跟她配合？在她的手已經抓緊了我們的蛋的時候？」

「但她還沒有真動手。」

曾議員斜眼瞪了他一眼，鼻子沒好氣地哼了一聲。

「她隨時能夠扯下來了。」

「可是她沒有，她不想要全面開戰，而且，我們才談到了一個算是不錯的收數方式，如果她真的想要——」

「——對，但未來我們每一次的談判都會落在下風。」

「……是。」

車子靜靜地開著。

「我要反擊。」

「議員，我們沒有什麼手段或管道。」

「現在就開始培養，不一定要立刻能夠見效，可我們要是不扳回這一城，我們只會死得更慘，你懂嗎？」

小龍點點頭，可他其實不怎麼認同。

「怎樣？你覺得這計畫很蠢是嗎？」

曾議員看出了他的表情，但，那是因為小龍沒有刻意要藏。

「議員，如果讓她知道我們想要反擊的話，我們的下場可能……會更慘。」

「Hell right we would be.」他咕噥一聲，表示同意。
「議員，我們先靜觀其變吧？如果沒必要的話，就還是……如她所說的和氣生財吧？」
「哼，大概也只能這樣吧。」
過了好一陣子之後，小龍才又開口。
「議員。」
「What?」
「萬恬說今天晚上就想要約市長談校長選舉的事情，你……要不要打個電話？」
「她說今晚就今晚，我是她的狗嗎？」曾議員沒好氣地回嘴：「去他媽的今晚。」
小龍抿了抿嘴，沒說話。
「Motherfucker.」
曾議員低聲罵了一句，隨即便翻出手機，搜尋起通訊錄，找到市長的電話，撥了過去。
「曾議員，怎麼了？」一接通，市長便問。
市長的嗓門很大，平時就算沒有開免持聽筒也多少能聽到，在這輛沉默的車中更是清晰可聞。曾議員對小龍做個不耐煩的鬼臉，才以極其禮貌的口吻說話。
「市長，是這樣子的，我這邊有一個來自萬恬的邀約，她想要在今天晚上跟您見上一面——」
「——萬恬找我幹嘛？」
曾議員翻了翻白眼。只要她不打斷，他自然會說清楚的。

「她想要與您討論一下那間國立大學校長選舉的事情。」

「她？為什麼？」

「她想要支持另外一個候選人，那個陳易聖。」

「……陳易聖？跟她說我沒興趣，不必試了。」

「市長，她還滿堅持的，然後我自己聽了她——」

「——議員，你知道今天下午聖母教堂，你陳伯伯會出席一場『全家聯盟』的會議嗎？」

「……不知道。」

「你今天早上真有去找他嗎？」

「真有，但他真的沒有跟我說。」

「不重要，你去探探情況，跟那些人聊一聊，看看能不能搞清楚他們到底要怎樣。」

「是，知道了，只是，市長，萬恬那邊——」

「——議員，我沒興趣。」

「市長，陳易聖的能力是夠強的，至少，比——」

「——然後他還戳了我們好幾刀。你為什麼要幫他說話？收了姓萬的好處？」

「這個……我欠她一份人情。」

「人情？」

「這個……」曾議員一下子說不出口。

「算了，不重要。」

「市長，很抱歉給您添了這個麻煩，不過，萬恬畢竟是我們的盟友，至少聽過再拒絕的話——」

「——你比較好交代。那就九點吧，在哪吃？」

「萬恬說是去春秋，她請客，不過，如果市長您有別的想法的話……」

「春秋嗎？還真是大手筆，看起來她很認真啊。」

「是。」

「就春秋吧。不管怎樣，你陳伯伯那邊的事情別忘了。」

「是。」

「再見。」

市長掛了。

「直接去聖母堂吧。」

「好。」

$ $ $

曾議員雖然是臨時表明要參加，主辦人卻未多加刁難，反而是張開了雙手歡迎他們進入。畢竟，他們也知道他是為了什麼而來的。不過，也因為他們是臨時來到，位置並不好，被安排在邊陲地帶，與陳伯伯所在的核心位置離得老遠，他們只能遠遠觀察情況。

「我認為貴組織應該學會讓張先生不要再出來搶風頭。」

「他有什麼問題？說什麼搶風頭，最一開始這件事情本來就是由他在帶領的吧！」

「他的通姦罪讓我們都很難看，拜託，不要再出來丟我們的臉了。」

「他已經誠心認錯了，所以這不是問題……」

「這就是個問題！讓這種有道德瑕疵的人來談道德，怎麼不是問題！」

會議的名義，是討論要如何拉抬聲勢、動員更多人參加連署，下一步棋又該要怎麼走；不過，實質上的內容，卻是不同教派間互別不是、試圖搶佔利益收割的最好位置，整體來說，同他們政黨數十年如一日的派系鬥爭沒有兩樣，甚至，政治算計還差上許多，頗為無趣。

真正有趣的，是陳伯伯、敵對黨禿頭候選人、敵對黨議員、同黨中偏保守派系的議員都有出席，某程度上來說，這個宗教價值還真的是凌越了政黨色彩，促成另一種團結，事實上，現在陳伯伯正與禿頭候選人有說有笑，畫面看起來十足怪異，也預示了未來選情的嚴峻與不穩定。

小龍抄寫筆記到一半，便感覺到口袋震動，他先是寫完手上的重點，才有些不耐煩地將手機掏出。

來電顯示是萬姊。那讓他倒抽了一口氣，幾乎是要解除炸彈般地趕忙接起。

聽到她所要談的內容後，便快步跑出會場，到了教堂外的一棵樹下、確定周遭沒有任何閒雜人等後才繼續講話。他每講一句，便更加侷促不安地四處張望，既是談起了他們的骯髒交易怕被別人聽到，更是因為萬姊的冰冷質疑。掛了後，他便又直奔回會場內，輕輕拉了下曾議員的袖子，示意出去談話。

曾議員抬了抬眉，小龍再度點頭，示意事情嚴重，曾議員這才起身跟出去。

「議員，有狀況要處理，我得要出去一趟。」

「怎麼了？」

「萬恬那邊。」

「萬恬又怎麼了？」

他露出集合了詫異、不耐、緊張等三種情緒的表情，緊張明顯較多。

「現在還有人在追案，所以，她懷疑我們在動手腳，收錢不辦事，故意要找她麻煩。我們得要立刻處理。」

曾議員的眉頭鎖得死緊，再度將大拇指放進了嘴巴去啃指甲。

「你覺得是哪個王八羔子在搞我們嗎？」他思考之後才問。

「萬恬也有這樣想。」

「是誰？」

「我只知道警員的名字，我之後會再往更上面查。」

「快點把它處理完吧，我可不希望晚餐的時候……」

他沒有說完。

「議員，還有一件事情，我等等也要順便辦，跟你報備一聲。」

「說。」

「我們得要給〇〇派出所送一筆，今天早上發生的，是後續支出，我還沒有時間去辦，我想等下順便去弄。」

後續支出代表什麼，兩人心照不宣。

「當然。」

「我想先墊一百，之後再跟萬恬——」

「——這時間點上你敢跟她要嗎？」曾議員露出有些無奈、也有些不爽的表情。

「這個……一碼歸一碼吧。」小龍說完，也不禁苦笑。

「哈，是。去吧，隨時告訴我進度。」曾議員搖頭苦笑，但也笑出了聲。

小龍點點頭，轉身走出教堂的外側大門，伸手就開始招計程車，一分鐘後，一台計程車看到他，來了個漂亮的大迴轉停在他的面前。他才開了車門還沒上去，便聽到曾議員在身後喊他。

「稍等一下。」小龍向司機說，隨即走向了小跑步出來的曾議員：「請說？」

「小龍，或許我們能趁機把這件事情做成她的把柄。」

「議員，這個我不是沒有想過，否則我剛剛便會向你提議了，可是，這件事情，恐怕是弊多於利。」

畢竟，壓案子是他們首肯的，錢也是先由他們代墊之後才要找萬姊報銷的。更重要的，是他們沒有任何可以送萬姊進監牢的犯罪證據，而他們做為公務人員施壓吃案，非但可能摧毀他們的政治生涯，更能讓他們進去蹲上好幾年——簡單說，這是個很蠢的提議。

「……好吧。當我沒說。我剛剛沒想清楚。」曾議員嘆氣：「只是靈光一閃。」

「議員，你也忙你的吧，我會儘快辦妥的。」

「嗯，去吧！」

小龍坐上了計程車。

「××派出所，謝謝。」

$ $ $

所長一聽到小龍來了，立刻便走出辦公室迎接，臉上掛著一燦爛已極的笑容。

「龍先生，沒想到這麼快您就又大駕光臨啦。」

「有點事情想要跟您談一下。」

「喔喔，好，當然好，那我們進辦公室吧，比較安靜。啊，您想要喝點什麼嗎？」所長邊帶路邊問。

「不必。」

「相信我，之前有一個女記者來，送了一款很不錯的烏龍茶，您先進去等我一下吧。」

「真的——」

「別客氣、別客氣。」

小龍看他執著，也就不再推辭，點點頭便先進了辦公室去，不過，他也透著還沒有闔上的百葉窗往外看，觀察著辦公室內的人與氣氛。大概三分鐘後，所長便捧著兩只正冒著白煙的杯子踏入辦公室，擺到桌上，坐入了他的滑椅中，小龍則順手替他關上了門。

「喝喝看吧！很不錯的，還挺回甘呢。」

「不介意吧？」小龍問，同時間已經伸手轉動了百葉窗的控制桿，將其闔上，遮擋了內外空間。

「當然不介意。」所長說：「所以，龍先生今天來是有什麼事情呢？」

看他表情就知道，他很希望再多幫小龍幾個忙。

「所長，我想請問一下，您知道誰是賴正男嗎？」

「喔？當然知道啊，我們一個警員嘛，我們大家都叫他正哥呢。昨天那件飛車搶劫，原本就是他承辦的啦。龍先生找他有什麼事情嗎？」

「他在辦公室嗎？」

「在吧……等等，嗯……好像沒有？」

所長思索了一下，卻想不起來，索性便站起走到了窗邊，掀開一條隙縫往外看。

「……好像不在。可能出去值勤還是簽巡邏箱了。」

「那沒關係。好奇問問，他人如何？」

「智障一個，」所長翻翻白眼：「他抽屜裡面的紅包啊，到現在都還沒有收呢，調來我們這邊都已經一年多了喔？說不收就是不收，那紅包已經變得像是一塊紅磚了呢。」

「從來沒有收過？」

「對，不過也不必理他啦，他在前一個派出所鬧了些事情，搞得大家都很難堪，他差點沒被打死，現在收斂多了，雖然不收錢，但已經不敢亂搞別人了。」

「也沒有那麼收斂。」

「不．會．吧？他又搞了什麼事情？該不會是開你們罰單還是抓你們酒駕吧？如果是的話，等他回來我就電死他。」

「不，他還在查昨天那件案子。」

「什麼？怎麼可能？我明明叫他把案子轉給別人了啊？他怎麼查？」

「我們得到的消息，便是他還在查。」

「真假？今天嗎？」

「是的，就是今天。」

「這雞巴混帳！我現在就打電話叫他滾回來──」

所長低吼，同時伸手就去撈桌上的電話，小龍立刻舉起了手，制止所長。

「──不必。」

「不必？」

「他今天幾點下班？」

「我看看……呃，六點。他現在是備勤時間，不知道跑去哪了。」

「沒關係。能先給我看一下他的人事檔案嗎？」

「喔，可以，當然可以啊，你等我一下，我找看看。」

所長轉過了身，拿出鑰匙解開檔案櫃的鎖，拉開抽屜，翻找好一陣子，才終於找到了賴正男的檔案。

「謝謝。」

小龍接過了檔案，翻開細細閱讀。他是警專畢業的，不管是筆試成績還是打靶、武術都不錯，甚至還有一面警用武術搏擊對戰的銅牌；相對地，他的考績卻不怎麼好看，大都是乙等，兩年前更吃了一支大過，不過，這都不是小龍在意的事情，他真正在意的，是他的家庭狀況，雙親健在，分別在工廠與信用卡公司上班，有一個妹妹，年紀是剛上大學，不過不知道是什麼學校的。

他將賴正男的住址以及聯絡方式默記下來。

「謝謝。」

他從口袋抽出一信封袋，夾入了檔案匣，這才交還給了所長。

「不會、不會。」所長露齒而笑，顯得心情很好。

「他有女朋友嗎？」

「好像沒有吧。我真的不熟。」

「我想看一下他的辦公桌，可以嗎？」

「當然可以，來。」

所長開了門，便帶著小龍到賴正男的辦公桌前。相比於其他人，賴正男的桌子頗為整齊，桌上放有一相框。小龍將其拿起，細細端詳，框內放的是一家四口的合照，四個人都笑得開懷，看起來感情甚好。一家人長得都不難看，不過妹妹卻是特別的可愛，白白淨淨，一雙水汪汪大眼加上嘟嘟的臉頰，是那種會讓人想要咬一口的女孩。

他將其放回原位，伸手便去拉抽屜，只聽空的一聲，是鎖上的。

「抽屜能開嗎？」

「可以，當然可以，等我一下喔……」

所長進了辦公室，只聽他鏗零鏘瑯地翻了一陣抽屜，之後便拿了一支鑰匙出來，交給小龍。小龍解開了抽屜的鎖，將其拉開，果然，裡面放有一個鼓脹的紅包。

「這裡面有多少？」

「八十。」

「不介意交由我轉交給他吧。」

「喔喔，這個……」所長一臉莫名其妙，但還是點了頭同意：「可以。」

「謝謝，今天就這樣了。所長，什麼都不用跟他說，懂嗎？」

「……懂。」

「打擾了，再見。不必送，沒事的。」小龍看到了所長的動作，出言阻止。

「喔好。」

所長沒再送他，帶著黑人問號回到了他的辦公室內。給小龍的那杯茶，動都沒動，於是他便仰頭拿起喝了乾。

$ $ $

紅瓦厝中，小龍坐在他以前坐慣了的那個位置上，看著周遭。牆壁上的那些名人簽名，好像比當初還要多了一些，但究竟多了多少，他也不清楚。他看著菜單，上面有不少品項已經被貼了起來，不賣了，其中一個便是他百吃不厭的高麗菜心。

「龍屁！真的是突如其來耶！幹，都幾年了啊!?三年？」

他抬起頭，看見好友老爹走近了他所在的那桌。他鋼絲絨一般的頭髮，跟他記得的模樣幾乎毫無二致。自然捲就是如此，數十年如一日，只是，黑髮中摻了些顯眼的銀髮。他滑進了小龍對面的座位，咧開厚脣大嘴，笑得可樂了。

「好久不見。」小龍說。

「啊你怎麼忽然有空了？我以為這時間你應該是要工作的。」

「我是要，只是……」

小龍聳了聳肩，話沒有說完。

「只是？」

「先點菜吧？」

「喔，好啊，老樣子？」

「可。」

小龍招招手，一名看來也就是大學生年紀的服務生便穿越了人群過來，手上拿著單子，等著。

「高麗菜心、豆苗蝦仁。」

「哈，您以前很常來齁？」女服務生笑著說。

「喔，怎麼說？」

「高麗菜心就只有你們這些老饕會點嘛。我媽是還有在做啦，但要先訂，而且現在季節不對，冬天才有。」

他不說，小龍還真沒有看清她的眉目。以前來的時候她只是個綁著沖天炮的小ㄚ頭，現在卻已經亭亭玉立。十年就這樣過去了。這中間，他始終沒有來吃過。這幾年工作，他其實路過了不少次，大可來這吃上一回，但他就是沒有來。

是老爹指定要吃這的。

「啊……那就蒜苗螺肉。」他改點：「中的牛肉湯。」

「抓餅、蔥油餅、豬肉捲餅各一份，冰油雞、蔥爆牛肉。就這樣。」

「好的，要飲料嗎？」

「我等等要騎車，沒辦法——」

「——給我一罐台啤金。」小龍說。

服務生點了點頭，這便走去。

「沒騎車啊？」

「沒，都搭計程車。」

「欸唷聽起來滿爽的。話說我還以為你不太喝酒的。」
「今天剛好有點興致。」
「啊你今天怎麼有空找我吃飯啦？」
「想說……真的人間蒸發太久了。」
「靠，你才知道喔，哈哈哈。」
「嗯，現在知道了。之前看到你臉書照片，你生女兒了，對吧？」
「喔喔！你還有在Follow我喔？意外耶。來，給你看看我寶貝女兒。」
他邊說，邊翻出了手機。那是一台用得稍微有點破舊的手機。老爹從來不是一個對隨身物品上心的人，看起來，他真的沒什麼變。老爹點開了相簿，開始曬起一張張的照片，也有影片，其中也穿插了幾張老婆抱著孩子的照片。小龍幾乎不認得那女人，他只在喜帖上、臉書上見過女人數次。老爹結婚那天，他人在國外考察，錯過了，只是託人送了一份結婚禮物與一萬二的紅包去。
但他們三個全都笑得很開心。
看到一半，他的手機響了。打來的是曾議員。他按了一下音量鍵，停了鈴聲與震動，但畫面仍然還亮著。
「你不接？」
小龍搖搖頭，看到老爹訝異地抬起眉毛，這才開口說話。
「想要好好安靜一下。」

「……你看起來還真不是普通疲倦。」

「看得出來嗎？」小龍問。

「當然啊！」

「嗯，確實是滿累的。」

「工作不順利？」

小龍遲疑了一下。

「算是，就很累。」

「也許請個長假休息一下吧？」

「……也許吧。」

「你看起來真的需要充電的感覺。」

「電力來了。」

小龍微笑說。

女服務生送來啤酒與杯子，杯子起了一層薄薄的白霜。小龍開了瓶，替自己倒滿酒，舉杯，老爹便也舉起先前女服務生倒好的熱茶，兩人輕輕撞了一下，叮的一聲，頗為悅耳。小龍一口就把所有的啤酒都喝乾，跟著便倒起第二杯，然後又乾。

「你還好嗎？」

老爹看著他那有些魯莽的喝酒方式，小心翼翼地問。

「也就那樣吧。」小龍淡淡地說，打了個空腹喝酒很容易起的酒嗝：「話說，之前你說能介紹女生給我認識，認真的？」

老爹眨眨眼。

「喔，可以啊，超認真。」

$ $ $

小龍為了將事情處理妥當，花了不少時間，所以，九點的晚宴，他是遲到了幾分鐘才抵達的。

餐廳的服務生確定他在賓客名單上後，便帶著他穿越豪華的大廳，兩側的落地窗外，能看到璀璨如同星點的城市夜景，也能看到燈火通明、人們仍然忙碌著上下貨櫃的船港。大廳的鋼琴上正有人演奏著，是非常經典的〈卡農〉，不過速度放慢了一些，好搭配用餐客人悠閒的步調。

服務生帶著他走只有員工才能進入的廚房通道，穿過了一小段可以看到廚師大顯身手的區塊，隨後拉開了另一扇門，引他進入一個雖然隱蔽、卻掛滿名畫、牆上壁紙與地上毛毯都是精挑細選過的走廊，而在最底部，便是一間獨立包廂。小龍只來過這裡幾次，多數都是萬姊招待的時候，僅有一回例外，是一名國營企業的大老為了爭取酬庸位置特地約了曾議員與一名立委，請求他們的幫忙。服務生敲了敲門，門上窺孔暗了一下，跟著便聽得喀啦一聲，裡內的門鎖解開，門才被向內拉開。小龍認得守門的人是一名萬姊的手下，叫做小雞。

小雞側開身子，讓小龍進入，服務生則是轉身離開。

「最近您與啤酒產商合作的活動，看起來是很受歡迎啊！前兩天還看到您親臨現場，上台跟樂團們一起唱歌，獲得不少好評呢！」

「妳可就別笑話我了，走音得離譜啊！」

「唱得好不好不是重點，您願意支持藝文活動、孕育都市文化才是重點。」

「哈哈，說得好。」

桌上只有常駐冷盤小菜與熱茶，酒瓶雖然開了，但還在醒，玻璃杯仍是空的，第一道開胃菜也還沒有上，萬姊雖然正在跟市長寒暄，仍然是抽了空，對小龍點了點頭打招呼，小龍也點頭回應，跟著便悄悄地繞到了曾議員的身邊坐下。坐在他們這一側的，除了有市長、市長助理跟曾議員外，更有另外一人，雖然小龍沒跟他說過話，但打過幾次照面，知道那是市長屬意的那名校長候選人廖教授。

廖教授神色不善，眼神沒有與萬姊身旁的陳教授相交，不過，小龍不在意，只是湊近了曾議員。曾議員露出不痛快的眼神，招招手，要他靠近。

「怎樣？」曾議員有些不悅地說：「想清楚了嗎？」

「嗯。」小龍靜靜地回：「我已經處理完了。」

「喔？」曾議員轉了頭，直視小龍雙眼，跟著便發問：「受傷了？」

「不需要在意。」

曾議員沉默一下，再度打量了下小龍，隨即點點頭。

「不會再有問題吧？」

小龍搖搖頭。

「確定？」

「確定。」

「〇〇派出所那——」

「——也送了。」

「……那就好。還有什麼我需要知道的嗎？」

小龍搖搖頭，曾議員跟著擺擺手，示意沒事了，兩人遂分開。

「小龍，你來啦。」

萬姊在與市長寒暄到一階段之後，便轉頭向他搭話。他已經很久沒有面對面與萬姊對談了，多數時候，他們都是在電話上來往，又或是像昨天那樣單純打個照面，以動作致意。他多少有點緊張，不過，不只是因為對談的關係。

「萬姊好，剛剛不好意思遲到了。」

「沒事，你應該很忙吧，畢竟是曾議員的左右手。」

「不敢當。」

「最近都還好嗎？」

「很好，很好，只是忙了點，不過，要忙的事情都處理完了。」

「啊，那很好，這種所有事情都解決，可以好好享用一餐飯的感覺應該不錯。」

「哈，是。」

市長饒富興味地看著兩人對話，不過，萬姊沒有再繼續那話題，反而是拿起了手邊的酒瓶，開始替轉盤上的玻璃杯斟酒，隨後便轉到眾人的面前。每個人都賞臉地取了一杯，同時出口道謝，萬姊則只是微笑搖著手，說那沒有什麼。她自己沒有倒酒，是一杯茶。

「市長，我想，您也清楚我今天帶陳先生來赴會的意思。」她仍然微笑，可現在，她的神情卻嚴肅得多了。

「那是自然的。」市長點頭。

「陳先生。」

陳教授站起了身，舉起酒杯。

「市長，在這，我向您道歉，過往，我的意氣用事，造成了我們彼此間的矛盾，更傷害了您的名聲、黨的名譽，實在是罪該萬死。我早已明白自己做錯了，卻沒有勇氣及早向您認錯，懦弱的行為極不可取。今天，我請萬姊牽線，便是希望市長能夠理解我的誠摯歉意，給我一個機會亡羊補牢，修補我曾經造成的傷害，在這，我自罰三杯。」

陳教授高舉酒杯，仰頭喝盡，隨後便又給自己倒了兩大杯，也都一口氣喝乾。市長這才點了點頭，舉起自己手上的酒杯，喝乾杯中物。

「當時各為其主，事出有因，我並未放在心上的，請別多慮。」市長說。

「謝謝市長寬容大量。」

陳教授說著，同時伸手搶過了酒瓶，幫市長又斟了一杯。萬姊隨即舉起了自己的杯子，對著市長敬酒。

「市長大人有大量，我實在欽佩，請容我以茶代酒，敬您一杯。」

「不敢當。」

兩人對喝一口。

她們兩人都微笑，市長的臉部肌肉鬆垮，粉撲得多，卻遮不住臉上的一些坑疤與皺紋；萬姊肌膚緊緻，不施脂粉而顯清麗優雅。只是，在小龍眼中，她們的笑容卻是極其相似的。

他還是覺得很累。但他仍然坐在了那，沒有離開，他陪著笑。

第十五章

正哥

©

賴正男已經在便利商店內坐了一個半小時有了。這已經是他第二次來到玉岭家附近的這間便利商店了。大概兩小時前，他便已經摸入她所住的公寓，敲過玉岭的家門了，不過，沒有人回應，他不太確定是人真的不在，又或只是假裝不在，可沒有破門手段與權力的他，什麼也不能做，待在公寓裡面又怕引起其他人的疑心，惹出不必要的麻煩，他便選在附近便利商店進行跟監，只要玉岭一出門又或是回來，他就能立刻上前去攔截。

現在已經進入他的備勤時間了，所以，除非真的忙得要死，他不會被叫到，他可以就這麼坐著發呆，直到天荒地老。不，直到他備勤時間結束。只要他的下班時間一到，他就得要脫下警服，免得衍生不必要的爭議。

「那個，你是在值勤嗎？」女店員忽然走過來向他搭話。

這間便利商店的客人不多，櫃台只有她一人，前陣子她都在滑手機打發，想來是真的太無聊了，這才會向他搭話。

「是。」

「蛤？真的喔？確定不是在偷懶嗎？」女店員露出鬼靈精怪的笑，看起來淘氣。

「真的不是。」賴正男繼續瞪著窗外，可回答時還是不禁笑了。

「那你是在做什麼啊？」

「防堵車手領錢。」

「真有這種任務？」

她邊問，邊拉了椅子在他旁邊坐下。

「真的有。」

「那你要怎麼防堵？」

「他看到我們就不敢進來領錢啦。」

「那他們不就會去別的超商了？」

「……對。」

「那這樣你們要怎麼抓人？」

「嗯，通常是靠你們店員謹慎注意，察覺的時候打給我們，我們就可以來抓了。」

「那你現在坐在這邊對我們的治安有什麼幫助？」

「呃，實質上沒有，但只要不是在我們轄區領的錢，我們的業績就會比較好看。」

「聽起來很爛耶你們。」

「呃……大概是吧。」

他不得不同意店員的觀點，他也一直覺得上層的這個決定愚蠢到不行。說起來，他以前幾乎沒有輪過這個任務，原因無他，這種勤務通常可以偷懶，在超商裡面休息發呆滑手機，輪不到他這菜鳥來享受。這種等同於浪費人力的勤務，他還真不知道有什麼存在的意義。

「所以，你當警察多久了？」

「嗯？喔，三年了。」

「喔喔，還很年輕嘛。學長很討厭嗎？」

「嗯……哪裡都有討厭的人。」

「這倒是真的呢。所以你當初怎麼會想要當警察？」

「就……想要維護正義，幫助需要幫助的人。」

他回答時有些吞吐，他以前這樣說的時候，總是會被朋友訕笑，笑他像是個長不大的小孩，但那時候他還是抬著頭挺著胸說那沒什麼好丟臉的，現在，看了三年的警界現實，又坐在一個「防堵車手」的位置上，這句話說起來就有點羞赧了。

「那看起來你還真是夢想成真了呢。」女店員諷刺意味滿滿地笑說。

「……對。」

不得不承認，在這邊乾等實在是有夠無聊，所以賴正男還滿開心有她這個話匣子在旁邊嘰嘰喳喳的，不過，他還是認真地看著窗外，搜尋玉羚的蹤跡，他甚至考慮，如果今天工作結束前還沒有看到她，或許該要自主加班一下。怕就怕她一整天不出門又或是不回來，那才麻煩。入夜之後，他可能得要換個可以看到她窗戶的位置，從有無開關燈來判斷她是否在家。

女店員這又拋出另一個問題。

「你有女朋友嗎？」

「為什麼這樣問？」這讓賴正男的注意力稍稍被拉走了一下，瞥了她一眼。

「就問問啊，我也不知道問什麼好。」

「喔。」

「所以有嗎？」

「沒有。」

「欸，是嗎？出乎意料耶，還想說你可能會有呢。」
「抱歉讓妳失望了。」
「沒事沒事，我也不是第一次因為警察而失望了。」她笑笑說。
「呃……代替他們向妳抱歉。」
他完全理解對方的意思。
「吼，也不必這麼認真啦！」
「喔。」
「為什麼沒有交女朋友？」
「緣分還不到吧。」
「你沒有交過嗎？」
「有，分了。」
「欸，這樣啊，怎麼分的？」
「妳是在對我做身家調查嗎？」賴正男不禁感到有些好笑。
「你可以不回答啊。如果你不想的話我也不會強迫你唷。」
「那還是跳過吧。」
「嗚嗚，沒有想到這麼慘烈啊？」
「也不至於……」
他的聲音停下，女店員露出好奇的神色，賴正男則是認真地看著窗外的那台黑車。說來好笑，黑道們總好像怕人認不出來一樣地開著賓士又或是ＢＭＷ，也幾乎清一色都是黑色的。也許這種車真的有某種特殊磁場，可以吸引到他們也說不定吧，就好比是美國八〇年代，連續殺人魔最愛的車子就是金龜車，儘管沒有任何科學上的證據可以解釋，但統計數據上就是呈現顯著相關的。

他看著那台車停下，車門打開，雖然看不到裡面的人是誰，可是，那雙腿才踏下車子，他就已經認出主人了，是玉竛，他立刻將車號默背下來，拿起手機查找起資料，而玉竛也半彎了腰，明顯是向車內人道謝，而後她關上車門，快步地走向她的公寓。他也站起了身。

「怎麼啦？」女店員問。

「沒事，我得要辦案了，先不聊了抱歉。」

「喔？嗯，好吧。」女店員明顯有些掃興，但也乖乖地站起，晃回櫃台。

賴正男走出便利商店，資料也幾乎在同時跳出來，車子登記在一位沒有前科的人名下，不過，雖然沒有前科，備註資料卻寫得清楚明白，那人是本城最大幫派的重要角色，多數時候，他擔任幫主「萬姊」萬恬的護衛職司。玉竛倒是怎麼跟他們牽扯在一起的？難不成，她的地位比想像中還要高？或許是那人的女朋友？還是什麼？不，不對，不像是這樣，如果是的話，還會住在這嗎？而且，已經確定之前來找她的是名馬伕，所以，她應該就是一名性工作者……？只是，為什麼她會從那台車下來？昨天她被奇怪的人帶走了，中間她有回來過嗎？今天，她又被人帶回來，是又去了哪裡？

他只能問了，他等在樓下，等著有人替他開門，構思著到底要怎麼突破她的心房。

$$$

他騎著車回到警局，因為下班時間已到，他跟所長打了聲招呼後，便直接進了更衣間，將自己的裝備脫下，鎖到置物櫃中，換上了自己的乾淨短袖與短褲。他很懊惱，他沒有想到會把事情搞得這麼砸。他原本的預想，是他可以成功感化玉for，讓她願意說出真相，透露出李德誠的蹤跡，讓他有機會入牢服監，重新做人。他甚至不知道自己到底是哪裡說錯了，才會讓她氣得七竅生煙。

還是，他應該要再去找她一次？或許明天吧，等她情緒沒有那麼激動。但李德誠呢？他的事情要怎麼辦？他家門被踢開的案子，不知道有沒有更多的發展？或許，他該要打通電話去，提供他目前所握有的證據給他們。但是，要是說了，他跨區辦案的事情便得要一併托出了，那絕對又會是一個小過，甚至，要是所長狠一點的話，兩個小過也有可能，他實在是不想再吃丙等考績了。

只是，人命關天，豈容輕忽？

他雖換好了便服，卻還是決定回到辦公室。因為是晚餐時間，半數的人都在備勤室內看電視一起吃，儘管也有少數人在座位上，不過，都有一段距離，被偷聽到的風險沒有那麼高，而且，就算被偷聽到，他也不在意了。無辜的性命更重要。不，應該說，雖然不完全無辜，可是，罪不至死。

他拿起桌上的電話，隨即便撥了電話給○○派出所，電話在兩聲響之後便被接起。

「你好，〇〇派出所，有什麼事情嗎？」

「你好，我這裡是××派出所，我是警員賴正男，編號是××××，我想要請問一下關於今天下午的一起事件，私闖民宅。」

「私闖民宅的？」

「是的？」

「你稍等一下，我查一下紀錄。」

「好。」

賴正男等著，他看著手錶，但沒有真正把時間看進去，他認真思考著接下來到底該要怎麼跟對方解釋來龍去脈，畢竟，相關人不少，他又缺了許多關鍵的拼圖。不管如何，總是要從飛車搶劫開始。他邊想，邊拿了桌上的紙筆，開始畫起了關係圖，將事件連在一起，飛車搶劫的兩個嫌疑犯、李德誠的失蹤失聯、另外一個房客的門也被撬開、玉昤的奇怪證詞、玉昤被人帶走、玉昤的裝傻否認、馬伕的出現、黑道的車子接送，以及……那名官員。他特地來壓了案子。

這件事情到底有多大？

「呃，賴警員，是嗎？」

「是，我還在。」

「是這樣子的，我查過了今天登錄的案子，沒有看到你說的私闖民宅啊？」

「怎麼可能？」

「真的，我這邊沒有資料，你也可以上資料庫查，真的沒有。」

「抱歉，但……或許是你們的人還沒有處理？」

「不可能，早班的人都已經走了，沒有處理完是不可能的。」

「但……那要不然，你用地址幫我查查看。」

「這個——」

「——地址是……」

他報上了地址，對方嘆了口氣，隨後便聽到了鍵盤敲擊的聲音。他等著，望向自己的辦公桌發呆，然後，他才注意到有點奇怪的事情。他覺得自己的相框好像被人移動過了，雖然沒有差太多，但，就是被動過了。他伸出手去將其喬回原本的位置。

隔了十幾秒鐘，對方才又說話，聲音聽起來有些疲憊。

「沒有這件事情，也沒有相關的報案紀錄。除非，你講的是半年前的噪音抱怨？」

「噪音抱怨？不、不是。」

「那就沒有了。」

「呃……」

「你是不是搞錯地址跟轄區啦？或許根本不是我們吧？」

「這……應該沒搞錯……」

他邊說，聲音也變小了。這件事情有多大？大概是……這麼大？

「賴警員，冒昧問一下，你打過來是需要什麼幫助？」

「抱歉，可能真的是我記錯了，不好意思浪費你這麼多時間。」

「嘖。」

「抱歉，我先掛了。」

賴正男掛上電話。他感覺到自己的心臟正怦怦跳動，比他某一次追逐內衣大盜的時候都還要猛烈。他快速地環顧四周一下，想看看是否有人在觀察他，然後，他看到所長正透過辦公室的玻璃窗看著他。所長沒有移開他的眼神，反而走出了辦公室。

「正哥。」

「所長好。」他喊聲，感覺到自己的臉孔是僵硬的。

「你的班不是結束了？」

「喔，是。」

「那就趕快回家，留在這邊做什麼？給人家看到又要說我們是血汗警局了不是？」

「是、是。」

所長踩著懶散的步伐回去辦公室了。他立刻拿起了自己的隨身物品，快步出了警局，騎上自己的車，飆車回家。

$ $ $

賴正男正坐沙發上，手裡拿著一罐金牌啤酒，看著ＨＢＯ的電影。老爸老媽今天晚上出去吃喜酒了，只有他一個人在，所以電視由他掌控。電影是他之前就已經看過了的《攻敵必救》，他覺得是一部很好看的電影，女主角更是頗有味道，不過，第二次的重溫讓他覺得沒有那麼好看，當然，真正的原因是他根本就沒有看進去，他的心思還是被這一連串的事件給佔據了。他還是在想這件事情有多大、在想那個助理的身分與目的、在想李德誠是否已經人間蒸發了，以及——自己到底怎麼惹火了玉鈴。

還有吃案。

門鈴響的時候，他正看著桌上的那包瓜子，思考著這東西到底有沒有期限，著實嚇了一跳。他起身去開門，同時間腿腳肌肉已經蓄好了力勁，隨時可以跳開，儘管他並不真的認為會有人來尋他晦氣，那種殺手親自登門造訪，純粹是電影情節罷了。可他還是不自覺地擔心。

開門之後，門外出現的是他最親愛的妹妹。

「欸，哥，今天還喝啤酒啊？興致不錯嘛！」

「啊？喔呃，是啊。」

「哥，你吃過飯了嗎？」

「啊……還沒。」

「都八點多了耶？而且還沒吃飯就喝酒，你酒鬼喔？」

「我……忘記了。」

「忘記了？好笑嗎？」妹妹帶著笑意回，結果才發現賴正男頗為認真。

他是真的忘記了。他其實平常不太喝酒的，一來是因為酒精很容易打亂生理時鐘，讓他的精神狀態不佳；二來是因為他覺得酒精實在花錢，又沒有多好喝，沒有必要花錢找罪受。可今天，他覺得自己必須要喝一杯，才能夠緩和自己的情緒，不過，黃湯下肚，他卻還是不覺得自己有被「抑制」到，還是很緊張。

「哥，你還好嗎？」

「很好，很好。」

「今天很累？」

「嗯，是，滿累的。」

「你看起來有點低落，真的還好嗎？你身體有不舒服嗎？」

妹妹的大眼睛透著關心。

「沒事、沒事，就只是很累。」

「真的？」

「真的。」

「那要一起出去吃嗎？我也還沒吃。」

「妳怎麼會還沒？」

「想說跟你一起吃可以省一筆囉，嘻嘻。」

「喔，好啊，沒問題那妳想要吃什麼？」

「我想想喔……吃個義大利麵怎麼樣？」

「好啊。」

「還是要去吃壽司？」
「妳選個妳喜歡的，我都帶妳去吃。」
「嗯……」妹妹露出苦惱的表情：「算了，我們先出門好了，等等邊走邊想吧。」
「好，可以。」
賴正男將啤酒喝乾，放到了桌上，隨即站起身，拿上皮夾便跟妹妹出門。
「所以，哥，你今天做了什麼啊？這麼累。」
「沒有什麼太特別的，就是處理了幾起車禍而已。」
「是喔，有很嚴重的嗎？」
他們進了電梯。
「只有很煩的。」賴正男看著鏡子中的自己，感覺臉色似乎真的是蒼白了點：「沒事。妹妳呢？學校如何？」
「嗯……沒有什麼特別的耶，就是上課嘛，不過今天的通識很無聊。」
「上什麼課？」
「寄生蟲與人生。」
電梯抵達一樓，兩人便走出。
「嗚，是嗎？講什麼？」
「講說生魚片有多少寄生蟲在裡面，然後泰國一年又有多少人因為吃生魚肉的關係死於癌症。」

「那你還要去吃壽司啊？」

「就是這種時候才要吃個壽司壓壓驚不是嗎？哈哈哈哈。」妹妹玩笑地說。

他們邊走邊聊，出了大樓大門，還沒有決定要往左邊的義大利麵餐廳，又或是右邊的壽司店去時，賴正男的手機便響了。那是一通沒有儲存過的電話，他直覺性地猜想，可能是什麼詐騙集團打來的。如果是的話，他就要跟著對方走，假裝上了當，然後寄個一塊錢過去，封掉他們的帳戶。

他接了起來。

「你好？」

「你好，是賴正男先生嗎？」

「我是，請問你是哪位？」

「一位想要跟你談談的人。」

「……你是誰？」他邊說，邊往側邊走去，拉開了與妹妹的距離。

妹妹站在一邊，露出不解的神情，賴正男以脣語跟她說了聲「等我」。

「你是要跟妹妹出門去散步嗎？」對方問。

賴正男心中一凜。

他看向了左右，也看向了街對面，這附近的店家不少：咖啡廳、珠寶店、咖哩屋、大腸麵線店、小火鍋店，人行道上更有來來回回走著的路人，要在短時間內找到對方，實在很難。甚至，如果對方是藏身在某棟大樓的窗戶之後的話，他就更不可能找到對方了。

可是，那威脅是真實的，近在咫尺。

「你什麼意思？」賴正男以凶狠的態度說，眼睛繼續搜尋。

「你可能誤會了，事情是這樣子的，我剛好抵達你家樓下，剛好看到你跟你妹要出門，所以有此一問。」

賴正男悶哼了一聲，表示質疑。

「信不信由你，不過，我有些事情想要跟你當面談談。然後別找了，我在你斜對面的紅綠燈下。」

賴正男立刻轉頭看過去，在那邊，一名男人一手拿著手機，一手輕輕搖了一下打招呼。賴正男認出了他，他是那名壓案子的人。他剛剛一直找著各個陰暗角落，沒想到對方會站在如此光明正大的地方。

「是你？」

「順帶一提，我認為我們應該私下談。方便請令妹暫時先回家嗎？」

「你想要怎樣？」

「只是很快地聊上幾句就好。」

「聊什麼？」

「賴先生，我想你很清楚。」

紅燈轉綠，官員便跟著其他路人一起過了馬路，不過，過完馬路後，男人並沒有走近，而是掛了電話，站在街角，面無表情地等著他。賴正男吞了口口水，轉頭向在旁邊等待、已經開始有些不耐煩的妹妹說話。

「抱歉，妹，我現在有個工作……上的朋友要找我，我得要晚個……我也不知道，可能十五分鐘，要不然妳先回家，我幫妳買回去吧？」

「你朋友是要怎樣啊？你剛剛看起來不太開心。」

「喔，就只是額外的工作要交接一下，所以……」

「難怪不開心，真是的，都不讓人好好下班的嗎？」

「……警察嘛。所以，買回去給妳，可以嗎？」

「幫我買回來喔，也不是不行啦，但你不要拖太晚耶，我蠻餓的。」

「好，我一定會儘快。所以，妳要義大利麵還是壽司？」

「嗯～壽司好了，好久沒吃了。」

「那妳先上樓吧。」

「你呢？」

「喔，他等下會直接來找我，所以，我在樓下等他。」

「你要不要等他到了再下來啊？」

「沒事、沒事，妳先上去吧。」

妹妹努努嘴，便轉身往樓上回去了。賴正男回頭走向了男人，在離他剩大概兩公尺的距離停下。

「你們兄妹感情真好呢。」

「你想怎樣？」

「你好。」男人微笑說，不過，那是皮笑肉不笑：「我姓龍，你可以稱我為小龍。」

賴正男聞到，小龍身上散發著淡淡的酒氣。跟他一樣。

「你想怎樣？」賴正男又重複了一次。

「我們邊說邊走吧。」

小龍提議，不過，沒等賴正男做出任何反應，他便已經邁開了步子。賴正男遲疑之後，還是決定跟上。

「我想，你應該知道我想要你做什麼。」

「什麼？」

「就是，什麼都不要再做了，一切到此為止。」

「你為什麼要壓這個案子？」

「我不知道你在說什麼。」小龍聳了聳肩。

他當然知道，他只是不想要留下任何的把柄。賴正男也知道。

「我聽你所長說，你是個很熱血的警察，凡事盡心盡力，而且，最重要的是，你很乾淨，從來不收髒錢。」

他保持沉默，因為他理解對方的意思。他又一次想起了之前鬧出的風波，他只是想要做對的事情、他只是想要無愧於心，但最後，他卻被記了申誡、被苛扣年終獎金、被調職送到這××派出所來，每天更要被人惡聲惡氣地羞辱。於是，他學會了對怠忽職守的行為視而不見。

可他並未學會對「謀殺」視而不見，他做不到。他想起了李德誠母親的嗚咽與淚水。

「李德誠怎麼了？」

「你要知道的話，我其實是很欣賞你這種精神的。」

「哈哈，很好笑。」賴正男假笑譏諷：「玉吟又是怎樣？做了什麼？為什麼要帶她走？」

「不，我是認真的，因為我做不到，所以我很欣賞，甚至，我該說佩服。」

「另外一個搶犯是誰？他怎麼了？」

「我希望你能將整件事情置之腦後，不要再想。」

「他們都還活著嗎？」

「對了，你妹妹是大學生吧？是讀什麼科系呢？」

「我為什麼要告訴你？」

他沒有想到對方會問出這句話，近乎反射性地回應。

「她是機械系的，對嗎？」

賴正男沒有接話，可沒錯，他妹妹是機械系的。雖然他沒有提到學校，可是，如果他知道了妹妹讀什麼系，讀哪個大學恐怕也瞭若指掌。他感覺到腸胃正翻攪著，他打了個隔，胃酸、啤酒泡沫湧了上來，他感覺到嘴中一陣酸臭。他將其嚥了下去，但那噁心的感覺仍然殘留著。

小龍見他沒有說話，瞥了一眼，便繼續說了下去。

「她真的是很優秀，相信你這做哥哥的，也是與有榮焉吧。」

他還是沉默以對，他的拳頭握得死緊。

「我相信，她未來一定會是我們科技業不可或缺的人才，甚至可能是棟梁。誰說只有男生可以當工程師呢？女生其實也是一樣聰明的。」

他感覺到掌心被指甲刺得痛，他的指甲向來都是修得短而乾淨，一點也不尖銳的，能痛，代表他的力氣真的是用得極大。他渾身上下的肌肉都緊繃著，但他也感覺到冷，毛細孔則刺癢著。他滲著冷汗。

「妹妹是大學生了，應該會常常出去玩吧？她有自己的機車，對嗎？」

他咬緊了牙齒。

「說起來，在我們城市沒有機車，應該也不好移動吧？我們的大眾運輸交通還有很大的成長空間呢，也是因為這樣，我們死亡車禍的比例一直居高不下啊。」

他感覺到牙齦在隱隱作痛。

「大學生啊，真是個青春的年紀，我自己也很懷念。衷心希望她每天都能開開心心地出門，平平安安地回家——」

碰！

賴正男再也忍不住了，他的拳頭狠狠揮出，打在了小龍的臉頰上，小龍應聲跌倒在公園地上，右邊側臉也撞上了地板，引得他悶哼一聲，而他手上的公事包也因此飛落地上；公園沒有太多人，只有遠處幾名正在運動的大媽、大叔，他們都愣住了，賴正男感覺得到不少視線盯著他們，甚至竊竊私語，似乎在考慮要不要打電話叫警察。

但那不是真正讓他停下來的理由。是小龍臉上冷淡、鎮定的微笑。那讓他訝異……以及恐懼。

小龍慢慢地爬起身，伸手拍了拍自己的身側、屁股，把灰塵與落葉撥掉，隨後，他撿起了落在一邊的公事包，打了開，賴正男不知道他會拿出什麼，一時間甚至擔心會是把槍，但，沒有，小龍只是拿了瓶礦泉水出來，跟著從褲子側邊口袋掏出了一張白手帕，以水將手帕沾濕，慢條斯理地擦起自己的臉側。

「嗚，流血了呢。」

小龍檢查手帕時低聲說，看了眼杵在一邊不知所措的賴正男。確實，右臉因為磨地的關係，破了皮，正滲出血。小龍將手帕翻到乾淨一面，又擦了一遍。

「當然，只要你妹妹不招蜂引蝶，不去碰不該碰的東西，好好遵守交通規則，我想，她應該會沒事的。」

小龍繼續說，好像剛剛什麼事情都沒有發生一樣。賴正男知道，對方饒過了他的衝動，但，他們想要達成的目的，仍然不變。

「她看起來也是個聰明的女孩，不會做這種事情的，對吧？」

「小龍，是吧？」賴正男牙咬得死緊。

「是的。」

「你怎麼做得出來這種事？」

他不只是因為氣忿而詰問，他，也是真的在問。他不懂。放任毒品竄流、插手地下賭場、收受錢莊賄賂，是一回事情，可是，無視人間蒸發，那，可是完全不同層級的犯罪。是純粹、沒有轉圜餘地的邪惡，他不懂，怎麼會有人能做得出來。

更別說威脅要殺了他那無辜的妹妹。

小龍只是聳聳肩，沒有看他。

「你還有什麼別的疑問嗎？」

「萬姊跟這件事情有什麼關係？」

小龍嘆了口氣。

「你聽過，無知便是福嗎？」

「我已經知道了。」

「那就忘掉。」

「忘掉什麼？」

小龍沉默了一下，忽然一個突然動作，又蹲下了身，去翻找那公事包。賴正男等著。

「請。」

賴正男看著那小龍拿出來，試圖要交到他手上的物品，一袋紅包。而且，他認得那紅包袋，他也認得那鼓脹的程度，他想起了被移動過的相框——是他。原來是他。

「你……」

「聽說，你父母身體也都很健康，不過，他們畢竟是年紀大了，多吃點好的補一補身子準沒錯。就把這紅包當成是重陽禮金，孝敬一下養育你的父母吧。」

賴正男說不出話。小龍將紅包推了過去，賴正男卻沒有伸手要接的意思。他做不到，那違背了他從小到大努力追尋的正義。他已經退過一次了，如果再退，他甚至不知道自己當初為何要做警察了。

「如果我不收呢？」

「你已經發洩過了。」小龍說，輕輕轉頭露出受傷的右側臉頰。

賴正男沒有出聲。

「如果你不收，我會判斷今天晚上的溝通是無效的，並在明天提出更有說服力的方案。」

賴正男看著他，小龍沒有避開視線，更將手伸長，將紅包塞入他的手中。紅包很鼓很脹，比以前都還要飽滿，如同紅磚一樣。它非常、非常地沉重，而袋子，聞起來卻也異常地香，甜香。

「所以，你的答案是？」

賴正男沒有接過，拳頭仍然握得死緊。

「你不是要跟你妹去做什麼嗎？就不要再讓她等了吧？」

「她還能等。」

「能等多久？」

「……」

「我尊重你拒絕的權利……」

小龍邊說，邊收回了紅包袋，但賴正男卻鬆開了他的手指，一把抓住小龍的手腕、停下小龍的動作。賴正男沒有看著小龍，而是看著那紅包，以及自己的手指頭。他緩緩呼了一口氣，手指頭慢慢地鬆開，最後，他掌心向上，攤平了。

小龍把紅包放上，如他所想，紅包很重。

「謝謝，這讓事情簡單很多。」小龍說，伸出了手，拍拍他的臂膀：「辛苦你了。」

賴正男沒說話，只是悶哼一聲。小龍轉身走向馬路邊，準備要招計程車。

「……至少，告訴我答案。」賴正男再度開口：「我想要知道。」

「相信我，有太多的事情，你寧願不知道，我也給不了答案。」

「……」

「我剛剛說很佩服你，我是認真的。但是，就別讓你妹妹等太久吧。」

他轉頭回答，露出一抹鼓勵性的微笑，便又轉了回去，繼續等計程車，背部就這樣對著賴正男，毫無防備、警戒的意思。

賴正男咬了咬下嘴唇，閉上眼睛，深呼吸一口氣，離開了。

他走向了壽司店的方向。他決定要買一份最豪華、最昂貴的壽司回家。不但要有炙燒大蝦、牡丹蝦，更要有海膽、干貝、花枝、生牛肉那一類平常他們很少會點的高級食材。他還要再買一罐日本清酒回去。也許，明天不上班吧。

不，也許，明天辭職吧。

後記

我是個專職獎金獵人，多數的作品，都是為了爭奪獎金而產出的，只有寥寥幾個仍未見世的故事，是純粹為了滿足自我而寫。

《搶錯錢》也不例外，原是為了參加二〇一八年的高雄「台灣華文原創故事編劇駐市計畫」徵稿而生出的故事。當時，我便思考起，高雄的特色頗多，好壞都有，如果只是一味寫善，恐怕難以給人耳目一新的感覺，便決定拿高雄首屈一指的「飛車搶劫」做題材，創作一齣翻玩敘事手法的黑色幽默劇。

我選擇了六位主角、五種觀點的格局，並在敘事上安排一個整天去拉發展時間軸，確保彼此的故事交錯，卻又能一環扣一環、創造出驚豔的連鎖效應。

角色塑造上面，我也盡可能賦予他們不同的意義。例如，賴正男顧名思義，代表的是正義，是唯一的理想主義者，他的結局是現實的殘酷；萬姊雖然掌有大權，卻因為她的性別，必須付出加倍的努力與自律；小龍是階級複製的受害者，聰明才智再多，也難再向上爬；阿誠阿豪是社會邊緣人，他們有血有肉，但他們的消失卻無足輕重；玉吟只是想要掙錢，卻也因環境使然，不得不背負上「害死人」的罪惡感。

雖然不是什麼媲美莎士比亞的驚世大作，但我信心滿滿，就算不是首獎，拿個佳作總不是問題吧？

啵。

那是什麼聲音？喔，是我的作品石沉大海清脆落榜的聲音。

後見之明來看，翻玩敘事手法、黑色幽默這兩樣特色，恐怕很難從大綱中體悟吧？問我覺得失不失望，那是當然的，但我的獎金獵人生涯從大二就開始，七年的時間讓我痲痺於失敗，自怨自艾個一天、再抱怨時不我與一天，生活就繼續下去了。

機緣湊巧，當時正逢「鏡文學影視長篇小說大獎」徵稿，首獎更有百萬台幣，作為一個稱職的獎金獵人，我怎麼能夠錯過呢？我考慮過很多不同的故事，但，《搶錯錢》卻還在腦裡轉：萬姊的醉人優雅、小龍的奔波勞碌、賴正男的無奈嘆氣、玉妗的膽戰心驚、阿誠阿豪的心存僥倖都躍然紙上，我幾乎可以感覺到他們的期待，期待我把他們寫下來，讓他們成「真」，而不只是腦海中的各種想像。

當然啦，我也想要證明這個故事是遺珠之憾。

我動手將其改作小說，那是痛快的兩個禮拜，後來，也運氣不錯，獲得眾位評審的賞識，得以獲獎、出版，算是真正圓了我的作家夢。畢竟，過往我或許拿過些獎，卻從沒有屬於自己的一本書過。

也因為是影視長篇小說，我便開始想像起，如果真的拍成電影會是哪些人出演了。台灣的話，我希望有徐若瑄、宋芸樺；好萊塢的話，Margot Robbie和Emmy Rossum；日本的話果然是吉岡里帆、齋藤飛鳥；韓國的話，全智賢跟IU吧……等等，好像有點宅味飄了出來，到此為止好了。

鏡小說 019

搶錯錢

作者：灰階
責任編輯：黃深、劉璞
責任企劃：劉凱瑛
美術設計：蔡尚儒

副總編輯：李佩璇
總編輯：董成瑜
發行人：裴偉

出版：鏡文學股份有限公司
11070 台北市信義區東興路 45 號 4 樓
電話：02-6633-3500
傳真：02-6633-3544
讀者服務信箱：MF.Publication@mirrorfiction.com

總經銷：大和書報圖書股份有限公司
242 新北市新莊區五工五路 2 號
電話：02-8990-2588
傳真：02-2299-7900

內頁排版：宸遠彩藝有限公司
印刷：漾格科技股份有限公司
出版日期：2019 年 7 月初版一刷
ISBN：978-986-97820-2-9
定價：350 元

國家圖書館出版品預行編目 (CIP) 資料

搶錯錢 / 灰階著. -- 初版. -- 臺北市 : 鏡文學, 2019.07
面 ; 14.8×21 公分 . -- (鏡小說 ; 19)
ISBN 978-986-97820-2-9 (平裝)

863.57 108008908

版權所有，翻印必究
如有缺頁破損、裝訂錯誤，請寄回鏡文學更換